Hakan Yaman

Hakan Yaman, 1963 yılında İstanbul'da doğdu. 1988'de Marmara Üniversitesi, Yabancı Diller Yüksekokulu İngilizce bölümünü bitirdi.

İlk romanı *İsrafil'in Kanatları*, 2007 yılında yayımlandı. Roman, yabancı dile çevrilmemesine karşın Türkiye'de olduğu kadar yurtdışında da ses getirdi. İtalyan gazeteci Orsola Casagrande ile yaptığı söyleşi *İl Manifesto* gazetesinde yayımlandı.

Bir yıl sonra çıkan *Fotoğraftaki Kadın* adlı romanıyla 2009 Yunus Nadi Roman Ödülü'nü kazandı.

19. yüzyılda İzmir'in Levanten dünyasında geçen bir aşk ve ihanet öyküsünü kaleme aldığı *Güz Kokulu Günahlar*, 2011'de yayımlandı.

Bir romancının itiraflarıyla şekillenen romanı *Romancı*, Mart 2014'te yayımlandı, temmuz ayında PEN Türkiye tarafından Ayın Kitabı seçildi. Hakan Yaman aynı yıl, Avrupa Birliği Edebiyat Ödülü adayı olarak finale kaldı.

Huş Ağaçlarının Sessizliği, SİA Kitap tarafından yayımlandı Ocak 2020'de yayımlandı.

İçinde kâinatın tüm sırlarının saklı olduğu düşünülen esrarengiz bir kitabın, Türkiye'nin çalkantılı 50'li yıllarıyla 1700'lerde, Sultan I. Mahmud dönemi arasında gidip gelen hikâyesi üzerinden din, mezhep ve etnik ayrımcılık gibi önemli sorunlara yer verdiği ilk romanı *İsrafil'in Kanatları* aynı yılın temmuz ayında SİA Kitap tarafından yeniden yayımlandı.

Hakan Yaman'ın *Güz Kokulu Günahlar* romanı, Ocak 2021'de Bulgaristan'ın Aviana Yayınevi tarafından Bulgarca yayımlandı.

Hakan Yaman, PEN Türkiye Yazarlar Derneği üyesidir.

Sia Kitap: 110
Türk Edebiyatı: 11
Roman

Fotoğraftaki Kadın
Hakan Yaman

Bu kitabın ilk baskısı 2008 yılında Doğan Kitap tarafından yapılmıştır.
Sia Kitap'ta 1. Basım: Nisan 2021
ISBN 978-625-7266-42-0
Yayıncı Sertifika No: 45101

Genel Yayın Yönetmeni: *İlknur Özdemir*
Son Okuma: *Serra Tüzün*
Kapak Tasarımı: *Yeşim Ercan Aydın*
Grafik Tasarımı ve Uygulama: *Yeşim Ercan Aydın*
Kapak Görseli: © *Vladimir Sazonov | Shutterstock*

Baskı ve Cilt:
Optimum Basım San. ve Tic. Ltd. Şti.
Tevfikbey Mah. Dr. Ali Demir Cad. No: 51/1 39295
Tel: 0(212) 463 71 25 Küçükçekmece - İstanbul
Sertifika No: 41707

Sia Kitap, Günötesi Yayıncılık İletişim Ltd. Şti.'nin tescilli bir markasıdır.

SİA KİTAP
Feneryolu Mah. Bağdat Cad. No: 115/2
C Blok D: 2 Kadıköy - İstanbul 34724
Tel: 0(216) 550 1881 Faks: 0(216) 337 81 81

www.siakitap.com.tr | bilgi@siakitap.com

Hakan Yaman

FOTOĞRAFTAKİ KADIN

Okuyacağınız roman, Adnan Binyazar,
Ahmet Cemal, Konur Ertop, Mehmet Eroğlu ve Tahsin Yücel'den
oluşan seçici kurul tarafından
2009 ***Yunus Nadi Roman Ödülü****'ne*
layık görülmüştür.

Sevgili kardeşim
Bozkurt Yaman'ın anısına

"Bir an olsun düşünmeden durabilsek zaman da bizimle beraber durur, her şey yok olurdu. Dünya, güneş, galaksiler, yıldızlar, sen, ben, bütün evren..."

Suphi

Birinci Disk

1
Soytarı

Çocukluğum Niğde'de geçti. Bu yüzden hayal meyal hatırladığım o puslu yıllara uzaktır İstanbul. Babamın tayini, bozkırın ortasında bir başına, çorak Anadolu'yu bekleyen, bu yanık elma kokulu küçük vilayete çıkmıştı. Okula başladığım yıl, önce Ankara'ya, birkaç hafta sonra da oradan bindiğimiz yorgun bir trenle Niğde'ye gelmiştik.

İlkokulu orada bitirdim. Patates tarlalarında, elma ağaçlarının serin gölgeliklerinde, hüzünlü ney taksimlerinin akşam ayazına tutulmuş gri bir kış dumanı gibi uzaklara savrulup gittiği geniş düzlüklerde, güneşin kavurduğu sarı badanalı okul bahçelerinde, toprak rengi damları avuçlarımın arasından akan kum taneleriyle beraber un ufak ettiğim Alaattin Tepesi'nde geçti kıraç çocukluğum. Biraz eksik, biraz renksiz, biraz kuru ve dudaklarımda incir yaralarıyla geçti belki, ama güzeldi.

Orada pek çok anı biriktirdim soğuk bozkır rüzgârlarından kaçırıp. Ve şimdi o günlere ait anlatacak çok şeyim var. Fakat burada hepsini anlatıp zamanınızı alacak değilim. Beni en çok etkileyenlerden, beni en çok değiştirenlerden bahsedeceğim. Yıllarca rüyalarımda gezinip durduktan sonra da peşimi bırakmayan, benimle birlikte İstanbul'a kadar gelen, geceleri kâbus olup boğazımı sıkan, beni nefessiz bırakan anılarımı anlatacağım size.

Bahar geldiğinde ayrı bir güzel olur oralar. Çiçek kokar hava, masmavi bir gökyüzü, katırtırnakları, gelincikler, elma ağaçları, ağaçlarda kuşlar... Ama bu kadar güzelliğin arasında bile hayat zordur bazen, etraftaki ovaların uzaktan baktığınızda fark edilmeyen engebeli kırları gibidir, inişli çıkışlı... O kırlardaki gelincik tarlalarının arasında kayan kara bir tren gibidir. Bir görünür, bir kaybolur siz otların arasında yuvarlandıkça. Bir güldürür, bir ağlatır siz düşündükçe.

Karlı dağların tepelerinde gezinen yalnız bulutların bile dağıldığı, boş gökyüzünün masmavi bir yorgan gibi özgürce yayıldığı baharın en güzel günlerinde bile bir anda nasıl olursa olur, hava kararır. Annem çamaşırları toplamaya koşar. Elleri nemli, mandalları renkli... Uzaklarda yeşil tarlalarda Halit'in karaltısı... Başında eski bir melon şapka. Yıllar önce şehre gelen bir tiyatro kumpanyasının oyuncularından biri vermiş. Kısa paçalı yamalı pantolonu, üzerinde keçi kılından yeleği ve buruşuk gömleğiyle korkulukların hepsinden daha bir korkuluk gibi öylece kaskatı durur. Kolları iki yana açık, uçmaya hazır garip bir kuş karaltısı gibi...

Sonra yağmur yağar tarlaya, ıslanır Halit. Ben de onu taklit ederim. Aslında daha çok korkulukları... Korkulardan kaçarım, korkuturum kuşları. Kollarım iki yana açık dururum onlar gibi. Islanırım ben de...

Annem çamaşırları eve kaçırırken tren gelir istasyona kir pas içinde. Babam bekler peronda, ağzında düdük. Demir kokar hava. Demir gibi bir tokat patlar suratımda sonra. Akşama yine cezalıyım. Bu defa elleri boştur, ağzında düdük yoktur babamın. Doğru evin bodrumundaki yatır odasını boylarım. Bütün gece cezalısın, burada kalacaksın der babam. Bütün geceyi tek başına daracık bir yatır odasında geçireceksin. Ne yana baksan odanın ortasında buz gibi duran sandukayı göreceksin. Çıtırtılar gelecek içinden, uğultular, boğuk sesler duyacaksın gecenin sessizliğinde büyüyen... Suçun deli Halit'e uymak olacak. Tıpkı bir korkuluk gibi kollarını iki yana açıp, yağmurun altında durmak olacak suçun. Yağmur taneleri yüzüne vururken, her yan taze toprak kokarken aldığın ve aradan geçen bunca yıla rağmen hâlâ unutamadığın o haz, o zevk kursağında kalacak. Al sana diyecek babam. Al sana... Korkuluk öyle olmaz böyle olur işte. Şimdi bol bol kork sabaha kadar. Korkudan titre, inim inim inle, ağlamaktan helak ol; vaktin var sabaha kadar diyecek.

Şimdi bu adam neden böyle, niçin böylesine dik iniş çıkışlar içinde, nedir bu met cezir demeyin diye anlatıyorum bütün bunları. Çünkü böyle büyüdüm ben, böyle terbiye aldım. Şimdi bazı tuhaf hareketlerim varsa muhtemelen bundandır. Bazen hâlâ rüyalarımın silik peronlarında ağzında düdükle bekleyen korkunç karaltılar varsa bundandır. Bundandır bakar bakmaz anlayacağınız marazi hallerim. Boynumun tıpkı bir derviş gibi biraz mahcup bir açıyla yana yatık duruşu, bakışlarımın ara sıra sağa sola kaçışı, ellerimi, yüzümü, gözlerimi, gülüşümü, hep bir şeyleri saklama ihtiyacında oluşum belki de bu yüzdendir. Bu yüzdendir konuşurken ağzımdan kelimelerin çarçabuk değil de ağır aksak çıkışı, hareketlerimin hantal, ağır ve kaba oluşu. Bu yüzdendir hâlâ bir kadının yanına sokulup iki kelimeyi bir araya getiremeyişim; senden hoşlandım demeyi bir yana bırakın, adını bile soramayışım hep bu yüzdendir. Bu yüzdendir hüznüm, kırgınlığım, kızgınlığım, kıskançlığım, öfkem, kinim...

Kuşkusuz bunca melanctin suçlusu tek bir hadise değildir. Hepsi çocukken başımdan geçmiş buna benzer darbelerin bütünüdür suçlu.

Belki de yanılıyorum. Böyle düşünmekle hata ediyorum belki, bilmiyorum. Buna siz karar vereceksiniz. Ancak şimdi aradan geçen onca yıldan sonra hâlâ zaman zaman Halit'e uyma ihtiyacı içinde oluşumun, ne yaparsam yapayım yanı başımda Deli Halit'in karaltısının dolaşmasına engel olamayışımın nedenini sanırım artık biliyorum. Bir soytarıyım ben. Bunu, işi deliliğe vurup sıkıntılarımdan uzaklaşmak ve biraz olsun kendimi eğlendirebilmek için yaptığımı düşünüyorum. İnsan kendisinin doktorudur, öğretmenidir, dostudur, düşmanıdır, şudur budur derler ama bir şeyi çoğu kez es geçerler. Bunların hepsinden daha çok kendisinin soytarısıdır insan. Kendini yine en iyi insanın kendisi eğlendirir.

2
Halvet

Böyle biraz tuhafım işte ben. Bir şeyler anlatmam gerektiğinde kendimi kolayca ifade edemem. Ya dolambaçlı yollara sapıp, sakız gibi uzatarak ya da lafın nereye gideceğini hiç düşünmeden patavatsızca, ağzımdan çıkana bakmadan derim diyeceğimi. Hele ki anlatacaklarım kendimle ilgiliyse bu daha bir zordur. Her şeyi bir çırpıda eksiksiz anlatabilmek öyle herkesin harcı değil. Hele bende hiç olmayan bir hüner bu. Şimdi, anlatırken şayet oradan oraya atlarsam, duygu gelgitleriyle salınırken bir hüzünlenir, bir gülersem ve kimi zaman istemeden de olsa zırvalarsam, bir bugünden, bir geçmişten, bir kendimden bir ailemden bahsedersem kusuruma bakmayın. Bu, kafanızı karıştırmak için değil, benim karışık kafam anlatacaklarımı bu şekilde sıraya dizdiği içindir.

Şimdi size daha fazla kendimden bahsedeceğim. Daha fazla geçmişten, daha fazla bugünden... Çocukluğumdan, arkadaşlarımdan, ailemden bahsedeceğim daha fazla. Şahbender dayımdan, annemden, Şefika teyzemden, babamdan bahsedeceğim. En mahrem yanlarıma kadar her şeyi anlatacağım, hiç utanmadan üzerimdeki her şeyi çıkarıp, anadan üryan kalacağım karşınızda. Bunu nasıl becereceğim bilmiyorum ama yapacağım. Fakat ne kadar anlatırsam anlatayım aslında biliyorum ki her şeyin basit bir açıklaması var ve bunu bir tek kelimeyle özetlemek mümkün. Öyle lafı fazla uzatmadan, uzun cümlelerle insanın içine fenalık getirmeden, durumu dosdoğru anlatan bir özet bu.

Bazen günlerce konuşsan da anlatamayacaklarını, işte kimi zaman böyle bir tek kelimeyle ifade edebiliyor insan. Bir tek sihirli kelime her şeyi anlatmaya yetebiliyor bazen.

Şu koca dünya sahnesinde iki perdelik bir oyunun oyuncularıyız hepimiz. Galası, zafer haftaları, Anadolu turneleri falan olmayan basit bir oyunun oyuncularıyız üstelik. Öyle süslü, uzun tiratlara, girift bir kurguya, zengin kostümlere gerek duyulmadan yazılmış, sade dekorlu bir oyun bu. Oyunun adıysa ne *Macbeth* ne de *Hamlet*; bu iki perdelik trajedinin adı Halvet'tir.

İlk perdesi, her ne kadar atalarımız gibi kalabalık sürüler halinde yaşama alışkanlığımızı kaybetmemiş olsak da, aslında erbainlerden çok daha uzun, sürekli bir yalnızlık içinde, bitmek tükenmek bilmeyen bir halvette yapayalnız oluşumuzu; ikinci perde ise, ne kadar yaparsak yapalım hiç doyamadığımız ve sürekli tenhalara çekilerek tekrarladığımız, uğruna bazen insanlıktan çıktığımız, cinnet geçirip, cinayetler işlediğimiz, namus meselesi yaptığımız, taciz, tecavüz dahil her türlü melaneti ettiğimiz yapış yapış, vıcık vıcık, terli, sıvı, katı, sert, yumuşak bir halvetlik halini anlatıyor.

Ben varoluşumuzun temelinde bu trajik halvet hallerinin durduğunu düşünüyorum. Bu yüzden de ne kadar anlatırsam anlatayım aslında söylediklerimin hepsi kifayetsiz kelimelerle boş yere havayı kirletecek, ama anlatmak ihtiyacındayım ve anlatacağım çaresiz. Temellerimi sarsan, zaten yarım olan aklımı hepten başımdan alan, zamanımı durduran, beni aylarca sokaklarda yapayalnız dolaştıran hayatımın en önemli hadisesine geçmeden önce beni biraz tanımanız için çocukluğumdan başlayacağım. Çünkü pek çok şeyin sebebi aslında o günlerde saklı, bunu biliyorum. Bu yüzden sık sık eski yıllara dönüp kavruk yüzlü, sıska, çelimsiz çocukluğuma bakıyorum. Orada gördüklerim, yeşil tarlalar boyunca bir ufuktan öbürüne uzanan, donup kalmış kupkuru, çorak bir zaman ve o zamanda kara yağmur bulutlarının gelişiyle ıslanan nemli topraklarla gri gökyüzü arasına sıkışıp kalan küçük yaşantımızın üzerinde çakan şimşekler gibi bir görünüp bir kaybolan görüntüler oluyor. Korkuluk Halit'in karaltısı oluyor bu bazen. Tozlu peronlarda çalan bir düdük, ilkokul defterimin kenar süslerinin gölgeleri, ince dantellerle bezeli örtüleri iplerden toplayan annemin mandallı ıslak elleri oluyor.

3
Zaman

Babam bizi trene bindirirdi bazen. Ailece başka bir şehre, bir akrabanın uzak evine giderdik. Serin garlarda ya da küçük tren istasyonlarında biten uzun yolculuklara çıkardık. Bayram gezmesi olurdu bu kimi zaman, bazen de uzun süredir gidemediğimiz akrabalara yapılan bir iadeiziyaret...

Çoğunda mevsim kış olurdu. Uzun sürerdi yolculuklar. Yol boyunca trenin buğulu camlarının gerisinde direk direk, tel tel akardı zaman. Direkler telleri birbirine bağlardı, teller de insanları... Ve o tellerin üzerinden kuşlar bize bakardı. Karga, güvercin, kumru ya da soğuk bozkır rüzgârlarıyla tüyleri titreşen adını bilemediğim herhangi bir Anadolu kuşu... Zaten tellerde bir onlar olurdu, bir de serin kış rüzgârlarıyla sallanan yazdan kalma uçurtmalar...

Kuru bir soğuk gezerdi dışarıda; ayaz... Dar koridorlarda hep aynı tıkırtı, vagonlarda pas, bavullar, valizler kimi yırtık, sapı kopuk kiminin, iple bağlı. Şapkalar, pardösüler, şemsiyeler renk renk, en çok siyah. Sanki yaşamış ve bitmiş ölüler misali sallanır dururlardı askılarda, üstümüzdeki metal raflarda... Biz de sallanırdık onlarla, her şey sallanırdı. Ama dur durak bilmezdi eşyalara hükmeden zaman. Bir tek o sallanmazdı, uyumazdı, durmazdı, soluklanmazdı.

Buğulu camlara resimler çizerdim küçük parmaklarımla çizgilerin gerisinde hiç durmadan akarken zaman. Babam bana bakardı, kaşları çatık. Gözlerim, kuru soğuk tarlalar boyunca bir korkuluk arardı, bulamazdım. Babam yine bana bakardı, kaşları çatık. O günlerde kuraktı, çoraktı, kavruktu, soğuktu ama yavaştı zaman. Tozlu kasabaların ya da şehir merkezlerinin en müstesna köşelerinde tepemize dikilmiş, bize yukardan kibirle bakan upuzun taş bir saat kulesiydi. Kasabanın en işlek caddesindeki tüp bayiinin duvarında duran imsakiyeli takvimdi, Niğde kalesinden kurşun rengi yağmur bulutlarına doğru kurusıkı atılan ramazan topuydu, tuşlarında arzuhalcinin uzun parmaklarının uçuştuğu kara bir daktilonun şeridine takılıp kalan noktalı virgüldü zaman... Zaman sessiz bir cami avlusunun şadırvanında su sesiydi, sabah serinliğinde istasyona giren trenin yataklı vagonlarından bakan uykulu yüzlerdi, rakkası kopuk bir duvar saati ya da eski bir sünnet düğününden hatıra kalan zembereği boşalmış kör bir kol saatiydi zaman.

Evet, o günlerde yavaştı, ama trene bindiğimizde değişirdi. Yeleleri rüzgârla uçuşan bir küheylan olurdu. Kompartımanın dışında, paslı vagonlar ve onları çeken yorgun lokomotifin gürültüsünden uzakta, şapkaların, pardösülerin, valizlerin, o valizlerden atlayıp kaçmak istercesine dışarı sarkmış naftalin kokulu elbiselerin ve bilumum cansız öteberinin çok uzağında direk direk, tel tel akardı zaman. Donmazdı, durmazdı. Tarlaların üstünden, korkuluklara basarak atlardı, sivri dağları, yumuşak tepeleri aşardı zaman. Ve biz içeriden onu seyrederdik. Saatsiz, şartsız, kayıtsız, kontratsız, imzasız, kaşesiz, damga pulsuz hiç kimseye sormadan ve hiç müdana etmeden başına buyruk akardı zaman.

İşte o vakit, zaman büyür, biz ufalırdık kompartımanın içinde. Pencerenin buğusuna ince çizgilerle çizdiğim çöp adamların, bacası dumanlı evlerin dışına yelkovansız, akrepsiz, zehir zemberek bir gece çökerdi. Ve biz kompartımanın içindeki sallantılı dünyamızda gittikçe küçülürdük. Annem, kaşları çatık babam ve ben...

Bir istasyonda dururdu tren. Dışarıda soğuk, titrek bacaklı çelimsiz köpeklerin ağzında duman... Hiç tanımadığımız yolcular iner, daha tanımadıklarımız binerdi. Pencerenin dışına gece perde perde inerdi. Kalın, kadife, siyah...

Bazen ince bir yağmur çizerdi geceyi. Tırnak tırnak, diş diş çizerdi. Perde, derdi annem. Perdeyi kapasana Vecihi. Babam aksi olurdu geceleri. Ne perdesi hanım, derdi. Kim görecek gecenin kör karanlığında bizi.

Uzak bir istasyonun adını bağırırdı kondüktör; düdükler çalardı, gecenin sessiz bağrına ok gibi saplanan düdükler... Mahmur, uykulu yüzler yürürdü koridorlarda, tuvalete giderlerdi, çökük avurtlarında ay ışığıyla... Dışarısı soğuk olurdu. Kurtlar, çakallar ulumazdı belki, kara suratlı eşkıyalar kol gezmezdi, ama soğuk olurdu. Korkardım, uyurdum. Ve bundan sonra sabaha dek vücudumu dalayan, gırtlağıma kadar çektiğim kalın bir keçe olurdu gece.

Sabahın ilk ışıklarıyla karanlık dağılırdı. Umutla uyanırdı herkes. Biz kompartımanda olurduk, çıkmazdık üç kişi. Annem, babam ve ben... Gitgide küçülürdük. Dışarıda direk direk akan zaman kuşları gibi tellere tünerdik, küçücüktük.

Kompartımanların içi sıcak, havasız olurdu. Yana yatmış silik yüzler dururdu pencerelerde. Arkalarından düşleri, hayalleri gibi akıp giderdi zaman. Sonra tarlalar geçerdi sabahın ilk ışıklarıyla, gri tarlalar... Korkuluklar geçerdi kefene sarılmış dikine ölüler misali pencerenin dışından. Halit olurdu biri. Başında şapkası, sırtında yeleği... Babama bakardım; kaşları çatık beklerdi, gülmezdi.

Yol kenarlarında demiryolu işçileri çalışırdı. Sırtlarında kazma, tükürüklü ellerinde kürek, matara, sefertası ve hüzünlü bakan gözlerinde sessiz hayallerle işçiler dururdu demiryolunun iki yanında. Tozlu topraklı yollarda külüstür arabalar giderdi trenden daha yavaş. Yol hızla geriye akardı, toz bulutlarının arasında. Ne kadar hızlı gelirdi bana demiryolu ve işçiler ne kadar sabit dururdu. Güneş patlardı tepelerinde öğleüzeri. Terli olurdu yüzleri, enseleri kıllı, kara... Çıplak tepelerin üzerine birkaç cılız bulut konardı. Sonra tren karanlık bir tünele girerdi. Bol rüyalı uykular gibi derin, serin... Yana yatmış silik bir çocuk yüzü vururdu pencereye. Uzun kirpikli gözleri kapalı... Arkasındaki pencereden rüyaları geçerdi. O çocuk ben olurdum. Camdan yansıyan o rüyalarda koşardım, eğlenirdim. Ne çok şey olurdu o rüyalarda. Bir rüyadan ötekine geçerken ne çok şey bulurdum. Ama taşıyamazdım bulduklarımı, hiçbirini getiremezdim bu âleme. Ellerim boş uyanırdım hep uykulardan, rüyalarda kalırdı topladıklarım.

Sihirli küpler, otomatik atlar, robotlar, roketler, konuşan kurşun askerler bulurdum, sonra kendiliğinden melodiler çalan ağız mızıkaları, trampetler, pilli itfaiye arabaları, ışıklı tüfekler, bacasından duman tüten kömürlü lokomotifler, vagonlar pas kokmayan...

4
Makasçı

Çocukluğum büyük şehirlere kıyasla pek çok şeyden yoksun geçti, ama mutluydum. Şimdi çoğunun yüzünü hatırlayamadığım kara gözlü çocukluk arkadaşlarım da mutluydu. Bazen odamdaki dağınıklığı toplarken o günlerden kalan eski bir fotoğraf geçer elime. Mesela yıkık bir duvarın önüne dizilmişizdir. Yanımızda da iri bir karabaş durur. Bu defa yüzleri canlanır isimleri gelmez aklıma. Ama o fotoğrafta mutlu olduklarını hatırlarım. O siyah beyaz eski fotoğrafın çekildiği anın bile bizim için bir mutluluk kaynağı olduğunu, o günlerde zaten hep böyle küçük mutluluklarla yaşadığımızı hatırlarım.

Göklerde süzülen uçurtmalarımız, ceplerimizde misketler, tozlu topraklı yollarda dönen rengârenk topaçlarımız olmasa da kendi kendimize yaptığımız oyuncakları hatırlarım. Hepsi tahtadan; ıhlamur ya da dut ağacından, bazen meşeden, tekerlekleri, direksiyonları hayallerden yapılmış arabalar gelir gözlerimin önüne. Temiz, kirlenmemiş, riyadan uzak, saf arkadaşlıklarımız gelir. Yüzüme bir gülümseme yayılır. Severim o günleri düşünmeyi, gözlerimin önündeki hayal perdesinde çocukluğumu yeniden görmeyi.

Şimdi düşünüyorum da aslında o günlerde biz hep birbirimize benzerdik. Kömür gözlü, kel kafalı çocuklardık hepimiz.

Yüzlerimiz, bacaklarımız yara bere içinde oyunlar oynardık. Uçsuz bucaksız gelincik tarlalarında yaz olurdu. Duvarlara vuran gölgem koşardı o çayırlarda çocukça. Bense kuru öğle sıcağının tozlu ara sokaklarında yürürdüm tepemde güneş. Sarı duvar diplerinde sidik kokusu...

Zahireciler uyurdu serin ambarlarda öğle sonraları. Burunlarının üzerinde çiftleşen kara sineklere aldırış etmeden huzur içinde yatarlardı. Başlarını buğday çuvallarına yaslar, terli enselerine ince tülbentler koyarlardı. Bakır güğümler dururdu etrafta; maşrapalar, bakraçlar, taş çeşmelerde yosun... Kızlar gülüşürdü kuytularında pencerelerin. İğde ağaçlarının gölgeliği serin olurdu. Yakınlarda açık bir pencereden tok bir öksürük duyulurdu. Sonra sinek vızıltıları, öğle sıcağında uzanan boş sokaklarda yankılanan şaplak sesleri. Bir adam elinde sigarayla pencereye çıkardı; diğeri kuytu bir köşeye işerdi. Adam güneşte buhar olur uçardı, duvarda sidiğin izi kalırdı.

Bir kız gülerdi; telli pencerenin ardındaki serin gölgelikten bir kez gülerdi, sonra yine öksürük... Bu defa daha kesik... Uyku her yanda ölümcül bir salgın hastalık gibi kol gezerdi. Sıcak hava şehrin üzerinde buhar olur, kaçak tütün kokusu terimize sinerdi.

Türbelerin demir parmaklıklarının gerisinden hüzünlü yüzler bakardı. Zaten nereye baksanız hüzün ve huzur vardı. Bunlar birbirlerinden hiç ayrılmaz ama çok da birbirlerine yanaşmadan hayatın temelinde dururlardı. Annem beni çağırırdı. Ilık rüzgârlarla kuruyan çamaşırların arkasından gölgeler koşardı. Tepedeki kalenin burçlarından, Alaattin Camii'nin bodur bir deniz fenerini andıran minaresinin tepesindeki külahtan Vilayet Konağı'nın damındaki kiremitlere varıncaya kadar bütün şehrin üzerine, minarelerine, çatılarına çökmüş rehaveti dağıtan ılık bir rüzgâr taşırdı o sesi bana. O sıcak, puslu hava uçar giderdi annemin seslenişiyle. Gölgem çayırlardan koşar, eve varırdı. Ben duvar diplerinde yürürdüm yine. Sidik kokusu...

Kış erken gelirdi. Kar, silgi tozu gibi ince yağardı. Türbelerin içinde ışıkları soğuk rüzgârlarla konuşan eğik başlı mumlar vardı. Gölgeleri küf kokar, ince ışıkları pencerelerden, kapı altlarından mavi gecelere akardı.

Gece şehirlerden erken gelir, erkenden de giderdi. Ve daha karanlık olurdu; berrak gökyüzünde yıldızlar daha parlak... Annem, babam ve ben, biz hepimiz daha karanlık ve daha geniş bir gecenin koynunda yatardık. Daha bilinmez, daha ürkütücü, daha gerçek bir gece hükmederdi hayatımıza. Biz onunla yaşardık. Geceyi koklardık, geceyi solurduk, geceyi giyerdik üşüyen bedenlerimize. Gölgelerimiz küf kokardı soğuk yatırların mumları gibi. Bir süre sonra gece bizi yutardı. Biz gece olurduk.

Arkadaşlarımla hiç aksatmadan okula giderdik. Kar kış demeden her gün... Öğretmen gelmese de biz giderdik. Boş, soğuk sınıflarda ders olmadığı zamanlar bile biz, üşüyen ellerimizi nefesimizle ısıtır sonra kitaplarımızın karanlık sayfalarından herhangi bir ders konusunu açıp kendi kendimize çalışırdık. Ders bitince de şarkılar söyleyerek eve dönerdik. Ağzımızdan buharlar saçarak, ayaklarımızın altında ezildikçe daha çok cam kırığına benzeyen karlarda koşarak, yün çoraplarımıza rağmen sızlayan ayak parmaklarımız, al yanaklarımız, üşümüş burunlarımızla, uzaklardaki karlı dağlara uzanan çığlıklarımızla evlerimize dönerdik.

Aslında çok zeki, çok bilgili çocuklar değildik. Ama çok okurduk ve etrafımızda olup biten her şeyi merak ederdik. Ve sırf bu merak yüzünden günün birinde içimizden birinin aklına uyup üç arkadaş yollara düşmüştük. Aklımızca dünyanın yuvarlak olduğunu bir de biz ispat edecektik. Dünya yuvarlak diye öğretmişlerdi ya bize... Herhangi bir yöne doğru yürürsen döner dolaşır yine aynı yere gelirsin demişlerdi. Biz de dönelim dünyayı dedik, çıktık yola. Sabaha karşı, uçsuz bucaksız bir ovada birbirimize sarılmış titrerken buldular bizi. Babam Halit'e uyup korkuluk olmaya özendiğimde kızdığı kadar bile kızmamıştı nedense. Sanki kendisi de maceradan hoşlanıyormuş, sanki çocukluğunda kendi yapamadığı şeyleri benim denememden gizli bir haz duyuyormuş gibiydi.

Babalarımızı karşımızda görünce, dünyayı dönecektik dedik heyecanla. Ama korktuk, gece karanlığında fazla yürüyemedik. Sabahı bekliyorduk dedik. Aslında hepimiz karanlıktan korkmamayı o gece öğrenmiştik. O tecrübeden sonra bir daha hiç korkmadık geceden, çünkü gece bizi kucağına kabul etmiş, şefkatle örtüsünü örtmüştü üzerimize.

İnsan aslında ne kadar az görürse o kadar az korkuyordu. Ne kadar az bilirsek o kadar az tehlike vardı. Bilinenin tam aksine karanlığın ve ıssızlığın ortasında kalınca, etrafta hiçbir şey göremeyince korkacak bir şey de olmuyordu. Ama alacakaranlık saatler yok mu. Sabahçı kahvelerinin buğulu camlarından içerde ürkünç gölgelerin oynaşıp durduğu saatler. Bir çalının yılan, bir ağaç gövdesinin kurt olduğu saatler yok mu. İşte onlar, karanlıktan daha tehlikeliydi aslında. Tıpkı az bilmek gibiydi alacakaranlık. Karanlıksa hiç bilmemek...

Mutluluk belki de hiç bilmemekti. Karanlıktı yani... Çamaşırların arkasından geçen gölgelerdi. Öğle sonraları zahirecilerin uyukladığı ambarların serin kuytularıydı, bizi saran geceydi mutluluk. Ne kadar az bilirsek o kadar mutluyuz aslında. Ne kadar bir taraflarımız eksik, ne kadar yarımsa o kadar çok oluyoruz belki de. Belki de zenginleştik sanırken fakirleşiyoruz, kazandıkça kaybediyoruz. Ve bildikçe yalnızlaşıyoruz. Okudukça, öğrendikçe daha az, daha az oluyoruz. Genelden, çoğunluktan uzaklaşıyoruz. Azınlık oluyoruz, daha yerel kalıyoruz, kamuya mal olamıyoruz. Ve o zaman da bir sürü yaftayı yapıştırıyorlar üzerimize kendilerine benzemediklerimiz.

Bilmiyorum, belki de böyle uzun uzadıya çocukluğumdan bahsederek sizi sıkıyorum, ama asıl anlatacağım önemli hadiseye geçmeden önce bunları anlatmam lazım. Sizden bir süre daha sabretmenizi rica ediyorum. Olabildiğince kısa kesmeye çalışacağım.

Evet, çocukluğum diyordum. Çocukluğumun geçtiği o küçücük şehir çok şey öğretti bana. Sonraki yıllarda, böyle küçük bir şehirden İstanbul'a gelip, biriktirdiklerimi büyük şehir yaşantısıyla karşılaştırma şansı bulunca iki dünya arasındaki uçurumu görmem beni erkenden olgunlaştırmıştı. Yaşıtlarımın hepsinden daha tecrübeli olmuştum. Aynı dünyayı paylaştıklarını zanneden insanlar aslında çok farklı dünyalarda yaşıyordu.

Niğde'de uzak bir duman görürdük bazen. Alacakaranlığın içinde tüterdi. Bilmezdik kimin ateşidir, alız der geçerdik. Akşama doğru küçük bir kalabalık geçerdi yanımızdan, en önlerinde taşıdıkları cenazeyle. Uzak komşunun kardeşi olurdu mesela ölen. O zaman sebebini öğrenirdik, kimin ocağıdır sönen bilirdik. İşte hayat oralarda zor, ama bu kadar da basitti ve cevaplarını hep beraberinde getirirdi. Kimse tutmuyordu kolumuzdan kanadımızdan, özgürdük. Ama İstanbul'a geldiğimizde tel örgülerin ardında öksüzdük. Çünkü burada çitlerin içinde ölümüne oynanan bir oyundu hayat, horoz dövüşüydü. Ama buna da alıştım zamanla.

Hayata dair düşüncelerimin hemen hepsi o çocukluk günlerimden kalan kırıntıların İstanbul'da gördüklerimle bir araya gelişiyle şekillenmişti. Mesela yaşamı, Tanrı'nın ördüğü bir demiryolu ağına benzetiyordum. Kimi zaman sert virajları vardı, kimi zaman düz bir hatta gidiyordu. Uzun süre, tünellerden geçiyordu, kararıyordu, köprüleri aşıyordu, yükseklere çıkıyordu. Bazen inişler çıkışlar oluyordu demiryolları gibi. Soluklanmak istediğinizde istasyonları vardı. Tanrı mükemmel bir demiryolu ağıyla örmüştü evreni baştan başa. Ama makasçısı kimdi bu yolların? Yol çatallandığında kim değiştiriyordu makasları? Treni yanlış yere yönlendirip kaza yaptıran acemi makasçı mıydı kader? Yoksa yorgunluktan uyuyakalan makasçı kör Salih miydi talih? Bilmiyordum.

Niğde'de küçücük bir çocukken kendimdeki tuhaflığı sezmiştim. Daha o zamanlardan böyle cevaplarını bulamadığım soruların gelip kafama takılmasına bir anlam verememiştim. Ama her şeyi bilenler de vardı. Çok uzakları bile görenler... Gecenin o uçsuz bucaksız, o şekilsiz, o çerçevesiz karanlığının içinde gökyüzüne bakan yüzler görürdüm. Sayıları çoktu. Ağızları oynardı. Titrek dudaklarından dualar yükselirdi semaya doğru. Sabah ayazında basık köylerin damlarındaki bacalardan tüten duman gibi ağır ve sessiz yükselirdi okudukları dualar. Ve karanlığın içinden aynı suratlar bana bakardı. Dudakları büzüşür, üfür üfür üflerlerdi. Sıcak bir kâse çorbanın üzerinde tüten dumanı dağıtır gibi... Çığlık çığlığa bir rüzgâr eserdi tepelerde. İplere asılı beyaz çamaşırların ardında karanlık gölgeler gezerdi. Rüzgârla konuşurdu çamaşırlar, bir görünüp bir yok olurdu deterjan kokulu gölgeler. Ben de, yüzüm gökyüzüne dönük, dudaklarım titrek, dualar ederdim. Karanlık yatır odalarında erimiş bitmiş mumlarla birlikte hep aynı duaları tekrarlardım gece de mum gibi eriyip bitene dek. Korkardım, sığınırdım yine gecenin şekilsiz karanlığına. Görünmeyen kollarla sarardı beni gece. Ve görünmeyen âmâ gözlerinden iki damla yaş dökülürdü. Hüzünlü bulutlar sererdi üzerime gece. Yağmur kokardı ellerim.

Aslında bulutlu havalarda gezmeyi seven, sürekli elma yiyen

parlak gözlü basit bir çocuktum ben. Ve ben, o zamanlar o kadar kolay inanırdım ki her şeye ve o kadar masalsı bir dünyada yaşardım ki hiç olmayacak şeyler olurdu. Sihirbazların bile yapamayacağı şeyleri yapardım. Küçücük ellerimle karanlık gökyüzünü tutabilir, sonra da uzanıp kolayca yıldızlara dokunabilirdim mesela. Gezegenlerin arasında çiçekli çayırlarda olduğu gibi özgürce koşabilirdim. Her şeyi, ama her şeyi yapabilirdim istersem. Fakat yapmazdım, korkardım. İşte o zaman karanlığı iter, kaçardım. Karanlığın içinden koşardım. Zamansız, mekânsız zifir zindan karanlıklarda içine düşebileceğim kör bir kuyudan, yapraksız kavak ağaçları uğuldadığında ortaya çıkan beyaz hortlaklardan, yatırların içlerine, tekinsiz kuytulara, kuyu başlarına geceleri gelen hayaletlerden kaçtığımı sanırdım hep. Ama dönüp arkama baktığımda peşimde beni kovalayan hortlaklar, cadılar, cinler, periler olmazdı. Aslında ben kendimden kaçardım.

İşte o çocukluk yıllarında başlayan kaçış hâlâ devam ediyor. Aslında hiç bitmiyor. İnsan bazen kendine bakıyor, başkasını görüyor. Başka birinin yüzü kendi sureti oluyor. Belki de böyle olmak istiyoruz. Belki de aynalar bize görmek istediğimizi gösteriyor, gerçeği değil. Kendini ne kadar yakışıklı, ne kadar çirkin, ne kadar güvenli, ne kadar korkak görmek istiyorsan o kadar oluyorsun aynada. Ayna sana istediğin resmi veren bir sokak ressamı oluyor yani. Fakat bir süre sonra bununla da tatmin olamıyoruz. Aynadaki görüntümüzden kaçmaya başlıyoruz. Başkalarından kaçışı bahane ederek aslında kendimizden kaçıyoruz. Çünkü korkuyoruz, çünkü güvensiziz. Çünkü aslında hep karanlıklardayız da biz aydınlık sanıyoruz. Çünkü gözlerimiz alıştı karanlığa bir kere; kolayca her şeyi seçiyoruz. Çünkü başsız ve sonsuzuz, zamansız, mekânsızız. Çünkü makası biz değiştirmiyoruz; belki de bundan, böyle arkamıza bakmadan kaçıyoruz.

5
Karanlık Oda

Babam emekli olunca İstanbul'a döndük. Ortaokulu Fatih'te bitirdim; sonra Vefa'da liseyi. O yıllardan aklımda kalanlar, mürekkep lekeli kırık dökük sıralar, takma dişli hocaların sert bakışları ve evin çatısında beslediğim paçalı güvercinlerimin güneşli taklaları gibi zihnimde parçalanmış bazı görüntülerle sınırlıdır. Bir de, "Kilogram, Sevr'de Breteuil Pavyonu'nda saklanan iridyumlu platinden yapılmış kilogram prototipinin kütlesidir gibi" gereksiz birkaç cümle kalmıştır geriye.

En yakın arkadaşlarım, Peyami ile Ejder'den ve tabii ki fotoğraf merakımdan da bahsetmem lazım. Ejder'in ağabeyinin, evdeki alaturka tuvaleti karanlık odaya çevirmesiyle başlayıp, hızla mahalleye yayılan onulmaz bir hastalık olmuştur fotoğraf bizim için.

Fotoğrafa ilk merak saldığımız yıllarda teker teker karanlık odasına girer, Eşber Ağabey'i izlerdik. Sihir gibi, büyü gibi bir şeydi yaptıkları. Eski bayramlarda mahallemize gelen sihirbazların kerametli elleri gibiydi elleri. Daha önce okulun laboratuvarında bile görmediğimiz bir sürü kimyasal tozu hassas terazisinde ölçüp, sularla karıştırarak film banyoları hazırlarken onu hayranlıkla izler ve gösterinin sonunda neler olacağını merakla beklerdik. Bazen de bu bilmediğimiz kimyasalların yanında evde annelerimizin kullandığı sirkeli suları, bulaşık deterjanlarını görüp şaşırırdık.

Çocuk filmlerindeki cadı odalarına benzeyen büyülü bir yerdi karanlık oda. Rengârenk sıvıların upuzun bakır boruların içinde dolanıp durduktan sonra ince boyunlu imbiklerden süzüldüğü, üzerlerinden dumanlar çıkan kazanlarda tuhaf karışımların kaynadığı tılsımlı bir odaydı sanki. Eşber Ağabey de efsunlu sularla gaipten suretler getiren bir simyacı...

Kendiminkini yapana kadar başka karanlık odalar da görmüştüm. İçlerinde rengârenk banyo küvetleri, film asma mandalları, hassas teraziler, üzerleri etiketli kahverengi cam şişeler, huniler, makaslar, film yıkama tankları, makaralar, çalar saatler, kronometre ve termometreler, maşalar, plastik şişelerde banyolar ve daha pek çok öteberinin bulunduğu, bazen cılız bir kırmızı ışıkla aydınlanan ama çoğunlukla zifiri karanlığa gömülü duran bu büyülü küçük odaların baş köşesinde agrandizör dururdu. Tepesinde lambasıyla upuzun suratlı, ince boyunlu, çenesi körüklü, gözleri camdan bir uzaylı yaratık gibi fotoğraf kâğıdı konulan zemine tepeden bakardı.

Fotoğraf sayesinde çocukken içindeki mumu yakıp, büyük leğenlere doldurduğumuz suyun üzerinde patırtıyla gidişini hayranlıkla seyrettiğimiz teneke tekneler gibi mucizevi bir oyuncak bulmuştuk kendimize. Sıkılıp asla elimizden bırakamayacağımız bir oyuncak... Eşber Ağabey'i seyrederek, mahalle aralarındaki siyah perdeli fotoğrafçılara sorarak sonunda biz de hünerli birer simyacı olmuştuk. Gram gram sodyum sülfat, boraks, sodyum sülfit, gıdım gıdım asetik asit, su, bazen sirke, limon...

Mutluyduk, fizik hocası derste mercekleri anlatırken, ışık tayfından bahsederken yüzlerimize düşen o ukala hal, etrafımıza kibirle bakıp, birbirimize kaş göz etmeler ya da kimya derslerinde sıra redoksa gelince sussak da hoca laboratuvarda sodyum sülfat der demez ilk "en a iki es o dört"ün bizden çıkması hep yeni oyuncağımız fotoğraf sayesindeydi.

Diğerlerinden daha büyüktük, daha bilgiliydik, daha yukarıdan, daha geniş açı bakabiliyorduk. Perspektif, kontrast, kadraj, paralaks, obtüratör, ajitasyon ve daha pek çok süslü kelimenin anlamlarını biliyorduk. Meselenin kalbine zum yapabiliyorduk ya da kendimizce bir tek biz hayatı balık gözü görebiliyorduk. Ama böyle dünyaya deforme bakınca da bazı önemli şeyleri gözden kaçırıyorduk. Bunun farkına çok sonraları vardık.

Biz böyle koyu karanlık odalara girip çıkarken ve aslında farkında olmadan gittikçe yanık bir film gibi kararıp, koyulaşarak kendi içimize kapanırken diğerleri de bizden intikamlarını farklı şekillerde alıyorlardı. Amatör kümede top oynayıp caka satıyorlardı, ellerindeki gitarları iki tıngırdatıp alkışlanıyorlardı. Okulun en güzel kızlarıyla el ele yanak yanağa onlar geziyorlardı, biz değil. Biz harçlıklarımızı denkleştirip, hafta sonları Sirkeci'deki gölgeli, loş dükkânlardan güçbela aldığımız birkaç parça tozla karanlık odalarımıza çekilip agrandizörümüzle baş başa kalmanın ince hayaliyle eve dönerken aynı güneşli yollardan onlar da geçiyorlardı. Kızları kollarına takmış parklara, çay bahçelerine, Boğaz'a ya da Adalar'a gidiyorlardı vapur vapur...

İşte o güneşli günlerde Ejder'e, Peyami'ye bakardım, bir de aynada kendime... Hepimiz kuyruğu kopuk kertenkeleler gibiydik, kara kuru çirkindik ve odalarımıza kapandıkça daha da kararıyor, daha da çirkin oluyorduk. Peyami sıska, kupkuru bir çocuktu, üstelik albinoydu. Bembeyaz kaşlarının altından kırmızı küçük gözlerle dünyaya bakıyordu. Çilli yüzü sürekli pudra sürülmüş gibiydi. Uzun boynunu saklamak için hep içine kaçırır, kambur yürürdü. Ejder, daha o zamanlardan göbekli, kısa bacaklı, koca kafalıydı. Kırk beş numara ayakkabılarıyla yolda yürürken küçücük bir taşa takılıp düşecek kadar hantal ve dengesizdi. Başının tam tepesinde bir yerde hiç saç yoktu. Belli ki saçkıran, ama küçük bir çocukken seni uykuda şeytan öptü demişler, kandırmışlar. Bu yüzden hâlâ karanlıkta yalnız kalmaktan hoşlanmaz.

Bizde durum böyleydi. Ya ötekiler, o güzel kızlarla gezen çocuklar... Onlar bize göre daha akça pakçaydılar. Tenleri beyazdı, elleri yumuşaktı, pürüzsüzdü. Hiçbir şeye el sürmez, güneşe de pek çıkmazlardı. Çoğunun yanakları tombul, alınları parlaktı. Üzüntü nedir bilmezlerdi. Belki de bu yüzden güneş değmeyen yüzleri maske gibiydi hep. Belki yağlı ciltlerinde birkaç sivilce olurdu, hepsi o kadar. Tokalaşırken elinizi fazla sıkmazlar, kızlar gibi eğreti tutup hemen bırakırlardı. Üniversiteye gittiklerinde saçları uzardı. Tuhaf sakallar bıyıklar bırakırlardı. Okul civarındaki kahvelerde, pastanelerde, sinema, tiyatro, konser salonları ve bilumum kültürel faaliyetin antresinde görünürler, salonunda kaybolurlardı. Bazılarının sırtlarında bir gitar, bazılarında siyah, biçimsiz torbasıyla kuru bir saz olurdu dut ağacından. Senede on kitabı bir araya getirip okumazlardı. Ve bu eksikliği sanki atkuyruğu saçlarıyla, dağınık sakallarıyla gizlemeye çalışan bu irikıyım adamların yanlarında nedense ufak tefek kızlar olurdu hep. Onların da keyfi yerindeydi. Bu bol kıllı adamlarla ölçek olarak oluşturdukları ciddi tezadı görmezden gelerek kibirli bir edayla başlarını bellerine dayadıkları iri sevgililerinin kolunda yürür giderlerdi yanımızdan.

İşte bütün bunları düşündüğüm kasvetli zamanlarda sen kendine bak derdi içimdeki o susmayan ses. Ben de bize bakardım. Ejder'e, Peyami'ye ve bana. Sonra aynada sadece kendime... Kalın kaşlarıma, çiçekbozuğu yüzüme, kocaman burnuma, kalın dudaklarıma, kıllı bir hayvan pençesi gibi yanımda taşıdığım, nereye saklayacağımı bilemediğim ellerime, iri parmaklarıma...

Ancak Ejder'e göre biz onlardan çok daha iyiydik. Biz, karantina günlerinde, karabinalı askerlerden kaçmayı başaran karamelalı çocuklar gibiydik. Karamba karambita demeyi de bilirdik, *Karamazov Kardeşler*'i okumayı da; Karam yağların iyisidir şarkısını hep bir ağızdan söylemeyi de... Ejder böyle derdi. Böyle uyumlu laf kalabalıklarını çok severdi. Ama sonra, üzerine karanlık odanın karası sinmişse bir kere ne yapsan fayda etmez diye de eklerdi. Haksız değildi, çünkü sadece üzerimize değil, sanki bütün yaşantımıza bulaşmıştı o is...

6
Kukla

Şimdi size yaşamımdaki dönüm noktalarından birini anlatacağım. Üniversite üçüncü sınıftaydım. Babamın emeklilikten iyice sıkılmaya başladığı yıllardı. Devlet Demiryolları'nın medarı iftiharı Vecihi Bey'in, günlerini evde oturarak tüketirken kendi sıkıntısından etrafını göremediği, kendini iyice işe yaramaz hissetmeye başladığı ve sanki bütün bunların sorumlusuymuş gibi boş yere annemle tartıştığı yıllar...

Babam, haftada bir gün tıraş oluyor, sonra tütün kolonyası sürüp, lacivert takım elbisesini giyiyor, yakasına da kanatlı tren tekerleği rozetini taktığı gibi doğru demiryolu emeklilerinin buluştuğu lokale gidiyordu. Diğer günlerse evde oturup sürekli annemle kavga ediyordu. Aslında annemin fazla sesi çıkmıyordu, babam bağırıp çağırırken o ince ince ağlıyordu. Ona ne kadar kızsam da elimden fazla bir şey gelmiyordu, sadece üzülüyordum.

Üniversite yıllarım da böyle kendi iç sıkıntımı unutup, babamla uğraşarak geçer gider, mezun olurum diye düşünürken babam ansızın evi terk etti. Ejder'le sinemadan döndüğümüz bir akşam annemi evde ağlarken buldum. Saçlarını her zamanki gibi topuz yapmıştı. Gözlüğünü önündeki sehpaya bırakmış ağlıyordu. Üst kattaki komşumuz da bizdeydi. O da ağlamaklı sahte bir suratla babamın her zaman oturduğu koltuğa kurulmuş bir de mentollü sigara yakmıştı. Böyle sıkıntılı günlerin kehanet aracı, kahve fincanı ters çevrilmiş önünde duruyordu.

Aslında babam yıllardır her sinirlendiğinde annemi evi terk etmekle tehdit ederdi. Böyle evde oturup ota boka ağlayan bir kadınla olmaktansa sersefil yalnız bir hayat yaşayıp sonra da bir başıma huzur içinde ölürüm daha iyi derdi de bir türlü cesaret edip, evi terk edemezdi. Fakat bu defa gerçekten gitmişti. Üstelik yeğenlerim Şah ile Ender'in sünnet düğünlerinin olduğu hafta sonu yapmıştı bunu. Her zaman olduğu gibi zamanlaması yine çok kötüydü. Ertesi gün annem ağlamaktan davul gibi şişmiş mosmor gözlerle bir köşede otururken yeğenlerime ben altın takmıştım babamı temsilen. O gün bugündür de bir temsilde gibiyim zaten. Hep babamı oynadığım ucuz bir vodvilin küf kokulu, suflörsüz sahnesindeyim bir başıma.

O gün sünnet düğününde altınları takmakla da bitmedi her şey. Kirve oldum o da yetmedi. Bir de o halde, dosta, düşmana rezil olmamak için yalandan halay çektim, yeğenlerimin yan yana yattıkları renkli tülbentlerle süslü yatağın başucuna oturup onları eğlendirdim, hokkabazlık, sihirbazlık dahil her türlü bana uzak mahareti gösterdim, kokusuna dayanamadığım zerdeyi bile yedim.

Bütün bunlar yetmiyormuş gibi bir de annemle uğraştım tabii. Onu sakinleştirmek hepsinden zordu. Durumu öğrenen kuyu cadısı kılıklı birkaç konu komşu birlik olmuş, kadının kafasını allak bullak etmişlerdi. Başka bir kadın vardır mutlaka diyorlardı, erkek kısmı öyle evi kolay kolay terk edemez Şaziye, diyorlardı. Aklını başına devşir. Seninki azmış anam. Ay üstüme iyilik sağlık, diyorlardı. Bu yaştan sonra azanı deyip gerisini getirmeden lafı havada bırakıyorlardı. Bunlar da yetmiyordu. Daha bir yığın boş lakırdıyla annemin kafasını iyice karıştırıyorlardı. Sözüm ona onu teselli ediyorlardı. Üzülme, Rabia'nın kocası da genç bir şırfıntı bulup ortadan kaybolmuştu geçen sene. Bir ay dayanamadı vallahi, salya sümük gelip ayaklarına kapandı affetsin diye; seninki de gelir... Azgın teke... Tilkinin dönüp dolaşıp... Teneşir paklar... Kürkçü dükkânı kürkçü... Erkek milleti değil mi, hepsinin boyu devrilsin. Büyü yapmışlardır büyü, diyorlardı.

Yapılan büyü falan değildi tabii. Babam bunca yıldan sonra özgürlüğe zar atmıştı o kadar. Zar da öyle düşeş falan gelse neyse. Peder attığı zarla ancak bir enayi kapısı alabilmişti. Sürekli gittiği lokalde demiryolu meslek lisesinden birlikte mezun oldukları eski bir arkadaşı aklına girmiş. Adam zaten karısından ayrı yaşıyormuş, kendine arkadaş arıyormuş belli ki. Vecihiciğim, demiş bir gün. Bu yaştan sonra karı dırdırı çekilir mi hiç? Ne zaman istersen kapım açıktır sana. Canın sıkıldığı zaman çık gel. Sohbet ederiz, akşamları iki duble de attık mı bizden kralı yok. Bir daha mı geleceksin dünyaya? Bak geldik gidiyoruz işte.

Dediği gibi de gitti peder. Evi terk ettikten bir yıl sonra kaybettik babamı. Bu defa annemi sakinleştirmek çok daha güç oldu. En büyük desteğimse Şahbender dayımdı. O babalık etti bana üniversiteyi bitirene kadar. O ilgilendi her şeyimle. Kendi oğullarından hiç ayırmadı beni.

Babam sert mizaçlı bir adamdı. Kendi çocukluğu, gençliği ve hatta tüm hayatı zorluklar içinde geçtiğinden hiç acıması yoktu. Aslında düşündükçe bazen ona hak vermiyor da değilim. Ağır işlerde çalışan ellerin nasır tutması gibi hayatın zorlukları insanın duygularını da sertleştirip meşin gibi kaskatı yapıyor.

Daha kundaktayken belliymiş babamın hayatının zor olacağı. Köy yerinde doğmuş. Bütün köy çocukları gibi kırmızı yanaklı, tombul bir bebekti herhalde. Fakat doğduktan birkaç ay sonra köye gelen salgın bir hastalık bir anda köyde kim var kim yoksa, koyunundan kuzusuna, keçisinden ördeğine, kazına varıncaya kadar herkesi kırıp geçirmiş. Hastalığın adı bilinmiyor. Artık veba mıdır, kolera mı bilen yok. Felaketten çok sonra civar köylerden gelenler kıran deyip geçmişler. Onlardan da sonra jandarmalar gelip, köyü karantinaya alan ekipleriyle salgın hastalığı tespit etmişler, ama adını ben öğrenemedim.

Hastalık fazla sürmemiş, fakat geldiği gibi köydeki herkesi öldürmüş. Bir tek babam sağ kalmış. Bir de babamın doğumuna iki ay kala apar topar askere alınan dedem. Aslında ani ölümlerden birkaç gün sonra tesadüfen köye gelen teyzesi bulmasa babam da ölecekmiş.

Teyzesi kocasıyla gelmiş katır sırtında. Köyün meydanına vardıklarında anlamışlar bir tuhaflık olduğunu. Her zaman köye girerken peşlerine takılan iri kafalı, kara suratlı köpekler yokmuş ortalarda. Köyün dışındaki tarlalarda da kimseye rastlamamışlar. Namaz vaktiymiş üstelik. Ezan da okunmuyormuş. Ne bir kuş cıvıltısı, ne cırcırböcekleri, sadece uzak kavak ağaçlarında rüzgârın sesi duyuluyormuş. Köy meydanındaki çeşmenin başında da kimseyi görememişler. Boş birkaç testi görmüşler akıp giden suyun yanında, o kadar. O gün köyün pazarıymış ama bakmışlar pazaryeri boş, berber dükkânı kapalı, nalbant, bakkal hepsinin kapıları kilitli. Telaşla küçük köy evlerinin arasında koşmaya başlamışlar. Tavuklar, kazlar kaçışmamış ayaklarının dibinden, kısa bacaklı köy köpekleri de takılmamış peşlerine. Yerlerde boynu bükük yatan tavuklar, horozlar, kazlar, piliçler, ağaçlardan yere düşmüş küçük kuşlar görmüşler. Koşarken evlerin karanlık pencerelerinin içinde ölümün küf kokan nefesini duymuşlar. Pencerelere yaklaşıp, ellerini siper ettiklerinde evlerin içlerinde ölümü görmüşler. Yataklarda tek başına yatarken, elindeki kaşıkla önündeki çorbayı içemeden, elleri göbeklerinin üzerine düşmüş, sedirde otururken kalmış, seccadelerin mihraplarına baş koyup kalkamamış ölüler görmüşler. Kuyu başında, dibek taşında, eşikte, beşikte görmüşler ölümü. Yerlerde yatan, damlardan kolları sarkan, kapı aralarından şişmiş kalın bacakları uzanan ölüler görmüşler. Açık ağızlarında kara sinekler gezinirken ve aynı yeşil başlı sinekler etraflarında vızıldarken görmüşler.

Bir süre sonra dayanılmaz bir koku sarmış her yanı. Babamın teyzesi herkesin öldüğünü düşünüp ümitsizce kız kardeşinin evine doğru koşmuş. Eve geldiğinde bahçede, iç avluda, evin girişindeki taşlıkta ve merdivenlerinde hep ölümün kokusu varmış. Telaşla üst kata çıkmış. Kız kardeşinin yattığı odaya girdiğinde herkesi cansız yerde yatarken bulmuş. Ama babam hâlâ yaşıyormuş. Birkaç gün önce ölen annesinin koynunda, kadıncağızın kuru göğsünden süt emmeye çalışırken bulmuş onu. Biraz daha geç kalsa belki de açlıktan ölecekmiş.

Bu hikâyeyi defalarca anlatmıştı babam. O felaketten bir tek kendisi kurtulduğu için efsunlu olduğunu, ama teninde hâlâ ölümün kokusunun kaldığını söylerdi. Hiçbirimizin almadığı o kokunun üzerine sindiğine ve asla çıkmayacağına inanırdı.

Babamın gençliği de çocukluğu gibi hep zorluklar içinde geçmiş. Ona bazen çok kızsam da yaşadığı hayatın, derisi gibi hislerini de sertleştirmiş olduğunu düşündükçe kızgınlığım hemen geçerdi. Şimdi de onu her hatırladığımda öfkenin yerine geç bir üzüntü, ağır bir pişmanlık duygusu kaplıyor her yanımı. Vicdan azabı kemiriyor içimi. Bazen ona haksızlık ettiğimi, bazen benim için yaptıklarının aslında ne kadar önemli şeyler olduğunu düşünüyorum. Fedakârlıklarının farkına geç vardığım için içim sızlıyor. Ve her sızladığında hep aynı şey geliyor aklıma. Babamın beni kimsenin bilmediği gizli bir sihirle küçültüp cebine koyduktan sonra işe giderken yanında götüreceğini söylediği günü anımsıyorum.

O günden sonra yıllarca hep küçülmeyi beklediğim geliyor aklıma. Küçücük bir kukla olup babamın cebinde işe gideceğim soğuk, karanlık bir sabahı düşlüyorum hep.

Sarı kestane yapraklarıyla kaplı ıslak bir bahçeyi seyrederken ölmeden önce ceketinin sökük cebinden çıkıp ona gülümsemeyi, en azından renksiz soğuk dudaklarına sıcak bir gülücük kondurmayı ve babam gökyüzünden geçen kahverengi bulutlara görmeden bakarken kirli sakallı yanaklarından onu öpmeyi ne çok isterdim.

7
Demir Kokusu

Niğde'deki çocukluk yıllarımda kimi günler okuldan çıkıp gizlice istasyona, babamı görmeye giderdim. Sisli, soğuk sabahlarda demiryolunun kenarından yürürdüm tek başıma. Askerliğimi kısa dönem er olarak Kütahya'da, Hava Er Eğitim Tugayı'nda yaptım. Orada da, sisli soğuk günlerde demiryolunun kenarında nöbet tutarken babamı görmeye gittiğim günler gelirdi hep aklıma. Bir de şimdi hatırlıyorum. Demir renkli taşlar takılırdı ayağıma. Sisin içinde makas lambaları yanardı silik ışıklarıyla. Dumanların arasından dallar çıkardı. Peronda avurtları çökük, uzun, ince, kuru bir adam dururdu dal gibi. Boynu kırmızı, yüzü esmer, öksüren, bana benzemeyen, kaçak tütün kokan, düşünceli bir adam... Sanki yolda çalışma olduğunu gösteren trafik uyarı işaretindeki o kürekli yorgun adamdı babam. Sürekli kaşları çatık etrafa bakardı. Yaklaşamazdım yanına kızardı, istemezdi çalışırken ne beni ne de annemi. Bu yüzden onu hep uzaktan seyrederdim gururla, onu uzaktan severdim. O bilmezdi bunu hiç. Bilmeden de öldü zaten. Tahta bir paravanın arkasından, demir parmaklıklı bir pencereden, kapı aralarından severdim onu. Gözlerimle saçlarını okşardım, sert sakallı yanaklarını öperdim. Babamın hiç haberi olmazdı. Islak raylardaki yağmurun, uzaklardan pusu yırtarak gelen trenin sessizliği bozan düdüklerinin, makas lambalarının, gök gürültüsünün arasında kalır, etrafımı saran paslı dünyanın içinde kaybolurdum.

Bütün bunlar aklıma gelince canım fena halde sıkılıyor. Her şeyden kaçıp saklandığım uykulara dalıyorum. Ağır bir uyku çöküyor üzerime, esrar gibi, morfin gibi ağır... Kalın, serin bir köy yorganı gibi eziliyorum altında o ağır uykunun... Uyuşuyor vücudum, tüm sıkıntılarım, üzüntülerim, kaçırıp biriktirdiklerim, gözlerden sakladıklarım uzaklaşıyor. Uykunun güvenli dehlizlerine dalıyorum. Bir bir kapılar açılıyor ve her kapıda biraz daha kaçıyorum, kurtuluyorum, biraz daha az duyuyorum ensemdeki nefesi, kafamın içindeki sesleri... Her kapıda biraz daha kararıyorum, kayboluyorum, kopuyorum. Ben ben olmuyorum, başkası oluyorum. Başkaları da ben...

Fakat bu çoğu zaman uzun sürmüyor. Yattığım kaçış uykularından kâbuslarla uyanıyorum. Uyandığımda odama bakıyorum, koltuklara, yerdeki halıya, duvardaki saatlere, takvime, kapının arkasında asılı duran pantolonuma bakıyorum. Etraftaki her şey uzamış, irileşmiş, büyümüş oluyor. Bense ufalmış oluyorum, deterjan kokan ıslak çamaşırlar gibi çekmiş, küçülmüş oluyorum birkaç beden. Ellerim, annemin elleri oluyor. Çamaşır kokulu, beyaz, tombul, ıslak... Ve ıslak ıslak ağlıyorum karşımdaki karanlığın içinde duran boş yüzlere, güneş dolu ara sokaklara, pencerelerinde paslı tenekeler, tenekelerinde hercaimenekşeler duran çocukluğuma bakarak.

Ağlıyorum; ayaklarım büyük, sesim hırıltılı, tok; babam gibi. Kupkuru bir öksürükle dikiliyorum heybetli, kırk beş numara ayaklarımın üzerinde dimdik. Babam demir kokuyor. Pas pas, ışıl ışıl... Ağzında düdük, başında şapkası demir kokuyor babam. Ter gibi ağır, isli duman gibi üste sinen, toz gibi yapışan, burna dolan kurum gibi devletin demiri kokuyor babam.

Yırtık pasolarda solan resimler gibi, bilet dolapları, yıpranmış vaziyet planları, avuç avuç jetonlar, bilet baskı makineleri gibi, çanlar, kampanalar, peron saatleri, soğuk raylar gibi, taş istasyonların serin bekleme salonlarına sinen ve kırk yıl yıkansan üzerinden çıkmayan o demir tozu gibi kokuyor babam. Ve ben babam oluyorum, demir kokuyorum. Karabük'te, Ereğli'de, İskenderun'da ne kadar demir varsa o kadar ağır oluyorum, paslanıyorum, kokuyorum. Yıkanıyorum, bir kalıp lavantalı sabunu eritiyorum başımda, kese yapıyorum vücuduma çıkmıyor; demir kokuyorum babam gibi.

Devlet kokuyorum sonra, devlet daireleri gibi tozlu, paslı, eski... Zabıtlar, evraklar, dosyalar kokuyorum, mahkeme tutanağı kokuyorum, belediye otobüsü, tapu kadastro dairesi, il özel idaresi kokuyorum, ilaç kokulu hastane koridorlarında telaşla koşan umutsuz bir çift topuk oluyorum, sararmış duvarlarda yankılanıyorum, şeker fabrikasında vardiya düdüğü oluyorum, onun gibi sabahın sisini dağıtırcasına ötüyorum, aşınmış mermer merdivenlerden aşağılara iniyorum, paslı tırabzanlardan bitmeyen katlara kayıyorum, yerin dibine, mahzenlere, tozlu arşivlere, yağlı lağım farelerinin kemirdiği evraklara göz atıyorum, kömür madenlerine iniyorum elimde karpit fener, etrafım grizu... Sonra dev bir kunduz gibi üzerimdeki tonlarca toprağı, taşı, kayayı delip yukarı çıkıyorum, uçup karanlık fabrikaların uzun bacalarına konuyorum, aşağıda ümitsiz, fersiz gözler görüyorum. Duman oluyorum duman, bacadan tütüyorum; taban fiyat oluyorum, pancara konuyorum. Grev, lokavt, toplu sözleşmeler görüyorum, on beşinci derecenin birinci kademesine, dokuzun birine, birin dördüne yapılan memur maaş zamlarını uzaktan itidalle izliyorum, banka önlerinde maaş kuyruklarına giriyorum, Et ve Balık Kurumu'nda eski tarihli, mor damgalı bir et oluyorum, gürültülü bir buzdolabının yuvarlak penceresinden donuk donuk etrafa bakıyorum, isli balık kokuyorum, sonra bir çöp arabasının arkasında çıkageliyorum, kirli sular akıyor, sinekler dolaşıyor etrafımda. Kenarda kalmış, unutulmuş bir semtin belediye stadyumunda soyunma odasına giriyorum. Orada ter kokuyorum. Dışarıda yağmur yağıyor, ne yağması sel götürüyor. Saha balçık, kirli çoraplar, şortlar çamaşır iplerinde ıslanıyor, çoraplar yıkanıyor temizlenmiyor, çamaşır suları bile beyazlatmaya yetmiyor bu çamur deryası top sahalarının kirini. Sonra stadyumdan su boruları patlamış sokaklara çıkıyorum yine, fabrikaların kimyasal atıkları akıyor yol kenarlarından; geçtiğim yolları arazözle ıslatıyorum, foseptiklerin başında vidanjör oluyorum, gururla bekliyorum üzerimde gri, suratsız elbiselerle, bayındırlık il müdürlüğünün bodrumuna atılmış tahta bir masa oluyorum, üzerimde siyah mürekkep lekeleri. Vergi haftası için düzenlenen bir şiir yarışmasında dereceye giren şiirlere benziyorum, ne başım belli ne sonum, oradan oraya kalkıp konuyorum.

Devlet oluyorum sonra devlet... Dev gibi dikiliyorum milletin başına. Onun gibi kokuyorum. Onun gibi, naftalinli, mürekkepli, bayat cilalı raflar, sararmış tozlu sayfalar, güve, tahtakurusu, arapsabunuyla silinmiş fayanslar gibi kokuyorum, yaprakları tozlu bir süs bitkisi oluyorum. Devetabanı gibi bir köşede dikilip etrafa bakıyorum, toprak bir saksıda sarmaşık oluyorum, kahverengi soba borularının isli dirseklerle pencereye doğru uzayıp gittiği gri bir odanın duvarlarına sarıyorum, kafam bozulduğundan etrafımdakilere...

Sonra bakımsız bir semt parkında, boyası dökük bir tahterevalli oluyorum, bir yerde bir gökte dengesizce savruluyorum. Paslı bir salıncak zinciri oluyorum, kopuyorum. Grinin her tonuna boyanmış duvarlarda saat, kazma kürek, merdiven oluyorum.

Üzerinde "Yangın" yazan basamaklara dizilmiş kırmızı su kovalarından biri oluyorum. Siyah çerçevelerde Atatürk resmi oluyorum, kaşım kalkıyor babam gibi... Koltuğun altındaki can yeleği oluyorum sonra, turuncu... Yerlere çöp atmıyorum, uslu uslu dolaşıyorum, çimlere basmıyorum, çimen kokuyorum, parklar ve bahçeler müdürlüğünün ihaleyle aldığı çimen tohumları gibiyim zaten. İhaleye karışan fesat gibiyim. İkametgâh ilmühaberi, veraset ilamı, hazine bonosu, Diyanet İslam ilmihali, devlet tahvili, hiç basamaklarını çıkamadığım bir hünkâr mahfili oluyorum. Konuşuyorlar, nutuklar atıyorlar boş. Geh bili bili, diyorlar yukarıdan. Tırmanamıyorum merdivenleri, gidemiyorum yanlarına, kalıyorum aşağılarda, kuytularda kıytırık... Sonra noterden alınmış aslı gibidir tasdikli diploma gibi kokmaya başlıyorum. Resmî gazetede yayımlanıyorum resimsiz, nüfus cüzdanının arkalı önlü fotokopisi, icra memuru, yediemin, Cumhuriyet savcısı oluyorum; fikir sancısı çekiyorum. Devlet dairelerinde pencere pervazı, kışlalarda kapı, hapishanelerde parmaklık oluyorum, demir... Devletin demiri gibi kokuyorum.

Kapının arkasında asılı pantolona bakıyorum. Babamın pantolonu oluyor. Tek cebi sökük, arka düğmesi düşmüş, cepleri boş bir pantolon oluyorum ben de onunla. Horluyorum babam gibi derin uykularda. Ağzım açık, göğsüm titrek... Babamın ayakkabısı oluyorum, portmantonun altındaki ayakkabılıkta bekliyorum iki numara deforme, pençeli yüzümle çiçekbozuğu... Saçlarım yağlı; kaşlarım babamın kaşları oluyor, çatık. Yüzümde sert çizgilerle uyuyorum karanlık uykularda... Demir kokuyorum uykumda.

8
Hava Durumu

Fırtına beklenmiyor. Denizlerimizde rüzgâr, kıble ve keşişlemeden üç ila beş, yer yer altı kuvvetinde saatte on ila yirmi bir, zaman zaman yirmi iki deniz mili hızla esecek. Akdeniz mutedil dalgalı, diğer denizlerimiz hafif çalkantılı, tahmini dalga yüksekliği iki ila üç, yer yer dört metre, görüş mesafesi falan filan diyordu radyo sabahın köründe, ama devamını getiremiyordu çünkü kapatıyordum.

Lise yıllarında bir süre, neredeyse her akşam, kuyrukluyıldız altında bir izdivacın nasıl olabileceğini merak ederek ve karanlık gökyüzündeki seyyareler ile tayyarelerin birbirine çarpmadan dönüp durmalarındaki mucizeyi hayranlıkla seyrederken uykuya dalıp, sonra da gün ağarmadan Saime Hanımların Hacı Kadın horozunun bet sesiyle uyanınca akşam açık unuttuğum radyoyu kapatıyordum. Fakat her nasıl oluyorsa oluyordu, kafamın içinde o eğitimli ses anlatmayı sürdürüyordu. Ne kadar konuşursa konuşsun boğazını temizleme ihtiyacı duymadan, dili damağı kurumadan, nefesi kesilmeden hep aynı tonla, aynı düz, pürüzsüz, aksırmayan, tıksırmayan sesle...

Tekirdağ, Malkara, İpsala yolunun muhtelif kesimlerinde yapım, bakım ve onarım çalışmaları devam ettiğinden, diyordu. Sürücülerin trafik işaret ve işaretçilerine dikkat etmeleri, diyordu.

Sonra yine o ses hiç şaşırmadan her gün, Deniz Kuvvetleri Komutanlığı Seyir Hidrografi ve Oşinografi Dairesi Başkanlığı'ndan bildirilmiştir, diyordu. Oysa ben radyoyu kapayalı bayağı olmuş oluyordu. Ama kafamın içindeki Grundig susmuyordu bir türlü. Denizcilere yüz seksen iki sayılı bildiri, diyordu mesela. Ege Denizi, Çeşme otuz sekiz derece on üç dakika kırk saniye kuzey, yirmi altı derece yirmi üç dakika yirmi dört saniye doğu mevkiinde, diyordu. Bozalan Feneri geçici olarak sönmüş. Bunu bildiriyordu denizcilere...

Tamam da bana neydi bütün bunlardan? Ben denizci miyim? Yüzmeyi bile doğru düzgün bilmeyen ben... Ne çakar, ne fener, ne şamandıra... Ama eğitimli ses anlatıyordu ballandıra ballandıra. Radyoyu tekrar tekrar kontrol ediyordum, her defasında mutlaka kapatmış oluyordum. Aslında emindim. Ama yine de kontrol ediyordum, açık unutmazdım biliyorum, ama kendime güvenemiyordum, kendimden şüphe ediyordum. Şimdi olduğundan daha fazla o yıllarda...

Dışarıda yaprak bile kımıldamazken, penceremin hemen önüne düşen sabahın uykulu ışığında tam olarak seçemediğim ağaçların bir tekinde dahi en ufak bir kımıltı göremezken ben, o rüzgâr diyordu hâlâ. Rüzgâr kıble ve günbatısından üç ila beş kuvvetinde, saatte on ila yirmi bir deniz mili hızla esecek, diyordu.

Hemen gözümün önüne çocukken mutlulukla parıldayan gözlerle baktığım rengârenk siyasi haritalarla dolu parlak atlaslar geliyordu. Camgöbeği renginde bir denizde uzak diyar rüzgârlarının köpüklü dalgalar vurdurduğu kıyıları hayal ederek üzerinde küçük parmaklarımı ıslatmadan gezdirdiğim büyük haritaları anımsıyordum. Güneyine doğru uzattığımda parmaklarımı değdirdiğim, hatta ellerimle tuttuğum ve bunu yaparken de bir gün mutlaka gider görürüm diye umutlandığım Ümit Burnu'nu görüyordum mesela. Tabanca kılıfına benzettiğim maymunlu, zebralı, filli Afrika kıtasının en güney ucunda duruyordu. Hemen birkaç parmak solunda Tristan de Cunha ve Gough adaları... Ümit Burnu'nun yakınından yalnız ve ümitsizce bana bakıyorlardı tepeleri rüzgârlı küçücük birer nokta olarak...

O yıllarda, yani radyoyu şimdi olduğundan daha çok dinlediğim, neredeyse radyoyla yatıp, radyoyla kalktığım yıllarda sadece haberlerle hava durumunu dinlemiyordum. Hayatımda kolay doldurulamayacak, müstesna bir yeri olduğundan radyom hep açık dururdu. Kitap okurken, ders çalışırken, pencereden dışarı bakarken, komşumuz Saime Hanım'ın ayağında plastik terliklerle bakkala gidişini, Kasap Rıza'ya yana yatmış şişman bir buzdolabını andıran beyaz et arabasıyla yağlı etlerin gelişini, sonraları bir diş doktoruyla evlenip Bursa'ya taşınan mahallenin en güzel kızı, fotoroman yıldızı Macide'nin yüksek topuklu ayakkabılarıyla kırıtarak geçişini seyrederken hep radyo dinlerdim.

Çoğu programı, odamın içindeki sessizliğin kulaklarımda çınlamasına tahammül edemediğimden sırf bu sessizliği bozmak için dinlerdim. Hele radyo tiyatrosu başladı mı hemen kulak kesilirdim. Fakat bir süre sonra bu benim karışık aklım, radyodaki sanatçıların repliklerini bırakıp, başka düşüncelere kayardı, acayip dünyalara dalar giderdi. Kafamın içinin aşure gibi olduğunun farkına ilk kez o zamanlar varmış, ama bunu benden başka kimsenin fark etmediğini düşündüğümden üstünde fazla durmamıştım. Şimdi burada zamanınızı almamak için o günlerde kafamın içinde dönüp duran bütün o deli saçması düşünceleri anlatmayacağım. Size bir fikir verebilmek için sadece bir tanesinden bahsedeceğim. Kanallarında radyo skeçlerinden, piyeslerden başka hiçbir programın yayınlanmadığı çok kanallı devlet radyoları düşüncemi anlatacağım size.

Saat başı haberlerinin, hava durumlarının okunmadığı, Deniz Kuvvetleri Komutanlığı Seyir, Hidrografi ve Oşinografi Dairesi Başkanlığı'nın bildirmediği, yurttan sesler korosunun, saz eserlerinin, klasik müzik konserlerinin çalınmadığı, reklam melodilerinin duyulmadığı, largo assai, allegro moderato, vivace, adagio demenin yasaklandığı, allegro ma non troppo'nun çok uzun olduğu için ağza dahi alınamadığı, kafalarımızın içinin atık söz ve melodi çöplüğüne dönmediği bir ülkenin sıkı denetlenen bir dizi devlet radyoları olduğunu hayal ederdim. Işıklı radyonun düğmesini çevirdikçe radyo tiyatrosu dışında hiçbir programa rastlayamayacağınız, İstiklal Marşı ile başlayıp yine İstiklal Marşı ile bitene kadar bütün gün piyeslerin, "arkası yarın"ların seslendirildiği radyo kanallarıydı bunlar.

Sanki hepsinin program yapımcısı benmişim gibi her türlü ayrıntıyı düşünerek hayal ederdim bu kanalları. Sonra da bu çok sesli ve çok renkli devlet radyolarında, devlet tiyatrolarından sanatçıların seslendirdiği oyunlardan oluşan programların arasında gezilere çıkardım kendimce.

Bu gezintinin her durağında bir süre kalınca da Recaizade Mahmut Ekrem'den, Dostoyevski'ye, Balzac'a, Oscar Wilde'a; Ahmet Mithat Efendi'den, Ferenc Molnar'a, Tolstoy'a, Chateaubriand'a, Sami Paşazade Sezai'ye ve Shakespeare'e hatta Puşkin'e varıncaya kadar pek çok yazarın eserlerinin radyo uyarlamaları iç içe girer, replikler havada uçuşur birbirine karışırdı.

Ben de bu tuhaflıkla alay eder, eğlenirdim kendimce. Başkalarının son derece aptalca, deli saçması bulacağı şeylerden çocukça bir keyif alırdım.

Ah! Keşfi Bey, famö mantör! Burada olaydı, şu kelimenin mânası için de güzel bir yalan uyduruverir...

O hasta değil mi?

Adam, inanıyor musunuz? Hastalığı da yalancıdır.

Yılancık çıkarmış diye işittim.

Katerina Ivanovna son dönemine girmiş bir veremlidir. Yakında ölecek.

Oh, hayır, hayır, hayır!

Ama ölmesi onun için daha iyi.

Sayın Kont, Kontes'in çok ciddi şekilde hasta olduğunu sanıyorum. Henüz kurtarılması mümkündür. Origet'yi çağırın ve onun söylediklerine uymasını kendisinden rica edin.

Olur şey değil, Basil! Şu Dorian Gray'i ben de bir görsem.

Dorian Gray benim için ancak bir sanat aracı, Harry. Sen onda belki de hiçbir şey...

... hülya bu ya! Böyle bir esir olmayı benim bile canım isterdi. Ben Rakım Efendi'nin odalığı olsam gece gündüz ona Farsça şiirler okutur dinlerdim.

Burada Üllo Caddesi'nde ha?

Yok canım! Bahçenin arkasına gidelim; orada duvar çok daha alçak.

Haydi gidin Alyoşa! Ağabeyinize gitme zamanı geldi.

İyi ama siz kalacaksınız.

Ah Blanca, seni bir İbni Sirac'ın bağlılığı ve ateşiyle seveceğime bu yiğitlerin kanı üzerine ant içerim!

Demek beni seviyorsunuz? Fakat sizin bir kâfir, bir Mağripli, bir düşman olduğunuzu, benim de Hıristiyan bir İspanyol kızı olduğumu düşünmüyorsunuz?

Öyleyse, yalvarırım, beni bağışlayın. Ben sizi Othello'yla evlenen o Venedikli kurnaz orospu sandım.

Kuzum, siz Allah'tan korkmaz mısınız? Hepsini yaptıktan sonra hiçbir şeyden haberiniz yokmuş gibi bir de eğleniyorsunuz.

Biraz da merhamet etsenize! Ben de ne söylüyorum. Bir Bey'de merhamet...

Çabuk söyle! Dilber'e bir şey mi oldu? Dilber nerede?

Dur İvan Kuzmiç! Bırak da kızımızı evden uzak bir yere götüreyim.

Bu böyle uzayıp giderdi. Sonra hayalimde var ettiğim bu tekdüze radyo programlarından sıkılır, çocukken başında bütün bir geceyi geçirdiğim lambalı radyoları düşünmeye başlardım. Işıklı şeridin önünde her iki yana kayıp giden kanal ibresini pür dikkat takip ettiğim günler gelirdi gözlerimin önüne. İbre, ışıklı radyo kadranının önünde Şam'dan Kahire'ye, oradan Selanik, Sofya, Bükreş, Münih, Kiev, Monte Carlo'ya kadar bütün şehirleri bir eski zaman seyyahı gibi gezerken ben de onunla o pırıltılı büyük şehirlerin üzerinde bir kuş gibi uçardım. Oralarda Arap rakkaselerinin ayak bileklerindeki halhalların çınlamalarını, Çigan müziklerini, kilise korolarını, balalayka dörtlüsünü, romantik şansonları, Napolitan şarkıları, kalın sesli sunucuların bilmediğim dillerde uzak seslenişlerini dinlerdim. Radyonun başında, sıcak odamda serüvenden serüvene bir maceraperest gibi koştuğumu hayal edince de, mutlu olur ve uyurdum.

9
Dayım ve Gölge Arkadaşları

Kafamın içinde uğuldayan sesler üniversite bittikten sonra kesildi. Önce silikleştiler, sonra kayboldular. Başınızı denize soktuğunuzda çok uzaklardan geçen bir şilebin pervanesinden yayılan gürültünün suyun içinde kulaklarınıza ulaşması gibi boğuk ve uzaktılar. Birkaç ay sonra da bir sabah uyandığımda tamamen gitmişlerdi. Kafamın içinde sürekli çınlayan TRT Ankara Radyosu Çoksesli Korosu bile beni terk etmişti. Üstelik plastik terlikli komşumuz Saime Hanım'ın horozunun sesi de kesilmişti. Surdibi'nde her akşam çilingir sofrası kurup kafaları çeken bir berduş grubu daha fazla yaşlanmasına izin vermeyip bir gece hayvanı kestikleri gibi yahnisini sofralarına meze yapmıştı.

O sıralar yine Sultanhamam'da bir manifaturacıda çalışıyordum. Muhasebeye bakıyordum. Patronum Selami, Şahbender dayımın eski bir arkadaşıydı. Bunlar eskiden bazı akşamlar bize gelirlerdi. Çoğunu tanırdım, ama aralarında daha önce hiç görmediklerim de olurdu. Omuzları kalkık, göğüsleri kıllı, kamburu çıkık, kara kuru adamlar... Aralarında dayım diğerlerinden biraz daha dik yürürdü. Başının tam tepesinde, aynaların ulaşamadığı o en müstesna yerdeki kelliği ya da kendi deyimiyle seyrekliği örtmek için sürekli geriye tarayıp, bitkisel özlü Necip Bey briyantiniyle yapıştırdığı parlak saçlarıyla, kırmızı boynundaki çatlaklarla, çatallı sesi ve nikotin sarısı nefesiyle Şahbender dayım... Uzaktan bakınca diğerlerinin arasında, birkaç antik kent kalıntısıyla birlikte sular altında kalan bir köyün baraj gölünden dışarı fırlamış ince uzun minaresi gibi dururdu. Mağrur ve yalnız...

Hep arkadaşlarıyla birlikte gezerdi. Onlar geldiğinde annem kısa süreliğine evi terk eder, üst kattaki komşuya çıkardı. Ben, ne kadar ısrar etse de ayak direr dayımlarla kalırdım. Evin içinde gezinen o kıllı, bıyıklı adamlarla dayım gece geç saatlere kadar okey oynardı. Sonraları öğrendim ki meğer dayımın en yakın dostlarıymış şimdi çoğunun yüzünü hatırlayamadığım o karanlık gölgeler.

Hepsi tıpkı dayım gibi hayata dair ne varsa yalayıp yutmuş, hatta ona dair uyaklı bir de türkü tutturmuş, her an her yerde görebileceğiniz, ama asla farkına varamayacağınız kadar bu şehri, bu hayatı dolu yaşayan gölgeler...

O gölgelerden biri sonradan patronum olmuştu. Ama diğerleri kaybolup gittiler, uzaklaştılar; mahallede bir tek dayım kaldı. O günlerden sonra dayım da benim gibi sıkılmaya başladı. Bense daha o zamandan alışmıştım sıkıntıya.

Şimdiki iç sıkıntım o günlerde de vardı. Her an yanı başımda utangaç bir gölge gibi gezinen ve her döndüğümde bana bakıp gülümseyen mahcup iç sıkıntım... Bazen, ne kadar kovsam da, tekme tokat üzerine yürüyüp, küfür kâfir sövüp saysam da sadık bir dost gibi asla beni terk etmeyen, gittiğim her yerde beni izleyen, kanlı bir düşmanın peşime taktığı kiralık katil gibi yolumu gözleyen iç sıkıntım...

Benim gibiler, biz, işte böyle bir iç sıkıntısıyla dünyaya geliriz. Bu ana rahminde oluşan bir hal midir, yoksa doğar doğmaz üzerimize yapışan ve bazen de bulaşıcı olan, bizi içten kemiren bir virüs müdür bilinmez. Ama o iç sıkıntısı her nasılsa sizi ölene kadar terk etmez. Melankolik derler, içe kapanık derler, depresyon, şu bu derler, çok bilirler ya, türlü isim takarlar ama ben ve benim gibiler yani biz, biliriz aslında onun doğuştan gelen en sadık dostumuz, sevgili iç sıkıntımız olduğunu...

10
Alabora Korkusu

Arap Hakkı değildi, Raşo, Tırtıl Selim, Gırnata Sami değildi. Kısa da değildi. Pala Hikmet, hiç değildi, ama eminim şimdi adını hatırlayamadığım dayımın arkadaşlarından biriydi. Günün birinde hiç unutamayacağım bir laf etmişti.

Bunlar okey oynamadıkları zamanlarda dayımla kafaları çeker, ağza alınmayacak küfürlerle, açık saçık hikâyeler anlatarak bağıra çağıra eğlenirlerdi. Bazen beni de yanlarına alırlardı. Şaşkın gezinirdim aralarında. İçlerinden biri alkollü ağzından salyalar saçarak başlardı. Sonra diğeri alırdı sözü. Sırayla müstehcen hikâyeler anlatırlardı. Mesela yaşlı tüccarın hikâyesi hâlâ aklımdadır. Raşo anlatmıştı.

Vaktiyle İstanbul'un eski semtlerinden birinde yaşlıca bir tüccar otururmuş. Mahallede nalbur dükkânı varmış adamın. Zenginmiş yani. Yaşına başına bakmadan ne yapar eder birkaç haftada bir karısını akrabalarına yollayıp evinde metresiyle halvet olurmuş. Mahalledeki herkesin bildiği, artık kaçamak olmaktan çoktan çıkmış bu aleni durumu her nasılsa bir tek karısı bilmezmiş, duymazmış. Günün birinde adam yine karısını yollamış, ardından da sevgilisini almış eve. Bir süre ses seda çıkmamış, hatta kulaklarını kapıya dayayan mahallenin fırlamaları bile bir şey duyamamışlar, çok beklemelerine rağmen perdeleri kapalı pencerelerin önünde bir karaltı, bir gölge görememişler. Fakat geceyarısına doğru iş değişmiş. Bir patırtı, bir gürültü; kıyamet kopuyor. Kadın çığlık çığlığa bağırıyor. Mahalle sakinleri rahatsız olmuş tabii. Kadının çığlıklarını duyan konu komşunun bir kısmı cık cık etmiş, çoluğun çocuğun ahlakı bozulacak, hanım tıka kulaklarını dinleme sen, bu yaştan sonra azanı teneşir de paklamaz falan demişler. Hergele takımıysa alkollü ağızlarıyla amcaya bak demişler yan yan. Bu yaşta cümle âleme nazire... Lime lime etti karıyı be.

Fakat bir süre sonra bakmışlar ki bu işin biteceği yok. İmdatlar, çığlıklar bütün mahalle yıkılıyor. Kadının feryatları boş sokaklarda çınlıyor. Civar mahallelere de rezil olunacak. Bu böyle olmaz, amcada da böyle muamele olamaz, bir tuhaflık var bu işte deyip kapıya yüklendikleri gibi girmişler içeri. Yatak odasına gelince bir de ne görsünler. Amca anadan üryan öylece kaskatı kalmış kadının üzerinde. Anlatılana bakılırsa epeyce yaşlı, kilo da var tabii. Heyecana dayanamamış kalbi bu sefer. Orasından bakmışlar, burasından tartmışlar, el etmişler falan, amcada ses seda yok. Çoktan Hakk'ın rahmetine kavuşmuş, mutlu mesut yatıyor üstte. Alttaysa kadın bar bar bağırıyor. Çekip alalım amcayı, bitirelim bu ıstırabı demişler önce, ama ne kadar uğraştılarsa çıkaramamışlar bir türlü.

O sırada patırtıyı duyan konu komşu gelmiş başlarına. Bakmışlar adam kaskatı. Yani hâlâ adamakıllı katı; çıkmıyor bir türlü, kollarından tutup çekersek çıkar demişler ama bu da işe yaramamış. Bakmışlar daha fazla kurcalarlarsa mevtaya saygısızlık olacak. Bir battaniyeye sarıp sarmalayıp ikisini de kaldırmışlar hastaneye. Kadın hâlâ çığlık çığlığa; hastaneye gelmişler. Sedyenin ambulanstan inmesiyle durumu gören hemşireler daha acilin kapısında düşüp bayılmışlar, sonra doktorlar gelmiş. Onlar da akıl sır erdirememiş bu duruma. Ancak başarılı bir cerrahi müdahale ile kadını kurtarıp, amcayı da son yolculuğa hazır hale getirmişler.

Raşo bitirir bitirmez böyle hikâye mi olur ulan, demişti Gırnata, ama sonra o da gülmüştü. Hepsi gülmüştü. Ardından dayım almıştı sırayı yine müstehcen...

Hiç yüzleri kızarmadan bunları anlatır dururlar, müstehcen hikâyelerin başaramadığını şarap yapınca da yüzlerine gözlerine kan otururdu. Böylece yüzler pırıl pırıl olup, gözler parlamaya başlayınca kızların etekleri daha da kısalır, muhabbet daha mahrem, daha sıcak, daha karanlık, daha yumuşak yerlere kayar, bir süre oralarda gezer durur, böyle anlarda hepsi birden akrep olurdu. Şıkrıtılı kıllı bacaklarıyla hayal güçleri yettiğince kızların mahrem yerlerine, yumuşak, yuvarlak, pürüzsüz tenlerine kayarak, güneş görmemiş körpe vücutlarının her türlü engebesini inip çıkarak, ağızlarından zehirli sular akıtarak konuşurlardı.

Kışın, bazı hafta sonları buluşup, Dolmabahçe Stadı'na maça giderlerdi. Damalı bir dolmuşa doluşup bağıra çağıra... Yaz aylarında sandal kiralayıp denize çıkarlardı. Ben dayımlarla maça gitmezdim ama balığa çıkardım. Yosun kokardı deniz, uzaklarda kıyıda küçücük kalan fabrikaların bacalarından uzun silik bir duman tüterdi. Durgun havalarda dağılmadan şehrin üzerine yayılıp kalırdı. Rüzgârla misinalar öterdi. Bir de tepemizde dönüp duran martılar... Güneş takılırdı çaparinin tüylerine kırmızı, beyaz, bazen sütlü kahve, kirli... Sintinede ılık bir su gezinirdi, çıplak ayaklarıma değerdi sidik gibi, huylanırdım. Rakı kokardı sandal. Güneşin ısıttığı farş tahtalarından çıkan vernik kokusuyla karışık...

Yine denize açıldıkları bir gün dayımın karaltı arkadaşlarından o adını hatırlayamadığım, bir keresinde sandalın içinde ayağa kalkıp sendelemeye başlamış ve güçlükle ayakta dururken herkesin kendisinden beklediği müstehcen hikâye yerine bu defa hayatının en kolay ama belki de en manalı lafını etmişti. Hayat sandalda ayakta durmak gibidir, arkadaşlar demişti. Ters bir adım atarsanız alabora olursunuz. Otur ulan demişti içlerinden biri. Yine kim bilir hangi şairden arakladın bu lafı, demişti diğeri.

Bir şairden mi çalmıştı yoksa o an içinden geldiği için mi öyle söylemişti bilemem. Ama şimdi ben hâlâ dengede tutmaya çalıştığım sandalımda öyle cesaret edip ayağa kalkamadığımda, hatta denizin sütliman olduğu havalarda bile bazen çok istesem de isyan edip başkaldıramadığımı, onca sıkıntıyı bir çırpıda silkinip üzerimden atamadığımı gördükçe bu sözlerin ne kadar doğru olduğunu daha iyi anlıyor ve merak ediyorum.

Nedir bu alabora olma korkusu? Kim yüzdürür bu sandalları rüyalarımızın karanlık sularında, içlerinde yanan büyük mumlarla? Niçin basar da deviririz o kayıkları kaba, hoyrat, ölçüsüz, dengesiz bir adımla? Niçin yüzdüremeyiz kayıklarımızı gece mavisi zamanlarda sessiz? Rüzgârsız ufuklarda yapayalnız, kimsesiz? Niçin atamayız üzerimizden bu ürkekliği? Kırıp çıkamayız sert kabuklarımızdan? Nedendir bu çekingenlik, bu pısırıklık? Oysa şöyle bir silkelenebilsen. Sanki parasını peşin mi verip aldın, devrilirsen devril ulan kayık desen...

Necmi'ydi o... Şimdi hatırlıyorum adını... İskorpit Necmi'ydi o lafı eden.

11
Telveli Ruhsal Çözümler

Öğrencilik yıllarımda teyzem annemi şimdi olduğundan daha sık ziyaret ederdi. Ve nedense hep üst kattaki komşunun çamaşır günlerini seçerdi. Gelirken de yanında mutlaka şımarık kızı Mükerrem'i de getirirdi. Annem koşup kapıyı açar açmaz oturma odasına ilk önce şişman kuzinim Mükerrem girerdi. Teyzemin bizde kaldığı süre boyunca asla bir yere oturmaz, bazen elindeki yarım çikolatayı dişleyerek, bazen de rengârenk bir lolipopu arsızca yalayarak kırmızı rugan iskarpinleriyle odanın içinde dolanıp dururdu.

Bense bir süre görünüp yok olurdum ortalıktan. Sonra ara sıra odamın kapısını gıcırdatmadan aralayıp bakardım. Oturma odasında olurlardı, kapı açık... Benden bahsederlerdi.

Rahmetli çok ezdi çocuğu, derdi annem. Böyle içine kapandı işte, derdi. Teyzemden destek gecikmezdi. Sorma Şaziye sorma, hiç iyi etmedi seninki. Çocuk onun yüzünden böyle yabani oldu işte.

Şu kadınlar ne tuhaf. Kendi oğullarının bile dedikodusunu yapıyorlar. İki dakikalığına arkanı döndüğünde başlıyorlar seni çekiştirmeye. Annem sözünü bitirmeden araya girip, Şaziyeciğim vallahi ben de çok üzülüyorum bu çocuğun haline, diye devam ederdi teyzem, sahte... Ama ne yapacaksın huyu böyle işte. Değişmez bu yaştan sonra. Ağaç yaşken eğilir canım.

Sanırsınız hepsi psikolog, antropolog, pedagog, kafadan bacaklı vantrilok. Zaten bu dünyada en kolay meslek bu. Herkes ahkâm kesiyor. Öyle boşuna yıllarca tahta sıralarda dirsek çürütmenize, vernik kokan kütüphanelerin tozunu yutmanıza lüzum yok. Bakın sevgili annem Şaziye ile tombul teyzem Şefika Hanım nasıl da kolayca çözüyorlar işi oturdukları yerden. Alın şu ortaokul denklemini çözün bakalım deseniz kimse yanaşmaz, herkes başını öne eğer ya da pencereden dışarıya kaçırır bakışlarını. Ama konu insan psikolojisi olduğunda herkesin söyleyecek sözü mutlaka vardır. Hemen o göbeklerinin üzerine düşen fersiz gözler kalkar, ışıl ışıl sizden yana döner. Hepsi Freud kesilir başınıza.

Köy yerinde bu işleri nasıl da hallediyorlar. Erkenden baş göz edip, der teyzem. Sesi yine sahte.

Odamdaki saatlerin tik taklarını bile duyamam. Üst kattaki çamaşır makinesi beynimin içinde uğuldar durur. O kadar şiddetlidir ki uğultusu bir süre sonra başımı arkadan kavrayıp sıkmaya başlayan bir mengeneye dönüşür. Kapıyı tekrar aralarım. Yine bana yol görünmüyordur, ama kısmet vardır bu sefer.

Şuraya bak görüyor musun? Nasıl kabarmış der, teyzem. Senin de için ferah Şaziyeciğim.

Hem benim hem de annemin falı aynı fincanda. İkisi bir arada yani. Bir taşla iki kuş vurmaya çalışır kuşların en alımlısı, en renklisi Şefika teyzem. Kahve fincanını ters çevirdiğiniz zaman dayanamaz, rengârenk makyajıyla tropikal kuşlar gibi şakımaya başlar. Durduramazsınız onu. Pembe turuncu, kıvrık burunlu bir papağandır o artık. Elindeki fincanı yavaşça döndürürken pörtlek gözleri hiçbir ayrıntıyı kaçırmaz; fincanın kaygan dik duvarlarındaki telvenin engebelerinde kaybolup giderler annemle birlikte. O sırada şımarık kuzinim pencereye doğru koşup dışarı bakar. Öne eğilince tombul bacaklarını tam örtemeyen fırfırlı eteği sıyrılır; pembe donu görünür.

12
Tatlı Tekir Rüyalar

Her şeyden kaçarım bazen. Ama bu kaçış kendimi karanlık odama hapsettiğim o halvet halinden farklıdır. Bu defa alır başımı çıkar giderim bu şehrin kalabalığından, keşmekeşliğinden uzaklara. Surların dışına çıkarım mesela. Hem şehri hem de beni çevreleyen duvarların dışına taşarım, sur dışındaki sanayi mahallelerine giderim.

Kara yüzlü, sedef gözlü tamirci çırakları, pis sular, pas, lastik, bijon, jant, çelik, egzoz, karbüratör... Orada, bütün bunların toplamı kadar yağlı, kapkara bir üstüpüdür her şey. Orada yaşam her gün biraz daha kararmak, biraz daha yağa bulanmaktır. Biraz daha paslanmaktır, yamalı bir şambriyel olmaktır mesela, metal kokmaktır ter yerine. Gümbür gümbür öksüren kıllı bir göğüstür, katran rengi bir balgamdır, kirli lastik suyunda kabarcıktır, gres karası bir kolla İngiliz anahtarını kavramaktır, paslı cıvatadır, somundur oralarda yaşam.

Buraların da dışında, daha uzaklarda çıplak tepeler vardır. Oralara çıkıp etraftaki derme çatma mahalleleri seyrederim. Sabahın pusu dağılırken karşı tepelerde sudan çıkıp kurumuş beyaz istiridyeleri andıran evlerin kuru, çatlak yüzlerine dalıp düşünürüm. Akşama kadar aynı yerde oturup sadece düşünürüm. O kadar çok şey düşünürüm ki ve cevabını veremediğim, o kadar çok soru sorarım ki kendi kendime akşamın nasıl olduğunu anlayamam.

Zaten erkenden akşam olur buralarda. Ben yalnızımdır genellikle. Nadiren Ejder olur yanımda. Peyami gelmez. O sevmez yürümeyi, yokuş tırmanmayı, nefes nefese kalır iki adım atsa.

Birkaç cılız, ürkek sokak lambası yanar akşam olunca buralarda. Aslında sokak lambası demeye dili varmaz insanın çünkü ortada sokak falan yoktur. En uzun sakallı, en tecrübeli keçinin bile cesaret edip geçemeyeceği çamurlu patikaları aydınlatır o cılız ışıklar. Dar sokaklarda çamaşır suları, lağım kokuları. Öylece bakar dururum o uzakta tek tek ışıkları yanan fakir mahallelerinin solgun suratlı, hastalıklı evlerine. Sonra kafamı çeviririm karanlık gökyüzüne, üzgün. Aslında ne adi bir duygudur ne aşağılık bir davranıştır başkalarının durumuna sahtekârca üzülüp de kendi haline şükretmek. Sıcak bir evim, iyi bir işim olduğu için, Şahbender dayım gibi, annem gibi hatta teyzem gibi renkli, sevecen akrabalarım olduğu için sevinmek... Gizliden gizliye duyulan ne mahrem ne bencil ne utanmaz ne iğrenç bir hazdır bu anlatamam size. Ama ben de böyle bencil ve bu kadar aşağılık olabilirim bazen.

Sonra yine dönerim şehrin sisli, puslu, kirli karanlığına. Aslında aşağılığımdır hâlâ. Uzaklaşsam da oralardan değişmez bu. Ne kadar kaçsam da, ayağı prangalı bir mahkûm gibi fazla uzağa gidemem nasıl olsa.

Bazen de şehirden kaçmam, inadına böğrüne girerim şehrin. Sivri uçlu, oluksuz bir bıçak gibi saplanırım en derinine. En eskimiş, en köhne, en küf kokulu sokaklarına dalarım bir leş yiyici gibi. Yıkık dökük sur diplerinde bulduğum bir delikten, tren raylarının altından geçen basık, amonyak kokulu bir geçitten, yağmurun ıslattığı çöplüklerin, ısırgan otlarının ve duman karası harabelerin kuşattığı top sahalarından, zift kokulu, kara kubbeli hamamların önlerinden kara bir yılan gibi kayıp geçerim, dar sokaklarına girerim şehrin. Buradan daha karanlıklara, yosunlu taş duvarlarla çevrilmiş tekkelere giderim. Artık kimsenin girmediği terk edilmiş çilehanelere kapatırım kendimi. Orada yapayalnız beklerim, rutubetli bir bodrumda yosunlu odunların arasında bekleyen bir akrep gibi... Çocukluktan kalma bir halvete giriş halidir bu, babamdan kaçış, öğretmenimden, benimle alay eden arkadaşlarımdan, kızlardan, herkesten, her şeyden kaçıp saklanma ihtiyacıdır. Bu daracık taş odalarda huzur bulurum bazen. Tıpkı karanlık odamdaki gibi, çocukken oturduğumuz evin bodrumundaki yatır odasındaki gibi huzurlu olurum orada. Gecenin bir yarısı beni çarpmasın diye ettiğim duaları, Seyit Dede'yle çoğu akşam yaptığım pazarlıkları hatırlarım orada. Çocukken ölümden ne çok korktuğumu bir de...

İlk kez Niğde'de tanışmıştım ölümle. Niğde'de, Ak Medrese'ye yakın bir yerde duvarın üzerinde üç ceset duruyordu. Muhtemelen bir trafik kazasıydı. Tabuta konmamışlardı. Kalın battaniyelerin içinde uyur gibiydiler. Ama hareketsiz, soğuk bir uyku. Bir daha kalkamayacakları bir uyku... O an çok korkmuştum. Sonra yıllarca atamadım üstümden bu korkuyu ta ki günün birinde karanlık bir sabah, yol kenarında uzanmış yatan simsiyah ölü bir kedi görene dek... Yine bir trafik kazasıydı sanırım. Bir araba çarpmıştı kediye. Ama kedi öyle rahat, öyle huzurlu ve öyle sıcak yatıyordu ki kaldırımın kenarında, sanki cansız değildi, karlı, soğuk bir günde, sıcacık bir sobanın yanı başında, içi yün yumaklarıyla dolu rahat bir sepette huzur içinde uyuyor, tatlı tekir rüyalar görüyor gibiydi. O günden sonra vazgeçtim ölümden korkmaktan. Ama bazı yaralarım iyileşmedi, kabuk bağladılar, kabuklar düşmedi, kaldı öylece.

13
Son Düzlük

Şimdi eminim bunları bıraksan da seni bu kadar etkileyen, hayatını kökten değiştiren olayın ne olduğunu bir an önce anlatsan diyorsunuz. Belki de içinizden bana kızıyorsunuz. Zamanınız değerli biliyorum. Ama şundan emin olun ki sizi sıkmamak için mümkün olduğunca kısaltarak anlattım geçmişimi. Beni anlayabilmeniz için bütün bunlardan kısaca da olsa bahsetmek zorundaydım. Önce kendimi iyice tanıtmam lazımdı. Takılıp kaldığım yerleri, bir saat sarkacı gibi salınıp durduğum halleri anlatmam lazımdı size. Kabul ediyorum. Belki biraz uzun oldu, ama meraklanmayın bitti. Artık asıl anlatmak istediklerime geçeceğim.

Buraya kadar hayatım düz bir çizgide, sıradan ve birbirine benzeyen günlerle akıp giderken bir tatil sabahı dayımın bize gelişiyle aniden değişmişti. Yaşantımı temelden sarsacak günlerin başlangıcı olmuştu o sabah.

Dayım kapıda göründüğü an hissetmiştim bir şeylerin değişeceğini. Şimdiki gibi kalın camlı gözlükler takmadığım için arkadaşlarını karaltı olarak seçebildiğim yıllardaki dayımdan eser yoktu. O adam gitmiş, yerine sanki bir başkası gelip kapımızı çalmıştı. Sahibi olduğu ganyan bayiinden kazandığı parayla evini rahatça geçindiren, fazlasında gözü olmayan o kalender adamın yerine gözünü para hırsı bürümüş biri gelmişti. Nasıl olduysa aniden defineciliğe merak salmış, daha önce hiç kullanmadığı dedektör, gömü, altın, hazine, sikke sözcükleri dilinden düşmez olmuştu. Bir yerlerde yıllardır onu bekleyen paha biçilmez bir hazineyi çıkarıp zengin olmanın inandırıcılıktan uzak hayali içinde gözleri parlıyordu. Yaşlılıktan mıdır, emeklilik telaşından mıdır bilemiyordum. O, heyecanla anlattıkça herhalde ömrünün geri kalan kısmını sefa içinde geçirmek istiyor diye düşünüyordum. Şakayla karışık gece senin üstün açık kalmış dayı, diyordum. Gülmüyordu, ciddileşiyordum, onu ikna etmeye çalışıyordum, dayı bak, çoluğun çocuğun var, bu işler tehlikeli, kendini düşünmüyorsan onları düşün falan diyordum, dinlemiyordu söylediklerimi.

Ben biraz daha üsteleyince de dayanamayıp sözümü kesmişti zaten. Tamam demişti. Biliyoruz, hayata iyi başlayamadık. Padokta terliydik, huysuzduk; starting boksa da geç girdik. Üstelik çıkışta ayağımız da kaydı. Ama bütün bunlar bizim kabahatimiz miydi? Değildi. Artık yeniden yarış zamanı. Bir daha ele geçmez bir son şans bu benim için demişti. Şimdi sen de böyle inat etmesen, şu dayının sözünü dinlesen. Gidip bir define bulsak, hayatımızın son düzlüğüne bir boy, iki boy önde girsek olmaz mı Suphim, demişti. Donup kalmıştım, bir süre konuşamamıştım.

Kendime gelince, şayet sessiz kalır, ilgilenmezsem tek başına böyle bir işe girmeye cesaret edemez diye düşünmüştüm. Fakat yanılıyordum; dayım kararlıydı. Benden gizli definecilikle ilgili kitaplar okuyup, dedektör satan firmaları dolaşıyormuş bir bir. O zamana kadar hiç okumayan dayımın elinden kitap düşmez olmuş meğer. Ama benim haberim yokmuş. Bunları hep sonradan öğrendim.

Kâmuran yengem de şaşırmış bu işe. Kendisi ara sıra beyaz diziler, fotoromanlar falan okurdu, biliyordum. Ama dayım at yarışı bültenleriyle altılı kuponu dışında elinde kâğıt tutan adam değildi. Gazeteyi bile sadece spor sayfası görünecek şekilde katlar, diğer sayfalarla ilgilenmezdi. O zamana kadar beygirler her zaman dünyada ne olup bittiğinden çok daha önemli olmuşlardı onun için. Fakat yeni merakı dayımı en az atlar kadar heyecanlandırmışa benziyordu.

Onu ancak birkaç ay oyalayabildim. Sonra yeniden başladı tacize; gidip gelip define diye tutturmaya. Gözlerini okuduğum kitaplara dikip kırış kırış, kırmızı boynunu titreterek o kadar kitap okuyorsun, ama boş demeye başladı yine.

Ne kazanıyoruz? Hava... Bunlar yerine mezarlardan bahseden, hazine bulabileceğimiz yerleri tarif eden, define işaretlerinin manalarını öğreten kitaplar okusan, sonra dedektörü kaptığımız gibi gidip birkaç mezar kazsak, küp küp altın çıkarsak da rahat etsek olmaz mı, diyordu.

Veliefendi'deki galopların vazgeçilmezi, ganyanların, tabela bahislerin, plaselerin efendisi Şahbender dayım, biraz esmer, tıknaz, şapkasız ve bıyıklı bir Anadolu Indiana Jones'u olmayı kafasına koymuştu bir kere. Nereden duyduysa duymuş, Anadolu'nun tam orta yerini bulmalıyız, orada define saklı diyordu. Ne desem ikna olmuyordu. Define haritalarından bahsediyordu, Anadolu'nun ortası diyordu; ortada harita falan yoktu.

Anadolu'nun orta yeri nasıl bulunur? Öyle haritada cetvelle çizilip tam ortası bulunacak bir yer değil ki Anadolu dediğin. Hem bulsak da oralara nasıl gidip define arayacağız, diyordum dinletemiyordum.

Sonunda sırf dayım memnun olsun diye elime cetveli kalemi almış, Türkiye haritasını kırk eşit kareye bölüp tam ortasını göz kararı işaretlemiştim. Bir yandan da dua ediyordum bir göle ya da nehre denk gelse de kurtulsam bu işten diye. Nerede bizde o şans. Denk gelmedi tabii. Dayımı günlerce dinledim.

Ne yapıp edip iyi bir dedektör bulmalıydık. Öyle somurtup oturma zamanı değildi. Çok zengin olacaktık. Sadece dedektör de yetmezdi. Benim de boş kitapları bırakıp bu konuda kendimi biraz eğitmem gerekiyordu. Mesela definenin yerini gösteren bazı işaretleri öğrenmem lazımdı. Zincir, kılıç, kaplumbağa, yıldız, güvercin, deve, akrep bunlar hep gömü işareti olabilirdi. Bunları bilmezsem aval aval gezinirken farkında olmadan bir servetin üzerine basıp geçebilirdim kolayca.

Şu hayat ne tuhaf. Bazen insan kendisine bu kadar yakın olan dayısını bile anlamakta güçlük çekebiliyor. Hayatı anlayabilmek, bu mekanizmanın dinamiklerini çözebilmek gerçekten güç iş. Şahbender dayımın Kâmuran yengemden iki çocuk yapıp, sonra da eski pantolonundan bir don bir de ceket biçer gibi kendi adından oğullarına iki ayrı isim çıkarıp, birinin adını Şah, diğerininkini Ender koyup arada kalan b harfine de bön bön baktığı gibi ben de zaman zaman bu hayat denen illüzyona hayretle bakıyor ve bir anlam veremiyorum. Ben hiçbir zaman dayım kadar pratik olamıyorum. Bu hayatı hiçbir zaman dayım gibi faydacı yaşayamıyorum. Galiba benim temel sorunlarımdan biri bu diye düşünüyorum çoğu kez. Çünkü çocuklarından birine Ender diğerine Şah ismini veren dayıma, aradaki b harfi ne olacak pekiyi diye sorduğunuzda dayımın cevabı her zaman hazırdır. Muhtemelen bir çocuk daha yaparsam onun adını da b koyacağım der size. Sadece b; hem de küçük b...

14
Define

Dayımı anlatıyordum size. Define telaşına düştüğümüz günlerden bahsediyordum, konu dağılmıştı. Oradan devam edeceğim. Aslında, hayatımı tamamen değiştiren o olayın başıma geldiği günlerde etrafımda olan biteni biraz olsun anlayabilmeniz için anlatıyorum bütün bunları. Yoksa niyetim sizi sıkmak, başınızı şişirmek değil.

Şahbender dayım, ganyan bayiine gelip giden bazı arkadaşları kafasını karıştırana kadar gayet normaldi. Fakat ne olduysa ondan sonra oldu. Sanırım o eskiden kalan dinozor gölgelerden biri soktu kafasına bu define işini. Arkadaşı, daha sonra bir akrabasının Van yakınlarındaki eski bir manastır kalıntısında ruhsatsız define ararken yakalanıp hapsi boyladığını öğrenince korkup vazgeçti bu işten. Ama benim inatçı dayım vazgeçmedi. Hayatının son düzlüğüne diğerlerinden bir boy önde girmeye koşullanmış, safkan bir İngiliz tayı gibi atıldı öne. Elli yaşından sonra yengemi, çocukları unuttu. Bir maceraperest hal geldi üzerine. Uzaklarda define aramanın zorluklarını görünce Anadolu'nun orta yerinden vazgeçip bu defa gözünü İstanbul'a çevirdi. Tutturdu şehrin göbeğinde hazine bulacağız, zengin olacağız diye.

Bununla da kalsa iyi. Bir de tuhaf alışkanlıklar edinmeye başlamıştı. Hızla değişiyordu dayım. İçinde definecilikle ilgili bir yığın hurafenin anlatıldığı, ipe sapa gelmez bilgiler veren kitaplar okuyordu mesela. Bunların bazılarına ben de göz atıyor, dehşete düşüyordum. Dayım için endişeleniyordum. Bu kitaplarda defineleri cinlerin koruduğundan bahsediliyordu. Özellikle kiliselerdeki defineler gömülürken papaz büyüsü yapılırmış ki defineyi bulan iflah olmasın. Toprak altındaki paranın cinler arasında bir sahibi olup olmadığını anlayan, hatta yerini ve ne kadar derinde olduğunu bilen hocalar bile varmış. Hazinenin şayet cinler tarafından korunduğu tespit edilirse bunun da çaresi yazıyordu bu kitaplarda. Kazı yapılacak yerin etrafı siyah kemik saplı bir bıçakla çevriliyor, bu iş için nar veya gül dalı da kullanılabiliyordu. Bu arada dualar okunuyor, tütsü yakılıyordu. Sonra da bıçakla çizilen dairenin içine beş yumurta kırılıyordu. Sözüm ona yumurtalar cinlerde bomba etkisi yapar, korkudan her biri bir yana dağılırmış.

Merakımdan bu deli saçması kitapları okuduğum gecelerde Şahbender dayımı define sevdasından vazgeçirecek bir fırsat çıkmıştı. Annem yemekten sonra televizyonun karşısına geçmiş ben de karanlık odama kapanmıştım. Kapı çaldığında film banyosu hazırlıyordum. Dayımdı gelen. Salondan bana sesleniyordu. Çaresiz işimi aceleyle bitirip çıktım karanlık odadan. Heyecanla cam kenarındaki koltuğa oturmamı istemişti. Kendisi oturduğu koltukta bacak bacak üstüne atmış, tespihini çeviriyordu. Annem televizyonun sesini kısmış, mutfağa çay koymaya gidiyordu. Kısacası karanlık odamda kendimle baş başa geçirdiğim sakin saatlerim tehdit altındaydı ve ben sinirlenmemeye çalışarak olan biteni izliyordum.

Şahbender dayım akşam yemekten sonra salondaki koltukta sızıp kalınca rüyasında define bulduğunu görmüştü. Define Anadolu'nun orta yerinde falan değildi. Rüyasında gördüğü hazine İstanbul'un yedi tepesinden birinde gömülüydü. Bilinçaltı, zaten tembellikten Anadolu'nun orta yerine gitmekten vazgeçen dayıma tam da istediği rüyayı kapalı gişe oynayan renkli sinemaskop bir vizyon filmi gibi getirip göstermişti.

Dayım tabii yedi tepe derken Çamlıca, Yuşa Hazretleri, Mecidiyeköy gibi şehirde ne kadar yüksek yer varsa saymış, sonra bunlara Kuştepe, Gültepe, Seyrantepe, Göztepe gibi tepeli semtleri de eklemiş, ama asıl yedi tepenin bulunduğu yerleri ıskalamıştı. Ona İstanbul'un yedi tepesinin bu saydığı semtlerde değil de şehrin tam göbeğinde, yani kimseye yakalanmadan kazı yapmanın neredeyse olanaksız olduğu Fatih, Sultanahmet, Çemberlitaş gibi sur içindeki semtlerde yer aldığını anlattığımda fazla şaşırmadı. Ben de onun bu aymazlığına karşılık son kozumu oynamayı düşündüm. Annem çayları getirirken rüyada define görmenin nelere delalet olabileceğine dair ahkâm kesmeye başlamıştım. Hayatımda ilk kez ezoterik bijuterik teyzeme benzediğimi hissediyor ve bundan nefret ediyordum fakat dayımı bu işten vazgeçirebilmek için başka bir yol bulamıyordum. Birkaç gece önce dayımlara yemeğe davetliydim. Kâmuran yengem yemeği hazırlarken, dayım televizyonun sesini nerdeyse sonuna kadar açmış, haberleri seyrediyordu. Ben de dayımın son zamanlarda merak saldığı kitapları karıştırıyordum. Bu kitaplardan birinde rüyada define görmekle ilgili bölümü okumuştum. Orada anlatılanlarla sözüm ona dayımı ürkütmeye çalışacaktım. Rüyada define görmek iyiye işaret değilmiş diyecektim. Define görmenin yeni doğacak bir çocuğa, mala mülke, zenginliğe delalet ettiğinden bahseden yorumları es geçip kötüleriyle güya dayımın gözünü korkutacaktım, ama bunu da beceremedim. Dayım çayını gürültüyle içerken boş laf bunlar, sen de inanmıyorsun ya anlattıklarına, dedi bana. O kitabı ben de okudum, hurafe hepsi dedi. O geceden sonra bir süre bu konuyu hiç açmadık.

15
Surdibi Fotoğrafları

Dayımın aldığı karar belki ikimizin de sonu olacaktı. Cümleten ve müebbeten çürüyecektik rutubetli cezaevlerinde. Akşam erken inecekti mahpushaneye, ejderha olsak da kâr etmeyecekti. Bizim Ejder görüş gününde süklüm püklüm ziyarete gelecekti. Ağzıma sürmediğim halde sigara içmeye başlayacaktım orada, elim kıçımda, bileğimde hapishane işi bir tespih volta atacaktım avluda; tepemde gri bir gün.

Dayımı tam Türkiye'nin orta yerinde define aramaktan vazgeçirmişken ve böylelikle yataklı tren vagonlarında uykusuz yolculuklara çıkıp, Türkiye'nin coğrafi ortasında muhtemelen çorak bir yerlerde tepemizde güneş, kazma kürek sallamaktan kurtulmuşken bu sefer de İstanbul'un orta yerinde uluorta define arama tehlikesiyle karşı karşıya kalmıştım. Üstelik bu Anadolu'nun ıssız bir köyünde kazı yapmaktan çok daha riskliydi. Ama dayımın kendine güveni tamdı. Veli'yi yollayacağız önden diyordu. Veli insansız bir uzay aracı gibi önden gidecek, önce yörüngeye o girecek. Etrafı kolaçan edecek bakacak. Sonra biz çıkacağız sahneye. O da erketeye yatacak. Öncüsüz olmaz bu işler Suphi. Veli baktı bir aksilik var, o zaman yedek roketleri ateşleyip, topuklayacak. Biz de ıslık çalarak uzaklaşacağız oradan. Nasıl güzel plan değil mi?

Şahbender dayım işi ciddiye almayıp, yanındaki çocuğu sanki sigara almaya gönderir gibi önden yollayıp, ona gözcülük yaptırmayı düşünüyordu. Bana bunları anlatırken annemi de kandırmaya çalışıyordu bir yandan. Zengin olacağız Şaziye, diyordu. Kadıncağızın dudakları endişeyle açılıyor, ama daha konuşamadan dayım lafı ağzına tıkıyordu. Siz hiç meraklanmayın, böyle endişeli gözlerle de bana bakmayın, diyordu, ama benim içim hiç rahat değildi.

Okuduğu kitaplardan birinde zengin bir adamın ölmeden önce hazinesini sakladığı yeri *Fuzuli Divanı*'nın aralarına şifrelerle yazarak gizlediği anlatılıyormuş. Define İstanbul'da bir yerde saklıymış. Kütüphaneler gezilse, eski kitapların aralarında kim bilir ne define haritaları ne eşkıya belgeleri ne şifreler saklıymış. Kütüphaneciliğe başlamalıymışım ben. Mesela büyük devlet kütüphanelerinden birine kapağı atsaymışım. Darı ambarında tavuk misali deşer durur, mutlaka bir şeyler bulurmuşum. Dayımın bir de gördüğü rüya var tabii. Kitap da bu rüyayı destekleyince İstanbul'un orta yerinde define neden olmasınmış. Binlerce yıllık bir şehirde olmayacak da nerede olacakmış.

Eskiden dayım, okuma bu kadar âlim mi olacaksın, derdi bana. Gözlüklerinin numarası iyice ilerledi, yakında dürbünle gezeceksin diye takılırdı. Artık ben aynı şeyi söylemeye başlamıştım. Okuma, diyordum bu kadar, gözlerini boşuna bozma, sonra Veliefendi'de başkalarının dürbünle zor gördüğü atları şimdi o şahin gözlerinle uzaklardan seçerken son düzlükte bile tanıyamazsın, diyordum. Bırak *Fuzuli Divanı*'nın arasına gizlenmiş şehir definelerini, onlar roman, diyordum. Şehrin içinde kanalizasyon işçisi gibi kazma kürek gezerken görürlerse bizi ne olur biliyor musun, diye soruyordum.

Hay aklınla bin yaşa diyordu, dayım. Kanalizasyon işçisi kılığına gireceğiz. Tıpkı onlar gibi şehrin altını üstüne getireceğiz ve kimse şüphelenmeyecek. Yeter ki hazinenin yerini bulalım önce. Ona da az kaldı. Bir sürü kitap okuyorum, sorup soruşturuyorum. Yakında Bizans sikkelerinin, Venedik altınlarının yerlerini bir bir tespit edeceğim, diyordu.

Ben ısrarla şehrin göbeğinde bir yerlerde defineler olsa bile yedirmezler bize dayı, diyordum. Millet enayi mi? Bu kadar işsiz güçsüz insan var. Alırlar bir kazma bir kürek zengin olurlar, diyordum. Bu tartışmalar birkaç gün sürüyordu. Sonra yine bizim evde pencerenin önünde oturan dayımı ikna etmeye çalışırken buluyordum kendimi.

Olurdu olmazdı... Bu yaştan sonra... Hapislerde... Çoluk çocuk, ne yer ne içer? Kâmuran yengem, yapayalnız bir başına, genç güzel kadın... Bak sonra aman ha... Gül gibi... Gel vazgeç... Geleceği varsa altılıdan da gelir be dayı... Yazık olur... Çürürüz... Ya annem, kız kardeşin, derken ve hepsi boşa giderken aniden kafamda parlak bir ampul yanmıştı.

Bir akşamüzeri pencerenin önünde oturmuş dışarıyı seyrederken aşağıdan gürültüyle geçen seçim otobüsünü süsleyen bayrakları görünce çakmıştı ampul. Benim aslında seçim umurumda değildi. Oy pusulam bile yoktu. Bugüne kadar hep boş vaatlere kandık. Sandık sandık oy kullandık, iyi olur sandık ama aldandık ve sonunda siyaseten tıkandık, siyasetten usandık. Kimimiz geçim sıkıntısı yüzünden karımızdan boşandık, kimimiz işsiz güçsüz sokaklarda harcandık, para bulamadıkça darlandık, darlandıkça horlandık ama en sonunda uslandık. Oy moy yok artık diyerek kendini sokaklara atan sonra da tutuklanıp bir süre de Bakırköy Ruh ve Sinir Hastalıkları Hastanesi'nde tedavi gören bir vatandaşın yaşadıklarından etkilenip vazgeçeli çok olmuştu bu sevdadan. Oylama değildi benim derdim; ben dayımı oyalamanın bir yolunu bulduğuma seviniyordum.

İstanbul'un tarihi sur kapılarının fotoğraflarını çekmek istiyordum çoktandır, ama işten güçten bir türlü fırsat bulamamıştım. Şimdi hazır iki hafta izin almışken bunu yapabilirim diye düşünüyordum. Hem dayımı da sur kapıları civarında, Bizans hazinelerinin bulunabileceği yerleri araştırıyorum diye kandırıp bir süre daha oyalayabilirdim.

Zaten bu fikir çoktandır kafamda vardı. Bundan iyi fırsat bulunmazdı. Ejder foto muhabiridir. Sürekli fotoğraf çekimlerine gittiğinden onunla zaten seyrek görüşüyorduk. Peyami de bir reklam ajansında grafikerlik yapıyordu. İşi yoğun olduğu zamanlarda bazen sabahlara kadar hatta hafta sonları bile çalıştığından onunla da sık görüşemiyordum. İş konusunda her ikisi de bana göre daha şanslıydı. Hep sevdikleri işleri yaptılar. Benim gibi Yeşildirek'te, Sultanhamam'da dayımın ısrarıyla emprimecilerde, havlu, bornoz, nevresim, çarşaf satan dükkânların basık tavanlı asma katlarında muhasebecilik yapmadılar.

Aslında dişimi biraz sıkıp Basın Yayın'ı üçüncü sınıftan terk etmeyip bitirebilseydim işler belki çok daha farklı olabilirdi, ama olmadı. Sonra açık öğretimden mezun olunca da ne iş bulursam yapmak zorunda kaldım. İş beni seçti, ben işi değil. Yine de halimden memnunum. Maaşım fena değil, bana yetiyor. Zaten fazla masrafı olan biri değilim. Bütün paramı fotoğraf merakıma harcıyorum. Bir de anneme ev kirasında yardım ediyorum. Babamdan kalan maaş yetmiyor kadıncağıza tabii. Fakat ne kadar rahat olursam olayım sevdiğin işi yapmalısın, fotoğrafçılıkla ilgili bir iş ara diyorum bazen kendi kendime. Ama artık her şey o kadar otomatikleşti, dünya o kadar dijital oldu ki, benim gibi analog birinin bütün bu yeniliklere ayak uydurmasının çok kolay olmayacağını düşünüyorum. Kendimi yeni dünya karşısında fazlasıyla romantik ve demode buluyorum. Bu yüzden güvenemiyorum kendime, korkuyorum başarısız olmaktan. Vazgeçiyorum.

Konu dağıldı gitti yine. Neyse, hiç hesapta yokken dayımı oyalama bahanesiyle çoktandır yapmayı düşündüğüm çekimler için kendime bir fırsat yaratıp fotoğraf makinemi kaptığım gibi düştüm yollara. Önce biraz kitap karıştırdım. İstanbul surlarının elli beş kapısının hangisinden çekime başlayacağıma karar vermem gerekiyordu. Ama bu çok zamanımı almadı. Haliç surlarındaki kapılardan başlayacaktım. Öyle gelmişti içimden. Fakat o an aceleyle aldığım kararın sonra hayatımı tamamen değiştireceğini, hatta benim için zamanı bile durduracağını asla tahmin edemezdim.

16
Zamanın Durduğu An

Dayımı şehrin göbeğinde define aramaktan vazgeçirmeye çalıştığım günlerde içim iyiden iyiye sıkılmaya başlamışken, yeknesak yaşantıma bir renk getirecek, beni heyecanlandıracak, hatta derinden sarsıp silkeleyecek bir mucize ararken onunla karşılaştım. Hayatımı ondan önce ve sonra diye ikiye bölecek o an, hiç beklemediğim bir sırada, çok da hazırlıksızken gelip bulmuştu beni.

Artık annem ile Şefika teyzemin fallarda bulamadığı kısmeti dayımın da aramaya koyulduğu sırada, yahu Şefika bırakın büyücülüğü, şu çocuğa mahalleden bir kız bulun da evlendirelim demeye başladığı, hatta kardeşim sizin hiç tanıdığınız yok mu Allah aşkına, bu kadar günler yapıyorsunuz, oralarda bir sürü kadın bir araya gelip zeytinyağlı dolmalar yiyip dedikodu yapana kadar bir kısmet bulsanıza şu çocuğa. Kimsenin kızı, kız kardeşi, kuzeni yok mudur diye de çıkıştığı bir sırada. Suphim zeki çocuktur, biraz içine kapanıktır, hayattan kopuktur, sokağı da fazla bilmez, görücü usulü evliliğe de razı gelmez, ama olsun ben onu ikna ederim dediği sırada çıktı karşıma.

Annem aralarında geçen konuşmaları bana bir bir anlatırken sıkılıp boynumdan alnıma kadar kızardığım hatta kendimi işe yaramaz, beceriksiz hissetmeye başladığım, tıpkı çocukluğumda olduğu gibi küçüldüğüm, karardığım ellerimin de küçüldüğü, karardığı, titremeye başladığı ve sanki başka birilerinin eli olduğu bir sırada gördüm onu.

Dayım artık siz bulamazsanız ben birini bulup evlendireceğim bu çocuğu, diyordu. Hem de Lütfullah Dedemle ilgili yıllardır anlatılan hikâyeyi yeniden hatırlatarak söylüyordu bunları. Böylesine becerikli bir dedenin torunu iyice karta kaçmadan evlenmeli, çoluk çocuğa karışmalıydı.

Burayı anlaşılması için biraz açarak anlatmalıyım size. Şimdi, dayım, annem ve teyzemin isimlerinin "ş" harfiyle başlaması bir tesadüf değil. Ben de önceleri dedemin tesadüfen isimlerini böyle koyduğunu zannetmiştim, meğer öyle değilmiş. Çok sonraları dayım anlatınca öğrendim gerçeği.

Babaannemle dedem gençliklerinde her halvet olduklarında, gecenin sessizliğinde, işin en heyecanlı yerinde babaannem konu komşu duymasın diye "şişşş" diyerek dedemi ikaz edermiş. Lütfullah Dedem de çocuklar bir bir gelmeye başlayınca o bol "ş"li, neşeli gecelerin hatırına çocuklarının adlarını "ş" harfiyle başlayan isimlerden seçmiş. Önce dayım doğmuş. Şahbender adını takmış ona. Sonra anneme Şaziye ve son olarak bijuteri harikası teyzeme Şefika isimlerini vermiş. Dördüncü çocuk şayet düşmese onun da adı hazırmış. Erkek olursa Şerif, kız olursa Şerife...

Zamanlamam bence kusursuzdu. Dayımın defineciliğe soyunduğu, İstanbul'un yedi tepesinde hazine aramaya hazırlandığı heyecanlı günlerde, gözlerinin önünde yanıp sönen Bizans altınlarını bile neredeyse unutup, benim derdime çare arar olduğu bir sırada rastlamıştım ona.

Fotoğraf için güzel bir gündü. Güneşli, aydınlık bir gün... Tarihi İstanbul surlarının kapılarını, bu kapıların çevresinde yaşanan hayatların fotoğraflarını çekmeye çalışacaktım kendimce. Güzel bir konu seçtiğimi düşünüyordum. Surların hemen dışında, sanki uçurumun tam da dibinde sürüp giden yaşantıları çekecektim.

Fotoğraf çekmeye nereden başlayacağıma karar vermek için bütün sur kapılarını bir bir gezmiş, hikâyelerini okumuştum önce. Kimi duvarlar örülerek kapatılmış, kimi yanmış, yıkılmış, yok olmuş sur kapılarından ayakta kalanlarının etrafında halen geçmişten izler taşıyan yaşantıları kamerama hapsedip sonra da küçük karanlık odamda onları ortaya çıkarıp, çocukken yakalayıp kavanoza sakladığım böcekler gibi bana ait olmalarının mutluluğunu yaşayacaktım.

Nedense bu işe başladığımdan beri fotoğrafa bakışım böyledir. Başkalarının anlarını, yaşantılarını çalmaktan, binaların, köprülerin, taşıtların, şehre özgü her şeyle birlikte şehrin tamamının hatta zamanın ruhunu dondurmaktan, sonra da dondurduklarının karanlık odadaki ecza dolu plastik küvette çözülmesini zevkle seyretmekten ibaret bir tür koleksiyonculuktur fotoğraf. Avcılıktır, kalabalıkta avlanmaktır. Avlar, sonra da camlı bir çerçevenin içine ya da bir fotoğraf albümüne hapsedersiniz avınızı. Sizin olur o görüntü. Ölene dek sizde kalır. Siz yaşlandıkça o hep aynı kalır zamansız. Siz ölürsünüz o yine kalır.

Hazırlıklarımı tamamladığım bir cumartesi günü öğleden sonra Aya Kapısı civarına gitmiştim. Orada birkaç kare fotoğraf çektikten sonra Cibali Kapısı'na yürümüştüm. Akşamüstünün o büyülü saatlerinde fotoğraf çekmenin keyfine doyum olmuyordu. Sıcak bir akşam ışığı her şeyin üzerini örtmüştü. Makinemi hazırlayıp beklemeye başlamıştım. Kapının önünden geçecek bir simitçi, ciğerci, pilavcı, çalgıcı, şerbetçi, olmadı çiçek satan bir Çingene, kısacası şu şehirde gezinip duran gölgelerden herhangi birinin gelip kadrajımdaki görüntüyü süslemesini bekliyordum. Kapının üzerine üçgen bir gölge düşmüştü. Bir kısmı aydınlıktı.

Sur duvarlarından fışkırmış yabani otları aydınlatıyordu güneş. Birden o geçti kapının önünden. Sadece fotoğrafımı değil hayatımı da süsleyeceğini işte o an anladım. Çocukken saka, iskete, flurya avlamak için kurduğumuz kuş kapanlarından birinin ipini çeker gibi bastım deklanşöre. Kalbim gürültüyle çarpıyordu. Heyecandan nefesim kesilmişti. Sonra peş peşe birkaç poz daha çektim, ama son çektiklerimde yüzünü tam yakalayamamıştım.

İşte o an yine eskiden olduğu gibi ağırlaştı zaman. Önce, tren vagonlarının dışındaki zaman gibi akmaya başladı. Sonra eski bir buharlı lokomotif gibi oflaya puflaya bir süre daha ilerleyip yelkovanı, akrebi, saniyesi, tekmili birden gürültüyle durdu sanki. Sönmüş yıldızlara benzeyen cüce yaşantıma bir ışık dolmuştu ve önce ben, sonra da herkes, her şey, her yer, bütün İstanbul yok olmuştu. Gözümün önünde sürekli değişen görüntülerle dönüp duran canlı cansız her şey bir bir kaybolmuştu. Yıllardır zihnime kazınıp kalmış ne kadar görüntü varsa hepsi bir süreliğine solmuş, zaman donmuştu.

Sonra sanki hiçbir şey olmamış gibi aynı koşuşturma, aynı hengâme yeniden başlamıştı. Elimde fotoğraf makinesiyle donup kalmıştım. Çok güzel bir kadındı. Uzun siyah saçlarını dağıtan ılık akşam rüzgârına aldırış etmeden dar sokaktan aşağıya yürümüş, sonra usulca küçülüp gözden kaybolmuştu. Daha önce hiçbir kadının beni böylesine etkilediğini, kanımı dondurduğunu hatırlamıyordum. Kendime gelir gelmez telaşla peşine takıldım. Boynum, yüzüm, kulaklarım kızarmıştı. Hissediyordum. Ağır vücuduma kan pompalarken zorlanan kalbim heyecanla çarpıyordu.

Önüme gelen iri adamı ittim önce, adam söylendi. Tabakhaneye bok mu yetiştiriyorsun ne acelen var, diye bağırdı peşimden. Sonra iki kadının arasından geçtim, biri az daha yere düşüyordu, diğeri çığlık çığlığa çantasını koruyordu. İmdat diye bağırıyordu bir diğeri, yetişin polis yok mu? Hırsız var...

Kadın ileride yürüyordu. Bunca bağırış çağırışa rağmen dönüp arkasına bakmıyordu. Ben seslenmeye çalışıyordum. Bakar mısınız? Bir dakika beni bekleyin, size bir şey söyleyeceğim diyordum, duyuramıyordum. Rüyalarda olduğu gibi tiz bir inlemeydi sanki seslenişim. Herhalde ben bağırdığımı hayal ediyordum. Belli ki sesim çıkmıyordu, çünkü kadın arkasına dönüp bakmıyordu.

Hiç saygı kalmadı vallahi. Sokakta bile rahat yürüyemiyoruz artık, diyordu kadının biri. Sürtüne sürtüne geçiyor insanın yanından utanmaz arlanmaz, seni ırz düşmanı, seni ahlaksız, diye bağırıyordu orta yaşlı bir diğeri. Ağzım açılmıyordu, ağzım... Şimdi bunları anlatırken gevezelikten lafı uzattıkça uzatan, bir yığın deli saçması kelamı bulup çıkaran, sonra da hiç teklemeden, unutmadan, utanmadan peş peşe sıralayan ben, dilimi yutmuştum sanki. Dilini mi yuttun ulan sen bu kadar laf söylüyoruz, ayakkabımı berbat ettin; yeni boyatmıştım, diyordu ızbandut gibi bir adam. Dur ulan kaçma diye sesleniyordu arkamdan. Eşşoğlu eşşek seni.

Kadın köşeyi dönmüş, kelimeler boğazımda düğümlenmişti. Höst ulan ayı. Öküz gibi yürüyüp gideceğine adam ol biraz. Bir özür diler insan. Ama insan diler özrü değil mi ayı değil. Başka İstanbul yok, diye devam ediyordu arkadaki. Onunla işim yoktu ben hedefe kilitlenmiş, kendimden geçmiştim. Önümde giden kadını izlemeliydim. Seslenemiyordum. Nerede sende o cesaret zaten. Korkaksın, bu yüzden de böylesine güzel bir kadını göz göre göre kaçıracaksın. Bir daha da zor bulursun böylesini, diyordum kendi kendime. Sonra silkiniyordum. Korkak falan değilim ben. Bir an donup kaldım hepsi bu. Hem kadın biraz yavaşlasa, şu kalabalık önümü kesmese karşısına dikilip konuşacağım, kibar birkaç kelime edeceğim, affedersiniz sizi rahatsız etmek değil amacım. Çok özür dilerim ama sizi görür görmez... yok öyle değil size haber vermeden fotoğraflarınızı çektim az önce. Beni bağışlarsınız umarım. O kadar güzelsiniz ki dayanamadım. Bana isminizi ve adresinizi verirseniz size de göndermek istiyorum onları ya da bir pastanede buluşur, belki bir şeyler içeriz, ben de fotoğraflarınızı oraya ellerimle getiririm. Hem de görüşmüş oluruz ne dersiniz? Ya da lütfen bağışlayın beni, parmaklarıma hâkim olamadım. Güzelliğinizin önümden yürüyüp gitmesine razı olamazdım. Birkaç fotoğrafınızı çektim. Yanlış anlamazsanız sizden isminizi rica edecektim demeye çalışıyordum cılız... Aması maması yok. Sen o sözlerin bir tekini bile edemezsin, dilin tutulur kadın karşında dikilince. Hem sen kadınların yüzüne bakamazsın ki karşı karşıya kalınca. Ya kaçamak göğüslerine bakarsın ya da arkadan gizlice kalçalarını süzersin. Sen hep böylesin zaten. Geçen sene bankadaki kıza da iki kelime söyleyemedin. Üstelik kız arkadaşına telefonunu verirken duyup hemen orada ezberlemiştin. Ama daha sonra arayamadın onu. O telefonu hâlâ unutmadın, aklında ama ne fayda. Kız aylar sonra bir müfettiş yardımcısı ile tanışıp evlendi. Sen gözünü açana kadar iş işten geçiyor, çünkü sende iş yok. Sonra Edibe Hanımların büyük kızı Müjgân... Annesiyle oturmaya gelmişlerdi. Oturma bahane, ne oturması seni görmeye, kızı da sana göstermeye gelmişlerdi. Tir tir titremiştin, çıkamamıştın odandan. Yorganı gırtlağına kadar çekip yatmıştın siyatik olmuş ihtiyarlar gibi... Hastalık bahanesiyle annen zor idare etmişti insanları. Güzelim kız boş yere salonda kırıtıp durmuştu. Halbuki ne de güzeldi kapı aralığından. Dizinin üstünde dar, siyah bir etek giymişti. Beli inceydi. Bacakları dolgundu, balıketindeydi. Saçları uzundu beline kadar.

Müstakbel kayınvalidesine kendini beğendirmek için mutfaktan çay servisi yaparken nasıl da kalçalarını titretiyordu. Elleriyle eteğini düzelterek saygıyla eğilir gibi oturuyordu. Söze de fazla karışmıyordu; arkasındaki pencereden içeri giren akşam güneşi saçlarını parlatıp, yüzünü karartıyordu, ama tam görünmese de yüzü de güzeldi değil mi, diyordu içimde başka bir ses.

Sesler içimde böyle birbirini yiyordu. Yanımdaki adam da koltuğun altındaki kahverengi deri çantayı tutan lekeli elleriyle beni itiyordu, jöleli saçlarıyla iki genç önümden yürüyordu. Yanlarından geçtim. Onların hemen önünde yürüyen yüksek topuklu iki kız takip edildiklerini bildiklerinden abartıyla kırıtıyorlardır. Onların yanından daha da hızlı geçtim. Oldum olası kadınların, kızların arkasından yürüyemem. Aniden arkalarına dönüp kalçalarını seyrettiğimi sanarak ellerindeki çantaları kafama indireceklerinden, sonra avazları çıktığı kadar bağırıp beni etrafa rezil edeceklerinden korkarım. Ya da ben kadının arkasından yürürken yaşlı bir işgüzarın yanaşıp sesini etrafa da duyuracak şekilde yükselterek, evladım ayıp değil mi yakışıyor mu sana genç bir bayanın peşinden böyle koku almış köpek gibi gitmek, utanmıyor musun, demesinden çekinirim. Bu yüzden hiç bakmadan yürüyüp gittim kızların yanından.

Karşıdan gelen kadınlarda da durum aynıdır. Kalabalık bir caddede bakarım güzel bir kız geliyor tam karşıdan. Birçok erkek yanından geçince dönüp bir de arkasından bakar kızın, nasıl kalçaları güzel mi diye. Ben utanırım bakamam. Etraftakiler beni izliyordur diye düşünürüm. Onlara rezil olmaktan korkar, çekinirim. Baksam bile bu iş gizlilik içinde olmalı, kimseler beni görmemeli.

Kırıtarak yürüyen kızların önünde tam da düşündüğüm gibi bir ihtiyar yürüyordu. Yanından geçerken sanırım rüzgârımdan sarsıldı, bastonundan destek alarak güçlükle ayakta kalabildi. Başka zaman olsa mutlaka yardım ederdim ama... Kadın köşeyi dönmüştü gözlerim üzerinde... Karşıdan, türbanlı bir kadın yanındaki küçük kız çocuğunun elinden sıkıca tutmuş çocuğu çekiştirerek geliyor, biraz arkasında, güneş gözlüklü, kulağında kulaklıklar sırtında çanta sıska bir çocuk yürüyordu. Onların arkasında seyrelmiş saçlarını alnına yapıştırmış dayıma benzeyen uzun, ince bir adam, hemen yanında seyyar bir gözlükçü, uzun pardösülü, başörtülü yaşlı iki kadın, iki de güvenlik görevlisi yürüyordu. Muhtemelen yakındaki üniversitenin kapısında görevliydiler. Kadın onların da yanından geçmiş gidiyordu. Kısa boylu olanı dönüp arkasına bakmıştı, diğeri dönememişti benim gibi. Artık hızlı yürümeyi bırakıp koşmaya başlamıştım. Aralarından zikzaklar çizerek geçip, ben de döndüm köşeyi. Sokaklar sanki her zaman olduğundan daha uzun ve daha kalabalıktı. Girdiğim sokağın iki yanında dışı uyumsuz renklerle bezeli mozaik kaplı apartmanlar vardı. Çoğu eskiydi; kirliydi yüzleri. Bazılarının altlarında dükkânlar vardı. Kıraathane, soba imalatçısı, bakkal, ganyan bayii, tezgâhında kocaman kara bir tost makinesi duran yanık yağ kokulu bir büfe... Gözüme ilk çarpan bunlardı. Önlerinde çocuklar top oynuyordu. Bir kız çocuğu sokağa tebeşirle çizdiği çizgilerin üzerinde sekiyordu; elinde bir mermer parçası. Genç bir çocuk yakındaki evlere su taşıyordu. Kadidi çıkmış bir köpek titreyen bacaklarıyla güçlükle kaldırımdan inmiş karşıya geçiyordu. Sokağın sonunda, solda yıkık bir tarihi duvar kalıntısı, duvarın arkasından yükselen yanıp kül olmuş bir ahşap ev karaltısı ile birkaç meyvesiz ağaç görünüyordu. Yabani otlar sarmıştı duvarın üzerini. Her şey oradaydı, belki de çok uzun yıllardır hep olduğu gibi. Ama ondan hiçbir iz yoktu. Kaşla göz arasında kaybetmiştim onu. Bir apartmana girmiş olmalı diye düşündüm önce. Koşup tek tek apartmanların ağır demir kapılarını itip içlerine baktım. Karanlık ve rutubet kokuyordu. Bazı apartmanların merdivenlerinde ağır yemek kokuları geziniyordu. Kilitli kapıların camlarına ellerimi dayadım, yoktu. Telaşlanmaya başlamıştım. O sırada sokağa seyyar bir satıcı girdi. Kamyonetini getirip dükkânların karşısına park etti. Camekânlı kamyonetin içinde terlikler, işlemeli yatak örtüleri, havlular, bornozlar, nevresimler, çarşaf, yorgan takımları... Kadınlar hemen kamyonetin başına toplandılar. Baktım aralarında yoktu. Ardından bir tüp arabası gelip tüpçünün önüne park edince ortalık iyice karıştı. Boş tüpleri gürültüyle kamyona yükleyip, doluları indirirlerken dükkânlara koştum, çinicilere, kıraathanelere, kerestecilere, bakkala, ganyan bayiine koştum. Nargileciye, tostçuya, eskiciye, bir başka bakkala... Yoktu. Parkta yaşlılar oturuyordu. Çatlak, lekeli yumrukları bastonlarının üzerinde... Koştum. Haraççı Kara Mehmed Camii, Nalıncı Mehmet Mimi Dede Türbesi, Üsküplü Çakır Ağa Camii. Sordum. Yoktu. Koştum. Sokaklar geçti gözlerimin önünden, kırmızı tabelalar... Cibali Mescidi, Bostan Hamamı, Nalıncı Kasım, Odun İskelesi, Cibali Şerefiye, Seferikoz... Hisaraltı, Seferikoz, Bostan Hamamı, 282 no'lu ganyan bayii... 4 nal, 2 dik suratlı satranç atı ve 1950... İçerisi duman, gözler televizyonda, kulaklar sunucuda, soramadım, duymazlardı. Sobacı, mangalcı, Yazar Orhan Kemal sokağı, Yazar Orhan Kemal çıkmazları... Yazar Orhan Kemal'in evi... Kaybettim onu. Sokaklardaki herkese sordum, yoktu. Az önce buraya siyah uzun saçlı, esmer bir kadın geldi mi, diye sordum. Uzun boylu, üzerinde lacivert bir bluz var dedim. Siyah bir pantolon giydiğini söyledim. Çok güzel, alımlı bir kadın dedim. Hepsi sanki hayal görmüşüm gibi, sanki öyle bir kadın buralarda ne gezer der gibi suratıma baktılar tuhaf tuhaf...

Jale Hanım, ıslak camların dışında bulanık bir hayale benzeyen şehir görüntülerinin üzerinde gezinen gri bulutları seyrediyordu. Bilgisayarında dinlediği disk yeni bitmişti. Düşünceli gözleri, etraftaki apartmanların damlarına tünemiş martılara bakıyordu. Karanlık binaların aralarına sıkışmış dar sokaklarda akşam kalabalığı vardı. Az önce başlayan yağmur, trafiği hemen sıkıştırmaya yetmişti. Kapı çaldı. Masasından kalkıp, kontrollü adımlarla kapıyı açmaya giderken rüzgâr balkonda yazdan kalan çiçeklerin yapraklarını titreştiriyordu. Otomatiğe basınca aşağıdan, apartmanın demir kapısı açılmış ve içeri giren kişinin ürkek topuk seslerinin yankıları duyulmuştu. Apartman boşluğunda küf kokulu bir serinlik vardı. Kapıları üst üste kapandıktan sonra eski asansör, merdivenlerin ortasındaki boşluktan gürültüyle yukarı çıkıp dördüncü katta sanki arıza yapmış gibi aniden durdu.

"Burası" diye seslendi Jale Hanım. "Buradayım."

Asansörden iner inmez insan şaşırıyordu, kattaki üç kapıdan hangisine yöneleceğini bilemiyordu. Zaten çekinerek yapılan hiçbir işten hayır gelmiyordu. En dipteki kapıda bekleyen kadın bu defa "Suphi Bey değil mi?" diye sormuştu.

"Evet benim..." dedi Suphi. "Jale Hanım'la görüşecektim."

"Buyurun, hoş geldiniz," dedi Jale Hanım. "Doktor Jale Korel benim."

Saçlarından, ince uzun kollarından, üzerindeki siyah dar bluzdan yayılan baygın parfüm kokusu apartman boşluğundaki küflü havayla yer değiştirmişti. Kadın el sıkışırken Suphi'yi baştan aşağıya süzmüştü. Suphi'nin üzerinde krem rengi bir trençkot, içinde kahverengi bir boğazlı kazak vardı. Hafta sonu aldığı siyah pantolonla yeni ayakkabılarını da giymişti. Yalnız çorapları eskiydi. Galiba birinin de burnu delikti. Sağ olabilirdi, başparmağının o deliği daha da genişleterek ayakkabısının içinde çoraptan dışarı çıktığını hissediyordu. İnşallah ayakkabılarını çıkarmak zorunda kalmazdı. Çıkarırsa tam bir fiyasko olurdu. Şimdi olacak iş miydi bu. Sen her şeyi düşün, evvelki kıştan beri gardıropta giyilmeden tertemiz duran kazağını, yeni aldığın kışlık siyah pantolonu giy, kuru temizlemeden yeni gelen trençkotu üzerine geçir. En yeni ayakkabılarınla yolda kaymadan ve ayakkabılarına bir damla çamur sıçratmadan dikkatli adımlarla buraya kadar gel. Çorapları unut.

Jale Hanım kapının önünde tokalaştıktan sonra Suphi'yi içeri aldı. Suphi'nin saçları dağınıktı. Çiçekbozuğu yüzünü saklamak için bıraktığı kirli sakalı, iri dudakları ve kalın gözlük camlarının ardından bakan kısık gözlerle zoraki gülümseyişi, sağ kaşının üzerindeki belirgin dikiş iziyle hayalinde canlandırdığı kişiye hiç benzemiyordu.

Suphi üzerindeki trençkotu çıkarırken kapı arkasından kapanmıştı. Artık geri dönüş yoktu. Jale Hanım'ın üzerinden apartman boşluğuna yayılan ıtırlı parfüm kokusu, muayenehanenin içindeki her şeyin üzerine sinmişti. Kısa süreliğine de olsa bu kokuyla yaşamaya alışmalıydı. Gözü kararsa da, kalbi kafasının içinde atsa da buna bir süre katlanacaktı, hepsi buydu. Sonra yine nasıl olsa gidip, karanlık odasına çekilecekti bir başına, yalnız, sakin, güvende... Gelirken ayakları defalarca geri gittiyse de, uzun süre tereddüt geçirdikten sonra apartmanın kapısına kadar gelip içeri giremeden geri dönüp, sakinleşmek için yakındaki basık tavanlı bir kahvede iki bardak çay içtikten sonra eve dönmeye karar verdiyse de kaçamamış, nasıl olduysa kendisini apartmanın siyah demir kapısının önünde bulmuştu. Kendine geldiğinde Psikolog Jale Korel yazan zile basıyordu.

"Sizi içerideki odaya alayım," dedi Jale Hanım. "Üstünüzü çıkarın rahatlayın, ben de hemen geliyorum. Bu arada bir şey içmek isterseniz, odada su ısıtıcısı, çay, kahve var. Lütfen kendiniz hazırlayın yardımcım yok bugün."

"İçtim," dedi Suphi. "Buraya gelmeden önce aşağıda... Aşağıda buraya gelmeden önce yani... Bir kahve gördüm, girdim. Çay içtim."

Jale Hanım, hemen döneceğini söyleyip içeri gitmişti. Eski çinilerle kaplı zemininde kontrolsüz adımlarla yürürken ayakkabılarının ince topuklarından çıkan sert sesler dairenin içinde çınlıyordu. Oda kahve kokuyordu. Suphi trençkotunu yanındaki deri koltuğun üzerine koyacakken hemen kapının arkasında duran askıyı fark edince oraya asmıştı. Sonra koltuğa dönerken Jale Hanım'ın masasının üstündeki çerçeveler gözüne ilişmişti. Bilgisayarın ekranı açıktı. Masanın üzerinde küçük, şık bir lamba yanıyordu. Sonra bir defter, bazı notlar, küçük pembe, sarı, turuncu yapışkanlı not kâğıtları, yeşil mermer bir fil biblosu, içi sivri uçlu kurşunkalemlerle dolu bir kalemlik, şık bir mektup açacağı, yanında bir dolmakalem, içinde kartvizitlerinin durduğu deri bir kutu, yarısı dolu bir kahve fincanı, üzerinde kilim desenleri... Masanın üzerindeki çerçevelere takılmıştı gözü. Birinci çerçevede Jale Hanım'ın bir fotoğrafı vardı. Yurtdışında çekilmişe benziyordu. Arkasında beyaz, iki katlı ahşap bir ev, geniş yemyeşil bir bahçede durmuş, gülüyordu. Üzerinde mavi bir tişört vardı. Arkasındaki ipten balonlar sarkıyordu. Bir doğum günü kutlaması olmalıydı. Yanındaki bol pullu Hint işi çerçevedeki ise bir aile fotoğrafıydı. Yaşlı bir adam. Muhtemelen baba, yanında yine muhtemelen anne, genç bir adam, kocası da olabilir, sevgilisi de, erkek kardeşi de. Adam Jale Hanım'a çok benziyordu. Öyleyse ya kardeşi ya da ağabeyiydi. Hem birbirlerine iki dost, iki kardeş gibi sarılmışlardı. Öyle pek sevgili gibi değil...

Arkasına bakıp gelen olmadığından emin olduktan sonra resimlere daha da yaklaştı. İçerden gelen çıtırtıyla telaşlanıp odaya döndü. Masanın önünde kahverengi deri koltuklar duruyordu. Ortalarında üzeri mermer, pirinç ayaklı ağır bir sehpa vardı. Oda epey büyüktü. Arkasına dönünce diğer köşedeki varaklı ayna ile hemen önündeki mermer sehpanın altında duran dergiler gözüne ilişti. Aynanın yanında uzun, şık bir bitki vardı.

Bir dergi alıp okumayı düşündü önce. Sonra vazgeçip, aynada yüzüne baktı. Uzayan sakalları yüzünü olduğundan daha geniş gösteriyordu. Rüzgâr yolda gelirken saçlarını dağıtmıştı, eliyle geriye taradı. Kısa, siyah saçları şimdi daha iyi görünüyordu. Gözlüğü de değiştirmesi gerekiyordu aslında. Çoktan demode olmuş eski bir gözlük takıyordu. Kalın çerçeve yerine hafif, daha ince bir çerçeve, yuvarlak camlar yerine daha oval camlar güzel durabilirdi, geniş yüzüne yakışan bir çerçeve mutlaka bulunabilirdi. Bazen böyle basit şeyleri... Çorap... Sağ ayağının başparmağı çorabı iyice delip çıkmış olmalıydı. Ayak tırnaklarını da kesmemişti. Zaten çoraplar hep bundan deliniyordu, hep ihmalden...

Gözlüğünü çıkarıp mendiliyle camlarını temizledi. Sonra aynı mendille burnunu sildi. Aynaya daha da yaklaştı, burun deliklerinden çıkan uzun kıllara baktı. Kıllardan birine küçük bir sümük yapışmıştı. Onu mendille çıkarmaya çalıştı önce fakat kıla sıkıca tutunmuştu. Bunu mendille başaramayınca parmağını sokup çıkardı sümüğü. Ona gizlice bakıp hemen mendilinin içine sakladı. Kaşlarıyla oynadı, sağ kaşından düzensiz kıllar çıkmıştı, babasının kaşları gibi. Boynuna baktı. Kırışmaya başlamıştı, göz altlarında torbalar vardı babası gibi... Arkasından bir karaltı geçtiğini aynada belli belirsiz görünce irkildi. Jale Hanım'dı gelen.

"Ani geldiğim için özür dilerim, sizi korkutmak istemedim. Lütfen rahatınıza bakın Suphi Bey. Şu koltuğa oturabilirsiniz."

"Ben... Ben sizi bekliyordum; odanız güzelmiş."

"Teşekkür ederim Suphi Bey. Buyurun oturun lütfen. Gönderdiğiniz diskteki ses kayıtlarını dinledim. Hatta disk biraz önce bitti. İtiraf etmeliyim ki, beni çok şaşırttınız. Cesaretinize de hayran kaldım. Sadece kayıtlarda anlattıklarınız dışında..."

Cesaretten bahsediyordu psikolog. Biri ilk defa cesur olduğunu söylüyordu. Tabii kolaydı bunu söylemek. Korkaklığını, ürkekliğini, herkesten, her şeyden, kendinden bile kaçtığını kendisi anlatmıştı ses kayıtlarında. Mahrem hiçbir şey kalmamıştı ki. Kendisini cesaretlendirmek için özellikle söylüyordu bunları, inandığından değil.

"...görüşmeden önce sizi tanıyabilmem için yaptığınız kayıtlar beni gerçekten çok etkiledi."

Etkilendiği falan yoktu aslında. Tedavi başlamıştı bile. Doktorlar böyle çaktırmadan, ince ince tedavi ediyorlardı demek ki insanı. Fare gibi üfleye üfleye... Önce kaybolmuş özgüvenin geri getirilmesi gerekiyordu. Ondan sonrası çorap söküğü... Çorap başparmaktan dışarıda, ayakkabının içindeki karanlık dünyada güvende...

"Bu alışık olduğumuz bir yöntem değil ama işimizi kolaylaştıracağından hiç şüpheniz olmasın. Çok farklı meslek gruplarından gelen farklı hastalarım var, ama bugüne kadar böyle bir şeyi düşünen çıkmamıştı hiç."

Suphi, bakışlarını kaçırmaya başlamıştı. Çok kısa bir süre bakıp sonra hemen gözlerini pencereden dışarıya, ışıkları yanmaya başlayan karanlık binaların pencerelerine çeviriyordu.

"Ben kimse yokken, yani tek başıma olduğumda mikrofonda kendimi daha kolay ifade... Yani, yüz... Yüz yüze yani, aynı beceriyi gösterebilen biri değilim. Yüz yüze... Bu yüzden beni önceden tanıyabilmeniz için... için yaptım bunu. Yani kendimle ilgili... Burada anlatamayacağım her şeyi anlattım. Bazen efkârlı, bazen neşeli, bazen de sinirli olduğum, zıvanadan çıktığım zamanlar da yani... Oldu bunları kaydederken. Döktüm içimi, deşarj oldum, rahatladım aslında. Yoksa o ses kayıtlarında dinlediğiniz şeyleri... Onları burada benim ağzımdan almanız... Burada yani, zor olurdu. Çoğunu... Utanırdım, anlatamazdım."

Jale Hanım dikkatle Suphi'nin anlattıklarını dinliyordu. Kirli sakallarının gizleyemediği gamzesini sempatik bulmuştu. Konuşurken ellerini bir yerlere sokmaya, kaçırıp gizlemeye çalışıyordu. Gözleri pencerenin dışına inen karanlığa bakıyordu.

"Kendinizi bana yolladığınız kayıtlarda o kadar güzel ifade etmişsiniz ki buradan aslında pek çok şeyin farkında olduğunuzu, fakat sizi sıkıntıya sokan nedenleri ortadan kaldırmak için sadece küçük bir desteğe ihtiyaç duyduğunuzu gördüm. Aslında çok kolay olacak. Siz isteyeceksiniz ben size yardımcı olacağım hepsi bu. Yani bunu siz kendiniz başaracaksınız. Hatta bunu sizin de şaşıracağınız kadar kısa zamanda yapacaksınız. Sizde bu gücün olduğunu..."

Yine güven aşısı yapılıyordu. Bunu kendisi yapabilse yıllarca beklemez yapardı. Bunu siz yapacaksınız, yapabilirsiniz, başarabilirsiniz, siz çok önemlisiniz, kendinizi önemseyin, kendinize güvenin, siz güçlüsünüz, muhtaç olduğunuz kudret damarlarınızdaki asil kanda...

"Aslında size soracağım soruların bazılarını kendiniz daha sormadan cevaplamışsınız. Ama yine de sorularım olacak tabii. Bugün sorularla devam edecektik fakat maalesef çok ani bir işim çıktı ve size de haber veremedim. Bunun için sizden çok özür diliyorum. Birazdan çıkmam lazım. Haftaya yine aynı gün ve saatte sizinle tekrar görüşmek istiyorum."

Suphi bu işe sevinmiş gibiydi. Dakikalar geçtikçe içi daralıyordu, kendini kapana kısılmış gibi hissetmeye başlamıştı. Ayağa kalkıp askılıktaki trençkotunun cebinden bir disk çıkardı. Engebeli yüzü kızarmış, dudaklarında sahte bir gülümseme peyda olmuştu.

"Hiç önemli değil, haftaya yeniden gelirim," dedi. Sonra cebinden çıkardığı diski Jale Hanım'a uzattı. Eli titriyordu. Jale Hanım'ın acelesi vardı, hemen çıkacaktı, bir yere yetişmesi gerekiyordu. Şimdi ağır aksak eveleye geveleye konuşarak onu işinden alıkoymak...

"Yeni bir disk getirdim."

"Tahmin ettim," dedi Jale Hanım gülerek. "Her şeyin ilk diskte bitmediği belliydi. Yarım kalmış gibiydi zaten. Tamam, onu da dinlerim. Haftaya öyle görüşürüz."

Suphi gelirken hiç bu kadar kısa ve kolay olacağını düşünmemişti. Trençkotunu giymeye hazırlanırken Jale Hanım kendisini geçirmek için başını yana eğmiş, eliyle kapıyı gösteriyordu.

"İlk gelişinizde sizi fazla sıkmak istemediğimden ayrıca vaktimiz de kısıtlı olduğu için size soru soramadım," dedi. "Fakat sanırım bir soru sormama izin verirsiniz. Çok merak ettiğim için soruyorum bunu. Fotoğrafını çektiğiniz kadını bulabildiniz mi?"

Gözlerini trençkotunun düğmelerinden kaldırdıktan sonra, "Hepsi size... Size getirdiğim ikinci diskte var hepsi. Her şeyi anlattım," dedi Suphi. Yüzü kıpkırmızı olmuştu yine.

Jale Hanım gözlerini tavana çevirip şuh bir kahkaha attıktan sonra, "Pekâlâ," dedi. "Size bol şans diliyorum." Dudaklarında alaycı bir gülümseme vardı. Suphi'yi yolcu ederken arkasından geliyordu. Özellikle önden gitmek istemediğini hissetmişti Suphi. Yine aynı parfüm kokuyordu. Dar siyah bluzu mutlaka elektriklenmişti. Yürürken bacakları birbirine sürtünüyor, düzgün, dolgun bacakları birbirine değdikçe siyah çorabından çıkan hışırtı iç gıcıklıyordu. Elektrikleniyordu. Çorap, siyah bluz, saçları, elleri kolları, tırnakları... Her şeyi çeken bir elektrik... Bu durumun fazla sürmemesi gerekiyordu. Havadaki bu elektrik kesilmeliydi. Ona tutulup, çarpılıp kalmamalıydı direğe takılmış bir uçurtma iskeleti gibi... Kan basıncı artıyordu. Kan beynine hücum ediyordu. Tansiyonu çıkmıştı, yüzü kıpkırmızı olmuştu, hissediyordu. Fazla kan beyninin düzgün çalışmasını engelleyecekti, biliyordu. Ritmini, dengesini bozacaktı her şeyin. Felaketi olacaktı. Durun! Durdu...

Yine zaman durdu. Arkasında, yerde, ince dokunmuş Anadolu kiliminin üzerinde durdu bu defa. O kilimdeki eli belinde motiflerinden birinin tam üzerinden kendisine bakan uzun, ince topuklu bir çift şık kadın ayakkabısı gibi durdu... Boyalı, tertemiz... Bacakları açıktı. Tam arkasındaydı. Teni sıcacıktı, duyabiliyordu; yumuşacıktı, parfüm kokuyordu.

Siyah ojeli uzun parmaklar beyaz kapının eski pirinç kolunu usulca kavrayıp kibarca çevirdi. Hatta buna ustaca da denilebilirdi. Pirinç kapı kolunu kavrayışına yani. Parmaklarının zarafetine, siyah ojeli tırnakların o nazik hareketin tamamlayıcı unsurları olarak oradan pirinç kolun üzerinden insanın zihnine nal mıhı gibi çakılıp kalmasına. Siyah oje, siyah saç, siyah elbise, siyah ayakkabı, siyah çorap, siyah iç çamaşırı. Elektrik ne renkti? Siyah. Simsiyah yılan gibi bir kablonun ucundaydı elektrik, karayılan gibi, akrep gibi sokardı insanı, elektrikli balık gibi çarpardı elektrik.

Uzun, siyah saçları arkadan Suphi'nin ensesine değiyordu. Kapı açılmıştı. Siyah ojeli tırnaklar, simsiyah gece kokulu uzun saçlarla birlikte geniş bir zamana aktılar. Asansörün kapıları kapandı. Önce iki kanatlı camlı şık kapı, ardından demir parmaklıklı olan... Hücredeydi. Dar, kapalı, havasız bir çilehaneydi... Asansör gürültüyle iniyordu, yukarı çıkarken bel veren, toplanan kalın siyah kablolar yavaş yavaş geriliyordu. Asansör yerin dibine iniyordu, yer yarılıyor da içine giriyordu. Asansörü şeytan alıp götürüyordu. Cehennemin dibine kadar yolu vardı asansörün. Yukarıda kadın kapıyı kapatıyordu. Onun bunların hiçbirinden haberi yoktu. O yalnızlığına dönüyordu. Sakin, sessiz, parfüm kokulu odasına, bacakları hışırdıyordu yine mutlaka, sıcacıktı, siyah çorabında elektrik vardı, dokunmadan, uzaktan da çarpabiliyordu, kuvvetli bir mıknatıs gibi etrafındaki her şeyi kendine çekiyordu. Eli kadın kokuyordu. Tokalaşmıştı onunla. Asansör zemin kattaydı. Açılsana kapı! Açıldı. Asansörün kapıları, demir sokak kapısı... Hepsi açıldı. Suphi sokağa fırlamıştı, arkasına bakmadan yürüyordu. Yağmur hızlanmıştı. İri damlalar yüzüne vururken yağmurla birlikte sanki sokak lambalarının kasvetli ışıkları da eriyip akıyordu. Dükkânların renkli tabelalarından, vitrinlerden, araba farlarından yansıyan renkli ışıklar asfalt yolun üzerinde iç içe geçip zihnindeki görüntülerle hızla yer değiştiriyordu. Yağmur değildi sanki yüzüne çarpan. Sanki gece değildi etrafını saran karanlık. Upuzun ıslak bir kadın saçıydı. Yağmur kokulu, siyah...

İkinci Disk

1
Bir Buselik Fotoroman

O oradaydı. Kırmızı lambanın cılız ışığı altında, sanki başka bir âlemden, başka bir zaman diliminden siyah beyaz bir hayal gibi usulca çıkagelip bugüne doğuyordu. Pırıl pırıl parlıyordu. Plastik banyo küvetinin içindeki ecza kokulu suyun dalgasız saydam yüzeyinin birkaç santim altında, nadide bir deniz kabuğu gibi uzanmış yatan parlak kâğıttan sihirli bir yüzle bana bakıyordu.

O akşam eve gelir gelmez daha elimi yüzümü yıkamadan karanlık odama girip filmin banyosunu bitirmiştim. Ardından annemle tek kelime etmeden yemeği çarçabuk yiyip, bir an önce çektiğim fotoğrafı tabetmek için yeniden karanlık odama girmiştim. Annem benim bu gelgit hallerime alışık olduğundan ses etmemişti. Çayı demleyip televizyonun karşısına geçmişti. O, televizyondaki Türk filmini seyrederken ben de akşamüstü beni yoldan çıkaran güzel kadını daha yakından görebilmek için karanlık odamdaydım.

Karanlık odamın önemli bir yeri vardır hayatımda. Orası beni sıkan, mutsuz eden her şeyden kaçıp, korunabildiğim bir kovuk, bir sığınak, hiç sıkılmadan gerçek ben olabildiğim, kendimi bulduğum, kendimi rahat ve güvende hissettiğim yegâne yerdir. Orada her şey bana aittir. Tıpkı bir çilehane gibi orada, o korunaklı tecrit edilmiş odada yalnız başıma, her yerden, herkesten uzak, kendimi dinlerim. Sakin, sessiz, kaçak, kaçamak, kapalı ve rahattır karanlık odam. Kimse canımı sıkamaz orada. Kimse üzemez, rahatsız edemez. Bazen belki de beni her şeyden uzak tuttuğu, kendi iç dünyama daha da yakınlaştırdığı için fotoğrafçılığı sevdiğimi düşünürüm. Fotoğraf çekerken mecburen biraz sosyalleşir, insan içine karışırım ama sonrası benimdir. Aslında fotoğraf çektiğim zamanlardan daha zevklidir karanlık odamda geçirdiğim saatler. Fotoğrafçılığa başladığım ilk günden beri sokaklarda fotoğraf çekmekten çok karanlık kutuların içinde hapsolmuş gölgeleri karanlık odamda özgürlüklerine kavuşturmaktan zevk aldım ben. Bu yüzden siyah beyaz fotoğraftan hiç vazgeçmedim.

Evdeki iki tuvaletten alaturka olanındaki hela taşının üzerini bir suntayla kapatıp, duvarlara birkaç raf çakıp bir de ahşap tezgâh yaparak hazırladığım o küçücük karanlık odada bazen olmayacak hülyalara dalarım. Plastik banyo küvetlerindeki efsunlu sularla gelen resimlere, suretlere bakarım. Tıpkı geleceği gösteren sihirli sular gibidir kart banyoları.

O gece sabaha kadar karanlık odada kalmıştım. Ertesi gün hafta sonuydu. Hava da karanlıktı, serindi. Yağmur ha yağdı ha yağacaktı, ama yağmamıştı. O kasvetli havada fotoğraf çekmek yerine evde oturup önceden çektiğim filmlerin banyolarını yaparım diye düşünmüştüm. Fakat fotoğrafını çektiğim kadının uzak bir serap gibi usulca beliren yüzünü gördüğüm an gözlerimin önünden gitmiyordu. Durup durup ona bakıyordum. Birkaç farklı ebat basıp karanlık odanın değişik yerlerine asmış, küçük ebat bir baskıyı da ceketimin iç cebine koymuştum.

O fotoğraf, banyo küvetinin içinde belirmeye başladığı andan itibaren yaşantımın merkezine oturmuştu. Tüm değerleri, pozlama süresi, enstantanesi, kullandığım filmin asası, dini imanı hepsi bende mahfuz müseccel bir fotoğraf yaratmıştım kendime.

Kadının serin, dumanlı bakan gözlerinde acı bir güzellik vardı. O acılığı babasından almış olabileceğini düşünüyor ve hatta bu güzelliğin fotoğrafın tek kusurunu bile örttüğüne inanıyordum. Heyecanla deklanşöre basarken fark etmemiştim. Işık biraz ters geldiğinden fotoğrafta hayalet çemberler oluşmuştu. Fakat o yüz, o kadar güzeldi ki sanki hayalet çemberlerin buğusunun gerisinde bir seraptı. Sanki pencerenin önüne oturmuş uzak ufukları gözlüyordu gizemli bakan gözlerle. Sanki suya yazılmıştı adı birkaç kuru harfle, kiminin kuyruğu kopuk...

O fotoğrafı çektiğim an değil, asıl karanlık odamda anlamıştım hayatımın kökten değişeceğini; artık eski ben olamayacağımı, belki de bu yolda insanlıktan çıkacağımı, onu bulmak için İstanbul'u en köhnesinden en yenisine, en çirkefinden, en batağından, en lüksüne gezeceğimi biliyordum. Artık bir buselik fotoromandı hayatım. Öpülesi bir fotoğrafın peşinden buselik makamında şarkılar eşliğinde ağır aksak akıp giderken... Ben de hayalet çemberlerin ardından bakan siyah beyaz bir fotoroman kahramanı olmuştum.

2
Hayalimdeki Kadın

Yakın mesafeden fotoğrafını çekip, sonra da onu iki adımda, üstelik çok da kalabalık olmayan ara sokaklarda tamamen kendi şaşkınlığım ve tutukluğum yüzünden gözden kaybedince, bir kez daha kendimden nefret etmiştim. Yeniden canlandırmaya çalıştığım özgüvenim bir kaplumbağa ürkekliğiyle geldiği deliğe geri kaçmıştı. O hafta gecelerim kâbuslarla, gündüzlerim, işyerinde sürekli onu düşünerek geçmişti. Uzun süre önce beni terk eden uğultular geri gelip yeniden kafamın içine çöreklenmişti. Hafta sonunu sabırsızlıkla beklemiştim. Gelince de belki biraz kafamı dağıtırım diye düşünüp kendimi yine sokaklara atmıştım. Bir yandan elimde kamerayla görüntü bulmaya çalışırken bir taraftan da gözlerim her yerde onu arıyordu. Fotoğraf bahaneydi aslında. Onu aramak için çıkmıştım. Tekrar aynı yerden geçeceğini ümit ederek gidip fotoğrafını çektiğim yerde beklemeye başlamıştım. Henüz bir saat geçmeden Şahbender dayım aramış, akşam bize geliyorsun, demişti. Fazla geç kalma annen de bizde. Önce benim dükkâna uğra, birlikte alışveriş yapıp öyle gidelim.

Bir süre daha bekleyip gelen giden olmayınca doğru dayımın dükkânına gittim ve daha kapıdan içeri adımımı atar atmaz anladım ki altılı yine yatmış, suratlar asık. İçerde kesif bir sigara dumanı, pencerenin önünde sıkıntılı gözler, asık suratlar, çökük avurtlar. Yerlerde kuponlar, yırtık kâğıtlar, sigara izmaritleri, at yarışı bültenleri... Az sonra son ayak koşulacaktı. Dayım beklememi söyledi. Yarışı bir süre ben de izledim mecburen. Aslında pek televizyona bakmadım, daha çok dinledim.

(...) günün dördüncü koşusu altılı ganyanın üçüncü ayağını bir numaralı donletmidavn hüseyin baltaşla kazandı ganyanı dört lira altmış kuruş günün beşinci koşusu altılı ganyanın dördüncü ayağını dört numaralı harzemşah aprantisi selami erolla kazandı ganyanı bir altmış ve günün altıncı koşusu altılı ganyanın beşinci ayağında foto finiş yaşandı yarışın favorilerinden kardinal jokeyi kurtuluş yılmazla zor da olsa bu yarışı kazanmayı başardı ganyanı bir yetmiş bugün altılı ganyanda bir milyon beş yüz seksen bir bin dokuz yüz altmış sekiz yeni türk lirası tevzi var, diyordu sunucu. Dayımla kaş göz anlaşıp dışarı çıktım. İçerideki sigara dumanından boğulmuştum. Bir süre dışarıda bekledim. Dükkânın önünde yine aynı meraklı, asık, sıkıntılı yüzler, yerlerde kaybedenlerin parça parça ettiği kuponlar, kâğıtlar, bültenler... Sonra içeri girdim yine. Sıcak, ter kokusu, duman, izmarit, gergin bir bekleyiş içerde...

(...) iç kulvardan gelen kardelen liderliği alırken farkı yarım boya kadar çıkardı dış kulvardan gelen bernardo ikinciliğe girdi onu yarım boy kadar gerisinde gıringıras izliyor daha sonra sekiz numaralı kabadayı geliyor bu dörtlü liderlik mücadelesini sürdürürken on bir numaralı hezarfen beşinciliğe giriyor daha sonra bariyer dibinde beş numaralı sahra rüzgârı dışında bedirhan onun yarım boy gerisinde on dört numaralı mihrace daha sonra on yedi numaralı kalkedon bir boy kadar geride dış kulvarda on dokuz numaralı lavsıtori onun üç boy kadar gerisinde ayşattışerif daha sonra iki numaralı hallaç ve sağrısında üç numaralı küheylan sırasıyla son viraj dönülmek üzere dış kulvardan gelen sekiz numaralı kabadayı iç kulvarda altı numaralı bernardoyla liderlik mücadelesi yaparken üçüncülüğe gırin gıras girmeye çalışıyor bariyer dibinde yine kardelen var beşincilikte dış kulvarda on bir numaralı hezarfen daha sonra bedirhan onun yarım boy gerisinde on beş numaralı sahra rüzgârı on dört numaralı mihrace on dokuz numaralı lavsıtori hallaç ve kalkedon sırasıyla son viraj dönülürken altı numaralı bernardo iç kulvarda ve dokuz numaralı kardelen ikilisi liderlik mücadelesi yapıyorlar onlardan bernardo farkı yarım boya çıkardı dışardan sahra rüzgârı iç kulvardan hezarfen atak yapıyor dış kulvardan gelen on beş numaralı sahra rüzgârı şimdi liderliği almaya çalışıyor içerden hallaç bariyer dibinde kardelen dış kulvardan on bir numaralı hezarfen orta kulvarda tekrar bernardo daha geriden bedirhan gelmeye çalışıyor sahra rüzgârı farkı bir buçuk boya kadar çıkardı on bir numaralı hezarfen altı numaralı bernardo iki numaralı hallaç bariyer dibinde lavsıtori dışarıdan bedirhan ikincilik mücadelesi yapıyorlar on beş numaralı sahra rüzgârı farkı açıyor yarışı kazanıyor yedi numaralı karatay da yaptığı son atakla ikinciliğe girdi bedirhan üçüncü on bir numaralı hezarfen dördüncü sahra rüzgârı jokeyi ilami gezenle yedinci koşuyu kazanıyor

Veli o gün izinli. Dayım yanında çalışan diğer çocuğa bir sürü iş veriyor, çıkıyoruz. Dış kulvarda galopların efendisi Şahbender dayım, sağrısında ben... Oturduğu evin yakınındaki çarşıya gelinceye kadar konuşmuyoruz. Önce kasaba giriyor dayım. Kasap etleri hazırlarken yine ağzını bıçak açmıyor, çıt yok. Buzdolabının gürültüsü, dönerken içerdeki sineklerle havadaki et kokusunu dağıtan tavandaki pervanenin serinliği... Oradan çıkıp yine sessizce peynirciye gidiyoruz. Bir kalıp beyaz peynirle biraz zeytin aldıktan sonra yufkacıya uğruyoruz. İşte orada, yengen, diyor. Yufka da istemişti. Sürekli börek çörek yemekten balon gibi şişmiş iki kadın çalışıyor içerde. Bembeyaz unlu, şişman elleriyle ince yufkaları çarşaf gibi özenle katlayıp paketledikten sonra uzatıyorlar dayıma. Yeni bir planım var Suphi, diyor dayım yufkacıdan çıkarken. Sen böyle fotoğrafla falan kendini eğlendiriyorsun. Senin İstanbul'u dolaşmanın bize bir faydası dokunmayacak anlaşılan, diyor.

Dayı biraz daha bilgi toplamama izin ver, diyorum.

Yok, diyor dayım sen çok okuyorsun, çok biliyorsun ya her şey bundan oluyor zaten. Sen şu yaşlı dayını kara cahil zannetme. İstanbul'un orta yerinde pekâlâ define bulabiliriz. Herkes senin gibi düşündüğünden kimse teşebbüs etmiyor. Çil çil altınlar Çemberlitaş'ta, Süleymaniye'de, Fatih'te kuzu gibi yatıyor, ama biz bir şey yapmıyoruz, bir türlü harekete geçemiyoruz. Hiç vakit kaybetmeden bir dedektör alacağım, diyor.

Üzümlerin üzerinde kocaman arılar geziyor. Yerler ıslak. Su birikintileri balık kokuyor. Bakkal rakıyı gazete kâğıdına sarmakla yetinmeyip bir de siyah poşete koyduktan sonra dayıma uzatıyor.

Geçenlerde Şefika teyzen annene yine fal bakmış, diyor dayım. Bu defa ilk kez annenin falında para çıkmış, hem de öyle böyle değil, bayağı büyük bir mirasa konacaksınız, demiş Şefika teyzen. Kimden miras kalacak bize? Belli ki bulacağımız define çıkmış falda.

Şefika teyzem aslında fal bakmamış, bir çuval inciri berbat etmişti. Kahve falıyla da hızını alamayınca açılmış, bülbül gibi şakımış. Neler anlatmış neler. Büyüler, define cinleri, rüya yorumları... Efendim rüyada define görmek helal rızka işaret olduğu gibi bu zina mahsulü bir çocuğa, bazen de evlenmek isteyen bakire bir kıza bile işaret edermiş. Burası beni yakından ilgilendirdiği için teyzem burayı ballandırarak anlatmış tabii, ama henüz ortada define rüyası gören yoktu. Define dayımın sadece hayallerini süslüyordu o kadar. Fakat o an dayımın bu işten hayallerinde bile vazgeçmeye niyeti olmadığını anlamıştım. Yine de şansımı bir kez daha deneyip ilgisini dağıtabilmek için cebimden onun fotoğrafını çıkardım. Bak dayı, dedim. Geçenlerde bu fotoğrafı çektim ve bu kadını görür görmez de ona âşık oldum. Hayatımda ilk kez başıma gelen bir hal bu. Fakat kadını o şaşkınlıkla gözden kaybettim. Şimdi nereye gitsem gözlerim onu arıyor. Tesadüfen fotoğrafını çektiğim bu kadını bulabilmek için yanıp tutuşuyorum. Kafam buraya takılıp kalmışken seninle define arayamam, dedim. Benim definem bu. Fotoğraftaki kadın, dedim. Benim önce onu bulmam lazım, dedim.

Dayım fotoğrafı alıp şöyle bir baktıktan sonra. Güzel hatun dedi. Ama koca şehirde nereden bulacaksın onu? Benim define bulmamdan da zor bu iş. Sonra bulsan bile belki birinin sevgilisidir, nişanlısıdır, karısıdır, başımız derde girer oğlum. Orospudur, birinin metresidir, iş olur başımıza. Bu yaştan sonra katil etme beni. Sen iyisi mi vazgeç bu sevdadan, dedi dayım. Senin durumunu en iyi ben anlarım. Ne o büyücü teyzen ne de annen anlar. Sana ben kız bulacağım ve kendim evlendireceğim seni, dedi. İki kilo da üzüm ver, dedi sonra. Manav üzümleri kesekâğıdına doldururken arılar dönüyordu etrafımızda.

Fazla değil şöyle dört başı mamur mütevazı bir define bulsak yeter bize, dedi sonra. Sana güzel bir düğün yaparız. Bak bir süredir okuduğum romanı bitirdim, dedi. Anlattı durdu dayım. Bu şehirde ne defineler saklı bir bilsen. Şimdi, dayı onlar roman, hikâye falan deme bana. Her hikâyenin birazı gerçektir. Okuduğum romandaki zengin beybaba ölüyor ölmesine, ama sakladığı altınların yerini de eski bir kitabın satır aralarına şifreyle yazıp öyle göçüyor bu âlemden, dedi. *Fuzuli Divanı*'ydı galiba dayı, dedim çaresiz. Defalarca bahsetmişti bu romandan.

Divan, kanepe fark etmez, diye çıkıştı dayım. Beybaba uyanık. Kitabın içine yazıyor hazinenin yerini. Zeki biri çıkıp şifreleri çözsün, konağa sakladığı altınların yerini bulsun diye yapıyor bunu, dedi. Sonra sen yumurtaları sekiz yap Vehbi. Yarın kahvaltıda da yesin çocuklar, deyip tekrar bana döndü.

Şimdi bu romanı okuyunca Suphi, tepemde yüz vatlık bir ampul çaktı, dedi. Daha önce de söyledim sana, meğer İstanbul'da eski hazinelerin saklandığı ne yerler varmış da haberimiz yokmuş.

Dayı sana daha önce de söyledim, dedim. Bu zamana kadar alan almıştır. Bu kadar vampirin bir arada yaşadığı bir şehirde o hazineleri bırakırlar mı sana bu yarasalar. Talan etmişlerdir çoktan. Ya da varsa da kimsenin alamayacağı yerlerdedir bunlar, dedim, ama dayımı yine ikna edemedim.

Taşı toprağı çekeceğine dayınla gel de, şu şehrin yedi tepesinden, en azından birinde şansımızı deneyelim, dedi. Kaşla göz arasında bir fotoğrafın peşine takılıp gitmişsin haberimiz yok. Ben define deyince ayak diriyorsun. Benim aradığım şeyin ucunda hiç olmazsa para var, zenginlik var. O kadını bulsan bile ne olacak. Evleneceksin en fazla. Canım cicim derken bir de çocuk, bitti. Sonra yengenle benim gibi arkadaş olacaksınız. Ama bu işin nasihati olmaz bilirim. Ne kadar anlatırsan anlat. Denemeden, yaşamadan olmaz bu iş. Başkasının tecrübeleri gönül işlerinde para etmez. Herkes kendi tecrübesini yaşar. Dünyanın düzeni böyle. Sana söz, kızların en güzelini bulacağım sana, ama önce bir define çıkaracağız. Para mıknatıs gibidir Suphi. Parayı bulursan senin bir şey yapmana lüzum kalmaz. Kızlar kendiliğinden gelip, terzi Cafer'in mıknatısına yapışan iri başlı topluiğneler gibi toplanırlar başına, dedi dayım.

Aklım fotoğraftaki kadında kalmıştı bir kere. Dayımın anlattıklarını tam duyamıyor, etrafımı bile zor görüyordum. İşte o günden sonra elimde fotoğrafla hayallerimin kadınını ararken bir yandan da dayımı üzmemek için yalandan ona eşlik edecektim.

3

Şinasi Amcam

Akrabaların hemen hepsinden biraz bahsettik ama henüz Şinasi amcamı anlatmadım size. Aslında Şahbender dayım ile Şefika teyzemden sonra ailenin en renkli kişisini sona bırakmam hata, ama oldu bir kere.

Şinasi amcam Bedrettin Dedemin ikinci evliliğinden olan küçük oğludur. Dedem askerlik dönüşü babamı yanına almış önce. Kısa bir süre sonra da yeniden evlenmiş. İkinci eşinden Şinasi amcam ile halam dünyaya gelmiş. Babam onlarla birlikte büyümüş. İkisine de o ağabeylik yapmış. Ama ikisini de kendisine benzetememiş. Özellikle Şinasi amcam babamdan çok farklı bir insandır. O da memur olmuş babam gibi, fakat o, demiryollarının pasını değil de sahnelerin tozunu seçmiş, tiyatrocu olmuştur. Yakın zamana kadar Devlet Tiyatroları'nda çalışıyordu, yeni emekli oldu.

İlk bakışta bizim aileden bir tiyatro oyuncusunun çıkmış olması size tuhaf görünebilir. Hele ki dedemi tanısanız bunun asla mümkün olamayacağını düşünebilirsiniz ancak Şinasi amcam ailesinden uzakta, çok farklı bir çevrede büyümüş. Neredeyse çocuk sayılacak yaşta, dedemle tartıştığı bir akşamüstü evi terk edip gitmiş ve bir daha da dönmemiş. Bu yüzden ailedeki herkesten farklıdır. Nişantaşı'nda güneş görmeyen, kasvetli, gri tavanlı eski bir dairede oturur. Melike yengemle yıllar önce ayrıldılar. O da kendisi gibi tiyatrocuydu. Yengem daha sonra yeniden evlendi ama amcam hâlâ bekârdır. İki kızı vardır: Sakine ile Kumru...

Bu Serveti Fünun romanlarından kaçmış izlenimi veren isimleri nereden bulup kızlarına taktığını kimse anlayabilmiş değildir. Hatta bununla da kalmayıp ailede bir süre yaşanan ve benim de hatırlayabildiğim isim krizini nasıl yaptıysa tatlıya bağlayıp herkesi ikna etmeyi de başarmıştır amcam. Tabii bunda Mahpeyker Halamın kendi adından kuvvet alarak, ne olacak canım, benim adım da demode, ama derinliği var, diyerek amcamı desteklemesinin de etkisi büyük olmuştur. Sonra halam da gidip kızına Dilber adını koymuştu. Loğusa yatağında babamın kendisini azarladığı günü dün gibi hatırlıyorum. Pencerenin önüne oturmuştu. Bahçedeki hazan yapraklarından yansıyan akşam güneşi kırmızı yüzüne vuruyordu.

Babam, orospu koysaydınız ya kızın adını, ne diye bu kadar tereddüt ettiniz Mahpeyker, diye çıkışmıştı halama. Ağzınızı böyle korkak alıştırmayın. İkincisinin adını da Yosma koyarsanız birbirleriyle uyumlu olur. Bunlar hep o şapşal kocanın icadı değil mi?

Aman ağabey yine bir tatsızlık çıkarma şu mutlu günümüzde lütfen, demişti halam.

Neyse ki eniştem önemli bir iş için Ankara'ya gitmek zorunda kalmıştı. O gün ortalarda değildi de o mutlu günde tatsızlık çıkmamıştı.

Bizim ailedeki yaygın olmayan isimler kullanma geleneği o gün yeni bir zafer daha kazanmıştı. Sonuçta, Mahpeyker Halamın da desteğiyle Şinası amcamın ikizlerinin isimleri Sakine ile Kumru olarak kalmıştı.

Melike yengem başlarda isteksiz davrandıysa da sonunda o da pes etmişti. Aslında onun gönlünden daha modern isimler geçiyordu, ama Şinasi amcam inatçı, dediğim dedik bir adamdır. İşte bir tek bu yönüyle babama benzer. Neredeyse eylül sonlarından mayıs ayına, havalar iyice ısınana kadar ekose ceketlerin içine dik yakalı kazaklar giyer. Boynunda mutlaka bir atkı olur. Sıcak havalarda renkli gömlekler giyer. Bazen bunlarla uyumlu fularlar bağlar. Ceketinin cebinde fularla ilgisiz renkte mendiller olur. Haftanın her günü için ayrı pipoları vardır. Bunların yedisi birden salondaki alçak bir kitaplığın üzerinde durur. Bu kitaplığın hemen yanında bir devetabanı vardır. Çocukluğumdan beri oradadır. Ya da bana mı öyle geliyor bilmiyorum. Bu kadar yaşar mı bu bitkiler acaba? Bunu da bilmiyorum. Cam kenarındaki okuma koltuğunun yanında kısa sehpanın üzerinde mutlaka okumakta olduğu kitap durur. Yanında büyük cam bir kül tablası vardır. İçinde ters dönmüş bir pipo.

İşte bu halleri babama hiç benzemez. Fular takması, pipo içmesi, klasik müzik dinlemesi, kitap okuması falan... Babam gibi rakı da içmez, şaraptan başka içki koymaz ağzına. Bir de kahvesinin yanında mutlaka konyak içer. Konyak kadehini parmaklarının arasına sıkıştırıp, eliyle küçük daireler yapmasını hayranlıkla izlemişimdir hep. Ben de aynısını yapmak istemişimdir ama hiçbir zaman benim kalın kıllı parmaklarımın arasına yakıştıramamışımdır o nazik konyak kadehini.

İşte amcam böylesine babamdan farklı bir adamdır. Sesi gürdür, mikrofon yutmuş gibi konuşur. Yengemle evliyken bu kadar değildi, şimdilerde daha bir gürleşti sesi.

Ayrılmalarına yakın, bir akşam onlara yemeğe gitmiştim. Yemek öncesi yengem mutfakta hazırlık yapıyor, kızlar da sözüm ona kendisine yardım ediyordu. Biz amcamla salonda oturuyorduk.

Televizyon açıktı, ama sesi kısıktı. Amcam kadınlara karşı savunmasız olduğumu görmüş olacak ki fırsattan istifade beni uyarmak için sesini alçaltıp, evlenmek için acele etmemem gerektiğini söylemişti. Kadınlar huzursuz yaratıklardır Suphi, demişti. Hemcinsleriyle, karşı cinsleriyle, etraflarındaki canlı cansız her şeyle ve hatta kendileriyle bile sürekli kavga halindedirler. Hepsi olmasa da çoğu böyledir demişti. Sürekli mutfağa gidip gelen gözleriyle bir yandan da yengemi kontrol ediyordu, aniden gelip kendisini suçüstü yakalamasın diye.

Şayet, demişti sonra, şayet onlarla fazla yakınlaşırsan, yani evlilik ya da birlikte aynı evi paylaşmak gibi menzil daraltacak bir faaliyete girersen etrafa savurdukları tekmelerden, yumruklardan, tokattan, tırnaktan mutlaka nasibini alırsın. İşte bu yüzden bekârlık sultanlıktır derler. Sen hiç dayak yemiş sultan gördün mü hayatında?

İstanbul sokaklarında, resimdeki kadını ve belki de hayalimdeki sevgiliyi aramaya başladığımda amcamın bu sözleri gelmişti aklıma. Acaba doğru mu yapıyorum diye kendime sormadan edememiştim. Aşkın hükmü kısadır demişti biri. Kimdi? O karanlık gölgelerden biri miydi, yoksa Şahbender dayım mı hatırlayamıyorum. Ama dayım olamazdı; o böyle laflar etmeyi beceremezdi. Dayım böyle özlü sözler yerine haydi koçum define aramaya gidiyoruz demeyi tercih ederdi. Şu caminin altında, bu kilisenin bahçesinde, yüz adım kuzeye, elli arşın beriye İstanbul'un tepelerini şehir korsanları gibi dolaşıp durmamız gerektiğini söylerdi ancak.

4
Beşinci Tepe

O fotoğraf hayatımdaki her şeyi değiştirmişti. Önce karanlık odam mahremiyetini kaybetmişti. Her zaman bir kaçış yeri olarak gördüğüm sığınağım, fotoğraftaki kadın tarafından fethedilmişti. Plastik küvetteki banyonun içinde, durgun sığ bir denizin dibinde duran ve soğuk diyar masallarındaki deniz kızları gibi hülyalı bakan kadın bende eğreti duran bazı vidaları iyice gevşetmişti. Zaten rayında gitmeyen marazi yaşantım birden bambaşka, benim hiç beklemediğim bir şekle bürünmüştü. Okul yıllarında tenkit ettiğim o yumuşak elli çocuklara dönmüştüm. Kuyruklu bir kertenkeleden de öte, artık arsız bir timsah gibiydim.

Elimde bir fotoğraf, İstanbul'da her yerde onu arıyordum. Onu ilk gördüğüm yere gidiyordum sık sık. Büfelere soruyordum, gazete bayilerine, otobüs duraklarında bekleyen insanlara, çiçek satan Çingenelere soruyordum. Ters açıdan gelen ışık yüzünden fotoğrafta hayalet çemberler oluşmuştu fakat yüzü seçilebiliyordu. Kimdi bu hayali dairelerin ardından bakan o güzel kadın? Mutlu bir denizkızı gibi Haliç'in serin sularında özgürce yüzerken benim gibi kirli suratlı bir balıkçının ağına nasıl olup da takılmıştı?

Onu gördükten sonra uykularım iyice bozulmuştu. Geceleri terler içinde karanlık uykulardan uyanıyor, onu tam bulmuşken kaybettiğim kahverengi rüyalara yeniden dönmemek için bir daha uyuyamıyordum. Sabaha kadar dağınık yatağımda parça parça hayallerle dönüp duruyordum.

Bu tuhaf met cezir halleri aklımı başıma bir getirip, sonra bir süreliğine benden uzaklaştırırken tarifsiz bir saplantıyla şehrin kirli kaldırımlarında onun izini arıyor, bir yandan da Şahbender dayımla uğraşıyordum.

Dayımı Anadolu'nun orta yerinde define aramaktan vazgeçirmem aslında pek de iyi olmamıştı. Keşke Anadolu'da kuş uçmaz kervan geçmez bir köyün yakınındaki harabelerde, tepesinde rengi solmuş bir bayrak dalgalanan yıkık bir kalede, sarp bir dağ yamacına gizlenmiş bir mağarada, göz alabildiğine uzanan tarlaların orta yerinde, gözden ırak bir tümülüste, kurumuş bir nehir yatağında sessiz sedasız kimseler bizi görmeden uzak bir defineyi arasaydık diye hayıflanmaktan kendimi alamıyordum.

Kendi ruh halim sanki çok düzgünmüş gibi bir de dayımı bu işten vazgeçirmeye çalışıyordum. Ben üzerine gittikçe o daha da savunmaya çekiliyor, ikna olmamak için direniyordu. Sonunda ne söylediysem beni dinlememiş, gidip bir dedektör almıştı. Gündüz keşif gezileri yapıyor, akşam dedektörle polise yakalanmadan dayımı bu sevdadan vazgeçirmenin yollarını arıyor ama bulamıyordum.

Şahbender dayım gündüz dükkânda bile kitaplarını elinden düşürmüyordu. Aslında o okudukça yaşantımız daha tehlikeli bir hal alıyordu, çünkü ne kadar okursa okusun defineciliği hâlâ az biliyordu ve az bilmek her zaman tehlikeydi. Dayım İstanbul'da define arama sevdasına tutulduktan hemen sonra İstanbul'un gerçek yedi tepesinin nereleri olduğunu benden öğrenmişti. Hatta buraların Gültepe, Kuştepe, Seyrantepe gibi semtler ya da yeni uzak varoşlar olmadığını öğrenince önce çok şaşırmış görünmese de sonradan heyecanla masanın üzerine serdiği eski bir turistik haritanın üzerinde uzun uzadıya planlar yapmıştı. Ben de başını derde sokmaması için ona yardımcı olmaya çalışıyordum.

Günün her saatinde, hatta geceleri bile kalabalık oluşu nedeniyle ve yakındaki karakolların çokluğundan Sultanahmet civarındaki birinci tepeden hemen vazgeçtik. Aynı nedenle Çemberlitaş civarı da define arayacağımız yerler listesinden çıkarıldı. Nuruosmaniye Camii'nin çevresindeki park yerleri, Kapalıçarşı'nın kalabalığı, halıcılar, turistik eşya satan dükkânlar, muhallebiciler, lokantalar, dericiler, tramvay durağı, ayakkabıcılar, sinemalar derken burada zaten bir otun bitmesine bile izin verecek kadar toprak parçası kalmamıştı. Dayımın yeni oyuncağını gezdirebileceği neredeyse tek yer olan Nuruosmaniye Camii'nin bahçesi de çok göz önündeydi. Üstelik burada bir de umumi tuvalet vardı ki gece yarısı bile buradaki tuvaletçiler etrafta oluyordu.

Beyazıt Kulesi ve Süleymaniye Camii'nin bulunduğu üçüncü tepeden de, Fatih Camii'nin yer aldığı dördüncü tepeden de benzer nedenlerle vazgeçmiştik. Buraları da çok kalabalık ve riskli yerlerdi.

Geriye beşinci, altıncı ve yedinci tepelerdeki Bizans eserlerinin civarı kalıyordu. Artık dayım da tarihi yerler hakkında bilgi sahibi olmaya başladığından onu buralarda define aramaktan vazgeçirmem olanaksızdı. Şuralarda boş yere dolanıp durdun, o kadar fotoğraf çektin de dayına bir sinyal çakmadın. Bize bir yığın kitap okuttun diye söylenmeye başlamıştı üstelik.

Beşinci tepede, eski bir kiliseden camiye çevrilen Fethiye Camii vardı. Bir defa buraya mutlaka bakılacaktı. Yedi tepeli İstanbul'un altıncı ve en yüksek tepesi Edirnekapı civarıdır.

Dayımın buranın önemini keşfetmesi de uzun sürmemişti. Bizans'ın ünlü Blahernai Sarayı'nın kalıntıları ile bugün Kariye Müzesi olan Hora Kilisesi buradaydı. Her ikisi de önemli Bizans yapılarıydı. Üstelik dayım bir kitabın, buradaki kiliseyle saraya ait birçok eserin toprak altında bulunduğunu okuyup, buralar hakkıyla kazılırsa, hayli vesika elde edileceği muhakkaktır. Eski eserlerden tek bir sütunun bile kıymeti olduğuna göre Ayvansaray toprakları hayli mermer sütunlar ve belki de altınlar saklamaktadır yazan son iki cümlesini de bana okutunca buranın önemi daha da artmıştı.

Son tepe, Bizans döneminde Makios Sarnıcı'nın bulunduğu Çukurbostan bölgesiydi. Buraya yakın Arcadius Sütunu da arama yapacağımız yerlerdendi.

Dayım haritayı kat yerlerinden katlamaya çalışırken, dayı dedim tekrar. Planın güzel. Belki buralarda bir Bizans hazinesi bulabiliriz, ama ben yine de senin hevesini kıracak bir şeyler söylemezsem rahat edemeyeceğim, dedim. Polis, asker, bekçi, güvenlik memuru. Bunların hepsini bir yana bırakalım. Hepsini atlattık diyelim. Kimse bizi görmedi. Meraklı birileri iki şüpheli elinde dedektörle define arıyor diye polise şikâyet de etmedi, yakın mahallelerin bıçkınları sur diplerinde kafayı çektikten sonra bir de bıçak çekip, ne o ulan kimin mahallesinden hazine çalıyorsunuz diye bu işi mahallenin namus meselesi yapıp üstümüze saldırmadı, hatta televizyoncular ellerinde büyük kafalı mikrofonlarla, omuzlarında kameralarla tüyü bitmemiş yetimin hakkını yiyorsunuz, bu ülkenin gelecek kuşaklara aktaracağı dünya mirasını bozuk para gibi harcamaya utanmıyor musunuz, zaten küresel ısınmadan da siz sorumlusunuz diye üzerimize de gelmediler, polise yakalanmadan, dosta düşmana rezil olmadan, kültür varlıklarını koruyan derneklerin şimşeklerini üzerimize çekmeden buralarda arama yaptık diyelim dayı, dedim. Bulsak bulsak bizden önce buralardaki hazineleri soyan define avcılarının kendilerinden sonra geleceklere bıraktıkları bazı el kol işaretleri bulabiliriz ancak, dedim. Bu şehir daha Bizans zamanında defalarca soyuldu, talan edildi. Ardından Türkler fethettiğinde Fatih'in izniyle yeniçeriler üç gün üç gece, şehrin hem kadınlarını hem altınlarını soydular, şehrin altını üstüne getirdiler, dedim. Şu anki durum ortada; kör tuttuğunu dayı, dedim, onun anlayacağı dilden.

Dayımın kafası okuduğu kitaplarda yazan cin delikleriyle, köpek öldüren dehlizleriyle, bütün şehrin altını dolaşmakla kalmayıp, Haliç'in altından Galata Kulesi'ne, Marmara Denizi'nden Adalar'a kadar uzanan içleri Bizans hazineleriyle dolu tünellerle, belediyenin kanalizasyon kazılarında ortaya çıkan ancak sadece bir kısmı keşfedilebilen gizli geçitlerle, tuzaklı labirentlerle öylesine karışmış, altınların parıltısı gözlerini öylesine körleştirmişti ki bana inanmasını beklemek saflık olurdu. Kitaplardan definenin yerini bulmaya yarayan bazı özel tılsımlar bile öğrenmişti. Önceleri deli saçması dediği tuhaflıklara artık kendisi de inanmaya başlamıştı. Daha düne kadar bütün yarışlarda koşan atların isimleri, özellikleri bir yana yedi ceddine kadar bilen ama bu tür işlerle hiç ilgisi olmayan dayım, büyülü harflerden, formüllerden, bilmediğimiz dillerde define bulmaya yarayan tılsımlardan bahsediyordu. Ceplerinden küçük kâğıt parçaları çıkarıyordu. Üzerlerinde anlamlarını bilmediğimiz tuhaf kelimeler yazılıydı.

Artık onu ikna etmeye çalışmıyordum. Sıkıntım zaten kendime yetiyordu, yorulmuştum. Ben ne kadar anlatsam da dayım sonunda çıkıp, işte herkes senin gibi şehrin ortasında define bulunamayacağını düşündüğü için şansımız var Suphi, diyordu.

Sürpriz ata oynayacaksın her zaman; herkesin oynadığına değil, diyordu. Aramaya Fethiye Camii'nin bulunduğu beşinci tepeden başlamaya karar veriyorduk.

5
Umut Fanusları

Küçük cam fanuslar görüyordum düşlerimde. İçlerine umutlarımı koyuyordum. Umut havadan hafiftir, uçar; fanusların ağzını kapamazsan kaçar, diyordu düşümde biri. Ben de öyle yapıyordum, ellerimi sıkıca kapatıyordum. Sonra bir başkası geliyordu. Sen hiç yükseklik korkusu olan bir kuş gördün mü, diye soruyordu. Arkasında tan ağarırken paslı bir televizyon antenine tünemiş, titreyen, tüyleri sabah ayazında uçuşurken bir türlü kanat çırpıp uçmaya cesaret edemeyen ürkek bir kuşa rastladın mı hiç sen? İşte umut da böyle bir şeydir. Özgür bıraksan da uçup kaçamaz. Kuşluk vakti kuşları gibi mahmur olur, diyordu.

Uyanıyordum. Ellerimi sıkıca kapamış, terlemiş oluyordum. Kapının arkasına astığım ceketime koşup iç cebinden fotoğrafı çıkarıyordum. Küçük, donuk bir yüz bakıyordu bana. Sanki son seferini yapan boş bir belediye otobüsünün içinde, camdan yansıyan soğuk sokak lambalarıyla beraber oturan beyaz, umutsuz bir yüz gibi bakıyordu.

Bu rüya çok sık tekrar ediyordu ve her defasında telaşla uyanıp onun fotoğrafına koşuyordum. Uykum kaçmış oluyordu bir kere. Sonra yatağa dönsem de bir daha uyuyamıyordum. Kalkıp yine yollara düşüyordum. Biliyordum onu sokaklarda bulamayacağımı. Tren istasyonlarında, müzelerde, parklarda, gazetelerin üçüncü sayfa haberlerinde, sanat galerilerinde, otogarların ter kokulu bekleme salonlarında, fotoğraf, resim, heykel sergilerinde, bienal, konser, sinema günleri ve tiyatroların bilet kuyruklarında, bol ışıklı alışveriş merkezlerindeki reklam afişlerinde, kirli brandalı semt pazarlarında, kafelerde, pastanelerde, otobüs duraklarında, meyhanelerde, vergi dairesinde, tapuda, muhtarlıkta, noterde bulamayacağımı biliyordum. Ama ümitsizce de olsa aramaktan kendimi alamıyordum. Bu şehrin dik yokuşlarını, kalabalık meydanlarını, içinde butikleriyle, tuhafiye, kırtasiye dükkânları, kuaförleri, terzisi, börekçisiyle bir sokağı ötekine bağlayan serin pasajlarını, sidik kokan altgeçitlerini, birahanelerini, büyük alışveriş merkezlerini, önlerinde çiçekçilerin sıralandığı ışıklı lüks mağazalarını, barlarını, restoranlarını ne kadar çok dolaşırsam ona rastlama olanağım o kadar artar diye düşünüyordum.

Hatta eskiden evin terasında beslediğim kuşlarla birlikte akşam güneşinde uçmayı arzuladığım geliyordu aklıma. Yeniden bir kuş olmak istiyordum; şehrin üzerinde özgürce uçup, İstiklal Caddesi'nin girişinde, hemen sağda duran tarihi Taksim Maksemi'nin kapısının üzerindeki kemerli pencerenin her iki yanında bulunan küçük kuş köşklerinden birinin içine girip oradan gelen geçeni güvenle seyretmek istiyordum.

O da mutlaka oradan geçecekti biliyordum. Ben kimselere görünmeden caddeye giren ve çıkan kalabalığı izlerken şayet sabırlı olabilirsem onu da görebileceğimi biliyordum. İstanbul'daki herkes mutlaka oradan geçer, diyordum kendi kendime. Ama bunu yapamıyordum tabii. Bunun yerine, belki de o beni bir kuş evinin güvenli karanlık pencerelerinden izlerken ben sokaklarda, kalabalığın pençesinde onu arıyordum. Ve cebimdeki fotoğrafı çıkarıp herkese gösteriyordum. Aslında bu hiç hoşuma gitmiyordu. Onu başkalarıyla paylaşmak, ona başka ellerin de değmesine, üzerine öksürmesine, iç geçirmesine, gülümsemesine katlanmak...

Onu kıskanıyordum çoğu zaman ama onu bulabilmek için fotoğrafını birilerine göstermekten başka çarem yoktu. Mecburdum buna. İçim acıyarak yapıyordum bunu ve her gösterdiğimde resim biraz daha eskiyor, biraz daha elleniyor, biraz daha yağlanıyor, üzerine sigara dumanları üfleniyor, sarhoş ağızlardan alkol, yemek artıkları sıçrıyordu. Yağlı elleriyle temizlemeye çalışırlarken daha beter oluyordu. Cebimden her çıkışında biraz daha yıpranıyor, yaşlanıyordu. Biraz daha tanınıyor, sanki bir tür orta malı oluyordu; birinin kucağından inip ötekine biniyor, mahremiyetini kaybediyordu. Sadece bana ait olmaktan çıkıyordu. Dişleri dökük çiçekçi kadının, her gece aynı köşede dürüm satan duman kokulu adamın, ışıklı dükkânların önünde bekleşen kalın dudaklı, kart sesli, iri elli travestilerin, sürekli kıçlarını kaşıyan, taşaklarını avuçlayan köşe başlarını tutmuş sokak satıcılarının, pahalı mağazalardan, market reyonlarından, çarşı pazardan ellerinde kâğıt torbalarla, plastik poşetlerle akın akın gelenlerin, mıcır kaplı boş arsalardaki şapkasız gelağbigelcilerin, kalabalık sokakları otoparka çeviren kasketli değnekçilerin, otobüs duraklarında, maç kuyruklarında, vapur iskelesinde, istasyonlarda bekleyenlerin, sucuk ekmekçilerle köftecilerin, bankalarda ellerinde numaralarla sıralarını gözleyenlerin oluyordu. Cebime her girişinde biraz daha soluyordu. Bense daha ümitsiz, daha karamsar oluyordum, ağır ağır çöküyordum. Dayım bırakmıyordu. Kaldırıyordu beni düştüğüm yerlerden, salya sümük. Kustuğum duvar diplerinden, sidik kokan... Daha çakırkeyif zamanlara, daha adam gibi keyif alarak içmelere, daha hayatın içine kaldırıyordu beni. Define avcılığına götürüyordu, kendime geliyordum, hayallerden gerçeklere dönüyordum.

O kadını bulamama korkusunu bastırıyordu, polis korkusu, hapishanelerde çürüme düşüncesi. Dayıma göre bunu da dert etmeye gerek yoktu. Olsun Suphi, ne fark eder diyordu. Platonik aşkına şiir yazarsın içerde bol bol. Belki meşhur bile olursun diyordu. Beni can evimden vuran bir de dörtlük okuyordu mahpushaneye dair. Ben ağlamaklı oluyordum. Gözlerimden yaşlar gelecekken o gevrek kahkahalarla gülüyordu. Hem yaşın daha genç, birkaç sene içinde çıkarsın. Korktuğun bu olsun diyordu koçum. Ya biz ne yapalım. Çocuklara kim bakar düşündün mü hiç? Ne senin tombul annenden hayır gelir ne de süslü teyzenden. Birinin seccadeden başı kalkmaz, öteki de Çingene gibi fal bakar durur, diyordu. Bunları derken de hep haklı oluyordu.

Kabul etmem gereken bir şey vardı. Dayım hayatı benden daha gerçek yaşıyordu. Bense bir hayal âleminde uyurgezer gibiydim. İlk defa hayata biraz yaklaştığımı düşündüğümde de yine usul tutturamamıştım. Oğlum bu işler resimle, hayalle olmaz, diyordu dayım. Etli butlu, kanlı canlı bir kız bulur evlenirsin.

Dayımın nasihatlerini dinlemek bir yana ben aksine fotoğraf sevgilimi aramaya daha çok zaman ayırabilmek için işten çıkmaya kalkıyordum. Annem oğlum sıkıntıya düşeriz yapma, diyordu. Onun o ağlamaklı hali, yorgun beyaz elleri beni kendime getiriyordu, vazgeçiyordum. Hafta sonları arıyordum onu, dayımla define avına çıkmadığımız dolunaylı gecelerde arıyordum. Gecelerin çoğunda yorgunluktan bitap düşüp yattığımda bu defa o gezmeye başlıyordu rüyalarımda. Onu karanlık odamdaki banyo küveti yerine kitreli suyla dolu bir ebru teknesinde lale gibi, sümbül gibi görüyordum. Lahor mavisi noktalar konduruyordu yüzünü göremediğim bir sanatçının eli suya. Diğer renkler de geliyordu ardından. Sonra ince fırçasıyla dağıtıyordu bunları. Kıvrım kıvrım sümbüllerin, lalelerin arasından onun yüzü çıkıyordu.

6
Yalnızlık

Fethiye Camii civarında elimizde dedektörle şans eseri kimselere yakalanmadan birkaç gece geçirdikten sonra rüyalarını süsleyen Bizans sikkelerini bulmak bir yana, paslı bir çivi dahi bulamayınca dayım, beşinci tepeden de vazgeçti. Şayet bir aksilik olursa çocuğun başı boş yere derde girmesin diye Veli'yi yanımıza almamıştı. Gözcümüz de yoktu. Birileri bizim Fethiye Camii'nin bahçesinde elimizde dedektörle hayaletler gibi gezdiğimizi görüp şikâyet etse halimiz haraptı. Daha ne olduğumuzu anlayamadan kelepçeyi takıp götüreceklerdi şubeye. Fakat neyse ki korktuğum olmamıştı.

Beşinci tepede aradığını bulmayınca dayımın Edirnekapı civarında şansını denemek isteyeceğini düşünüyordum. Orayı da kazasız belasız atlatırsak kalır son tepe diyordum kendi kendime. Tam o sırada dayım ani bir kararla bir süreliğine define aramaktan vazgeçti. Dedektörünü sarıp sarmaladıktan sonra evinde el aletleriyle, eski kırık dökük kullanılmayan öteberinin tamamını tıkıştırdığı tek bir çıplak ampulle aydınlanan dolaba saklayıp bir süre defineden söz etmedi.

Ben de bunu fırsat bilip hemen her gece kendimi dışarı atıyor, İstanbul'da ne kadar restoran, bar, gece kulübü, kahve, pastane, alışveriş merkezi, mağaza, dershane, sinema, tiyatro, konser salonu, sanat kursu, oyun salonu varsa hepsinin girişlerinde oyalanıyor, ağaçları ışıklı kalabalık caddelerden, çöpleri karıştıran kedilerin mesken tuttuğu tenha ara sokaklara kadar her yerde zihnime kazıdığım o resmi arıyordum.

Bazı geceler gözlerim o kadar yoruluyordu ki bir süre sonra her gördüğüm uzun siyah saçlı kadını ona benzetmeye başlıyordum. Daha sonra aradığım şey kanlı canlı bir insan olmaktan çıkıp sanki elle çizilmiş bir resme, cansız bir kâğıt parçasından bana bakan fersiz bir surete dönüşüyordu. Her gün gazetelerde gördüğümüz donuk resimler gibi sıradanlaşıyordu ve bu beni çok üzüyordu. Ona haksızlık etmeye başladığımı düşünüyordum. Karamsarlığa kapılıyordum. Bu şehirde onu ararken gezdiğim her yer, gördüğüm her şey bıraktığım izlerle birlikte silinip yok oluyordu. Kafamın içindeki gereksiz düşünceler, hatıralarımla birlikte zihnimde boş yere sakladığım işe yaramaz görüntüler... Ne kadar çok şey vardı hafızamdan silinmesi gereken; gereksiz ne çok şey bu şehre dair...

Haşim İşcan Geçidi'nin serin karanlığında müşteri bekleyen fahişeler gibi dizilmiş bisikletler, Yeşildirek'te, Sultanhamam'da işporta tezgâhlarında satılan overloksuz atletler, Karaköy'de, Perşembe Pazarı'nda dışlarını rutubetin kemirdiği küflü hanlarda meteliğe kurşun atan adi komandit şirketler, karşılıksız çek ve protestolu senetler, envanterlere kaydedilmemiş sabit kıymetler, Tarabya sahiline sıralanmış sintinesi çatlak guletler, karanlık apartmanlardan bakkallara sarkıtılan sepetler, gece gündüz hiç durmaksızın yinelenen ihanetler, sur dibinde namus yüzünden işlenen meşum cinayetler, parçalandıktan sonra pis bir valizin içinde boş arsalara bırakılan cesetler, varoşlarda sürüp giden sefaletler, ucuz toplu konutların duvarlarına konan kalitesiz briketler, kenar mahallelerde bıçkın delikanlıların çıkardığı çakırkeyif rezaletler, polis karakolunda daktilo eşliğinde yapılan şikâyetler, yeşil kumar masalarında kaybedilen servetler, eski bir eczanenin vitrininde uyuyan tüylü iri kedinin hemen yanında duran bin beş yüz miligramlık C vitaminli efervesan tabletler, ter kokulu, basık tavanlı salonlarda akşama kadar kum torbasını yumruklayan hafif sıkletler, cinayetlerde usturanın yerini alan keskin jiletler, berber dükkânlarında Darülbedayi'den kalma sohbetler, bayramlarda okul bandolarında çalınan gergin trampetler, otobüs duraklarında bekleşen yorgun kalabalıkların terli ellerinde sıkıca tuttukları akıllı biletler, apartmanların zillerine basıp kaçan sümüklü veletler ve delik ceplerinden düşüp etrafa saçılan rengârenk cam misketler, idrar kokulu, sarı fayanslı umumi tuvaletler, güneş battıktan hemen sonra ortaya çıkıp, İstanbul'u çepeçevre kuşatan alacakaranlık siluetler ve ucuz bulvar gazetelerinde sekiz sütuna atılan manşetler, o sayfalarda sürekli adı geçen milletler, muasır medeniyetler, başta Sovyet Sosyalist Cumhuriyetler Birliği olmak üzere adı değişen bütün devletler ve cumhuriyetler, milletçe başımıza gelen tüm felaketler, açık çekmecelere kirli bir mendil gibi bırakılan rüşvetler, ödenen onca kefaletler, ödenmesi kabil olmayan kefaretler, Kapalıçarşı'daki ışıklı kuyumcu vitrinlerini süsleyen pahalı ziynetler, hıncahınç dolu otobüslerde, minibüslerde cama yapışmış, ifadesiz bakan suretler, daracık pantolonlarıyla arzı endam eden baletler, başta *Leblebici Horhor* olmak üzere İstanbul'da sahnelenen bütün operetler ve çoğu artık çöplerden çıkan modası geçmiş kasetler, rüzgârın etrafa saçtığı plastik poşetler, üzerinde pis ışıkların gezinip durduğu terli, dağınık yataklarda gece gündüz süren cinsel münasebetler, et kombinalarında satılan bayat etler, şehrin uzak yakın bütün mezarlıklarındaki iskeletler ve bilumum gafletler ve dalaletler ve hatta hıyanetler...

Zihnim bütün bu kalabalıkla baş etmeye çalışırken oğlum

Suphi, diyordum kendi kendime sen bu kadını boşuna arıyorsun. Belki hiç anlaşamayacağın, senin ayak uyduramayacağın biridir, belki çok zengindir, belki tahminlerinin ötesinde güzeldir, bakmaz sana diyordum. Genellikle barların, gece kulüplerinin önlerinde buralara gelen bana çok uzak, şık giyimli, alımlı kadınları gördükçe böyle düşünüyordum. Sonra evli olabilir, erkek arkadaşı ya da nişanlısı vardır. Ben kendi kendime neyin peşindeyim diye düşünüyordum. Ama yine de hayallerim gelip bütün bu olası gerçeklerin üzerini perdeliyordu. Onu aramadan edemiyordum. Belki bu şehirde bile oturmuyordu. Öğrenciydi, yurtdışında okuyordu. Tatil için birkaç haftalığına gelmişti belki de. Ya da başka bir şehirde yaşıyordu. Buraya misafirliğe gelmişti. Bizim eskiden ailece çıktığımız uzun yolculuklardan birine çıkmış, kalkıp İstanbul'a kadar gelmiş ve birkaç gün kaldıktan sonra geri dönmüştü. Ben de onu İstanbul'un dumanlı gecelerinde, karanlık sokaklarında boşuna arıyordum belki de.

Onu bulsam, onunla bir yerlerde oturup karşılıklı birkaç dakika konuşsam. Elini falan tutmadan, saçına değmeden uzaktan konuşsam; nefesini, kokusunu bile duymasam da öylesine boş konuşsam belki de hemen onu düşünmekten vazgeçecektim. Böyle bir şeyin pekâlâ olabileceğini biliyordum. Ama benim o sürekli inen çıkan tahterevalli aklım gerçek dünyada yaşamaktan alıkoyuyordu beni. Hatta bununla da kalmayıp beni aldığı gibi başıboş gezinen hayallerin toplandığı renkli âlemlere götürüyordu.

Bazı geceler, çoğunlukla da hafta sonları Ejder'le ya da Peyami'yle çıkıyorduk onu aramaya. Onlar da önce yadırgamışlar fakat kararlılığımı görünce o kadını mutlaka bulacağıma inanmaya başlamışlardı. Sık sık onun fotoğrafını çektiğim yere gidiyorduk, soruyorduk, soruşturuyorduk bir şey bulamıyorduk.

Sonra yakın semtlerden başlayıp açılarak arıyorduk onu. Ejder'le Peyami'nin gerçekten inanarak mı yoksa bana acıdıklarından yardım olsun diye mi benimle birlikte onu aramaya geldiklerini bilmiyordum. Sormuyordum. Sormak istemiyordum çünkü alacağım cevap ne olursa olsun ben kendimi biliyordum. İçimde benden küçük, benden zayıf hatta çelimsiz biri vardı. Benden daha yardıma muhtaç, başı daha öne eğik, daha mahcup, gözleri daha bozuk, yüzü daha engebeli, boyu daha kısa, daha kilolu, ayakları daha büyük, burnu daha yayvan, dudakları daha kalın, daha sevgiye hasret, daha içine kapanık, daha bilgili, daha çok okuyan, daha hassas, daha dünyanın yükü omuzlarında, iç sıkıntısı daha sadık biri...

Ben ona yardım ediyordum, onun ağabeyi oluyordum çoğu zaman. Bazen onu içimden çıkarıp karşıma oturtmak istiyordum. Onunla dertleşmek, ona yardım etmek istiyordum. Sonra bundan çabucak vazgeçiyordum. Onu dışarı çıkartırsam benden de bir şeyler eksileceğini ve o zaman ona da bir yararım dokunmayacağını düşünüyordum.

Bazen de ağzından burnundan kan gelinceye kadar onu dövmek istiyordum. Şayet böylesine acımasız olabilirsem ben de bu dünyanın insanlarına biraz daha yakınlaşabilir miyim, yoksa yine böyle tuhaf yaratık kostümleri giymiş bir panayır palyaçosu gibi sokaklarda mı gezinirim bilemiyordum.

Bendeki bu kopuş halinin, bu yalnızlık saplantısının nedenini kendimce çok sorguladım ama bulamadım. Bulamayınca da değişemedim bir türlü. Yalnızlığı izah etmek güç. Yalnızlık öyle bir başına kapalı odalarda, karanlıklarda kalmak değildir. Yalnızlık uzun süre birilerini görmemek, hiç kimseyle konuşmamak, hatta kendi sesini bile unutmak değildir. Benim gibi kendini çilehanelere, karanlık odalara kapatmak, gündüz ortasında fersiz, ışıksız kalmak da değildir. Yalnızlık, bazen karlı bir kış gecesi uzak bir pencereden soğuk havaya yayılan piyano sesidir. O piyanonun tuşlarından çıkan unutulmuş bir okul şarkısını yeniden dinlemektir. Yalnızlık, bazen köprüden telaşla geçen bir ambulansın sirenidir. Eski bir kitabı karıştırırken içinde tesadüfen bulunan sararmış bir fotoğraftır. Şehrin en büyük meydanında toplanmış kalabalığın tam ortasında bir noktadır yalnızlık.

Yalnızlık aslında sadece bunlar da değildir bir başına. Bütün bunların bir araya gelip, topyekûn insanın üzerine çullanmasıdır yalnızlık. Ve onun altında ezilmesidir insanın, o yıkıntının altında kalmasıdır, kapalı, karanlık... Üstelik ne yurtiçinden ne de dışarıdan eğitimli köpekleriyle kurtarma ekiplerinin de gelmemesidir yalnızlık.

7
Feri

Şimdi yine önemli günlerden birini anlatacağım size. İşlerim beklediğimden erken bitince şirkete dönmediğim güzel bir cuma günü olanları anlatacağım. Tahsilat için Büyük Valide Han'a gitmiştim. Burada işim kısa sürdü. Sonra parayı yatırmak için gittiğim bankada da fazla beklememiştim. Bankadan şirkete dönmek yerine Sultanhamam'ın kalabalık dar sokaklarından çıkıp, Mısır Çarşısı'ndaki ışıklı dükkânların önünden geçtim. Bahçekapı'dan bir piyango bileti aldım nedenini bilmeden. Oysa çok sık almam, dayımın tam aksine talih oyunlarıyla da aram hiç iyi değildir. Ne at yarışından anlarım ne takım tutarım ne de maç seyrederim. Kafama kuş pislese bile o gün gidip bir piyango bileti almak aklıma gelmez. Böyle bir alışkanlığım yok. Ama nedense o gün bir piyango bileti almak gelmişti içimden. Şimdi siz bilete ne çıktığını merak ederken ben sonrasında olanları anlatayım.

Piyango biletini aldıktan sonra şehrin bütün hanlarının, hamamlarının, çarşılarının ve kapılarının etrafında insan ömrünü törpüleyen bir bileyici taşı gibi dönüp duran yıpratıcı hayatın gürültüsünün ulaşamayacağı sakin semtlere çıktım. Sabahki yağmur yerini gökyüzünde başıboş gezen birkaç uzak buluta bırakmıştı. Akşam güneşi üzerimde yürüdüm. Aslında tahmin edeceğinizin tam tersine onu aramıyordu gözlerim. Fotoğrafı cebimden bir kez bile çıkarmamıştım. Sonra otobüse bindim, pencereden sokaklardaki akşam kalabalığını seyrettim, akşam güneşinin yıkadığı yorgun yüzleri, kalabalık meydanları... Toz zerrecikleri yüzüyordu havada, bizlerden daha çok, sanki küçük canlılar gibi yüzüyorlardı... Fotoğraf cebimin içindeki karanlık, sıcak dünyasındaydı. Aysız gecede seçilemeyen karanlık, solgun bir yüz gibi duruyordu orada, biliyordum. Gözleri cebimin astarına bakıyordu.

Onun fotoğrafını çektiğim yerden oldukça uzak bir semtin işlek caddelerinden birinde indim otobüsten. Koca şehirde onu ararken ayaklarımın beni bazen iradem dışında hiç tanımadığım sokaklarda, ilgisiz semtlerde dolaştırmasına alışmıştım. Ama bu defa öyle olmamıştı. Otobüsten indiğim durağa tesadüfen gelmemiştim.

Şimdi bu caddeye niçin geldiğimi anlatayım. Fotoğrafı çoğaltıp Ejder'le Peyami'ye de vermiştim. Yolda bir yerlerde belki rastlarlar, belki ara sıra birilerine sorup bilgi alırlar diye düşünmüştüm. İyi ki de düşünmüşüm çünkü umduğumdan fazlası olmuştu. Önceki gün Ejder bana müjdeli bir haberle gelmişti, fakat bir süre beni merakta bırakmak için öğrendiklerini söylemekte nazlanmıştı. Müjdemi isterim demişti önce. Ben de hemen kabul etmiş, onu sahilde güzel bir meyhaneye götürme sözü vermiştim. Ben artık ağzındaki baklayı çıkarır, ne bulduysa çarçabuk anlatır diye beklerken, her zamanki alaycı haliyle yok öyle üç kuruşa margarin, seni uyanık Uri Gagarin, seni Taraskonlu Tartarin seni demişti. Belli ki Ejder biraz daha eğlenmek istiyordu, çünkü keyifliyken hep böyle konuşurdu. Ben de ona eşlik ederdim, karşılıklı atışır, kafiyeleri çarpıştırırdık. Fakat ben günümde değildim. Benden, pahalı olduğundan pek gitmediğimiz meyhanelerden birinde iki yemek, bir de gömlek sözü kopardıktan sonra müjdeli haberi vermişti. Fotoğrafı çektiğim yere oldukça uzak bir mahallede bayan iç giyimi satan bir dükkâna girmiş, tezgâhtara resmi göstermiş. Kadınların alışveriş ettikleri bir yer olduğu için şansını bir de burada denemek istemiş Ejder. Tezgâhtar resme bakar bakmaz, ben bu kadını tanıyorum, demiş. Kimin nesi olduğumuzu, niyetimizi falan öğrendikten sonra da arkadaşın gelsin ona yardımcı olmaya çalışırım diye eklemiş.

O gece gözüme uyku girmemişti. Ertesi gün işten erkenden kurtulup o dükkâna gitme planları yaparken yatağın içinde sabaha kadar dönüp durmuştum. Aslında daha önce birkaç sefer geçtiğim sokaklardan birindeydi dükkân. Fakat dükkânlarına alışveriş için girdiğimi sanan satıcılara bir dedektif edasıyla ceketimin cebinden çıkardığım fotoğraftaki kadını tanıyıp tanımadıklarını sorduğumda duyacağım homurtulardan çekiniyordum. Ayrıca ben zaten bayan çamaşırları satan bir dükkâna girmeye asla cesaret edemezdim.

Dükkân geniş bir caddenin ağaçlı bir sokakla kesiştiği köşedeydi. Vitrininde, iç çamaşırları, kadın çorapları, danteller, gecelikler, sabahlıklar, jartiyerler kısacası bana uzak âlemlerin mahrem eşyaları duruyordu. İçeriye girdim. Dükkânda genç bir erkek tezgâhtardan başka kimse yoktu. Benden önce çıkan bir müşterinin dağıttığı çamaşırları karton kutulara yerleştiriyordu. Başını kaldırıp da karşısında beni görünce şaşırdı. Yukarıdan aşağıya bir süzdü önce. Sonra soran gözlerle bakmaya başladı. Akşam vakti geniş suratlı, tıraşsız iri bir adamın jartiyer almaya gelmeyeceği ortadaydı da neden gelmişti.

Yirmili yaşlarda, esmer, yeni moda saç tıraşı ve üstündeki tişörtle hafta sonları ışıklı caddeleri, büyük alışveriş merkezlerini dolduran varoş çocuklarına benziyordu. Boynunda bir zincir, parmaklarında yüzükler... Buyurun, dedi kibarca. Fotoğrafı cebimden çıkarıp cam tezgâhın üzerine koydum. Bu kadını tanıyormuşsunuz, dedim. Arkadaşıma onu tanıdığınızı söylemişsiniz.

Fotoğrafı tezgâhın üzerinden alıp yakından baktı. Cam tezgâhın içinde kıvıl kıvıl danteller, rengârenk iç çamaşırları vardı, buruşuktular. Evet tanıyorum, dedi, ama devamını getirmeden onu niçin aradığımı sordu. Kısaca anlattım ona fotoğrafın hikâyesini. Güldü. Arkadaşın çok şanslıymış. Koca şehirde gelip beni buldu. Fotoğrafını çektiğin kadının adı Leyla, dedi.

Onu nerede bulacağımı sormaya fırsat kalmadan içeri genç bir kadın girmişti. Çaresiz çocuğun işini bitirmesini bekleyecektim. Tam da zamanında gelmişti kadın. Çocuk müşterisiyle ilgilenirken kadın yan gözle bana bakıyordu. İç çamaşırı seçerken rahatsızdı. Siyah, seksi bir külotu alıp, evirip çevirdikten sonra yine tedirgin gözlerle dönüp bana bakmıştı. Bense onunla yüz yüze gelmemek için dışarıyı seyrediyordum o sırada. Ama kaçamak gözlerle beni kontrol ettiğinden emindim, çünkü ben de aynısını yapıyordum. Sonra beyaz dantelli bir çamaşırı incelerken yine bana döndü. Ben yine başımı vitrindeki iç çamaşırlarının arasından akşamın loş ışığının inmeye başladığı sokaklara kaçırmıştım. Hafif bir rüzgâr çıkmıştı. Vitrin camından yansıyordu, onu görebiliyordum. Kadın benden iyice rahatsız olmaya başlamıştı. Elinde gerçekten çok seksi, beyaz bir iç çamaşırı tutuyordu. Vitrindeki mankenin üzerinde ona uygun bir jartiyer de vardı. O kadını o çamaşırla çırılçıplak düşünemiyordum. Boynumdan kulaklarıma kadar kızarmaya başlamıştım. Tansiyonum çıkıyordu, ateşim yükseliyordu, hissediyordum bunu. Başka şeyler düşünmeye çalışıyordum. Kendimi dükkânın içindeki elektrikli havanın çekiminden kurtarmak için saçma sapan şeyler düşünüyordum. Sabahtan beri kafamın içinde takılmış dönen aynı türküyü tekrarlıyordum. Ay doğar Giresun'dan türküsünü mırıldanıyordum kafa içi sesimle bas bariton. Kadın bu defa bir sutyen seçmişti, elindeki külotun takımı... Ya jartiyer... Hanımefendi onları takım olarak alırsanız ucuza bırakabilirim size. Tek tek aldığınızda fazla bir indirim yapamam, diyordu tezgâhtar. İndirim kelimesi bile beni tahrik ediyordu. Kasıklarımdan karnıma, oradan da göğsüme doğru tatlı bir heyecan dalgası yayılıyordu. Tansiyonum çıkıyordu, kalbim kafamın içinde gürültüyle çarpıyordu. Ya bu sesi onlar da duyarsa, ya rezil olursam diye endişe ediyordum. Saçma şeyler düşün deyip duruyordum kendi kendime yüzüm kıpkırmızı. Kırmızı kırmızı bir güldür aşkım. İnce yüzünüzde kırmızı korkunç... İlhan Berk... Muzaffer orta ikiden terk, diyordum içimden.

Kadın çok güzel değildi belki, ama vitrin camlarından yansıyan görüntüsü bana çok çekici gelmeye başlamıştı. Bacakları uzundu, kalçasını görememiştim. Dolgun kalçaları, iri göğüsleri olduğunu tahmin etmiştim sadece. Görmem için dönüp dikkatlice bakmam gerekiyordu. Bunu yapamazdım. Üzerindeki dar bluzdan taşan göğüsleri vitrin camından az çok yansıyordu. Hayal gücüm yettiğince vücudunun eksik yerlerini tamamlamış, onu idealize etmiştim. Ne tehlikeli bir şey aslında hayallerde güzel, gerçekte çirkin bir kadın. Ne yanıltıcı, ne sahte, ne büyük bir düş kırıklığı. Ne yıkıcı...

O da mı öyleydi acaba? Fotoğraf da beni yanıltıyor muydu yoksa? Yoksa bunu mu alsam, dedi kadın. Siz en iyisi ikisini de alın, dedi tezgâhtar çocuk. İndirimdeyiz, dedi, yine o uyarıcı kelimeyi kullandı. Her zaman bu fiyata bulamazsınız, dedi. Yahu kullanma şu indirim kelimesini diyemedim. Yine pencereye dönüp rüzgârın ağaçlardan düşen yaprakları etrafa saçışını, yanmaya başlayan sokak lambalarını seyrettim.

Evet, kadın belki çok güzel değildi ama etkilenmiştim. Güzelliği değil, belki de elinde tuttuğu o seksi çamaşırdı beni büyüleyen. İşte o zaman bir kez daha eşyaların bizi ne kadar belirlediğini, etrafımızı nasıl etkili bir enerjiyle çevrelediklerini düşünmüştüm. Bir daha bakmadım kadına, ama sanırım külot almaktan vazgeçmişti. Yalandan geceliklere bakıyordu. Sonra tezgâhtarın bir şeyler paketlediğini gördüm. Kaşla göz arasında, bana belli etmeden kaçırır gibi almıştı alacaklarını. Belli ki benden rahatsız olmuştu. Aklından geçenleri okumak zor değildi. Akşam vakti sap bir herif ne arar ki tek başına bayan çamaşırları satan bir dükkânda? Sapığın biridir ya da sevgilisine hediye alan bir zampara... Şimdi dükkândan çıkınca peşime de takılır bu herif diye düşünmüştü mutlaka.

Belki de bu yüzden pazarlık etmeden alacaklarını çarçabuk alıp hızla çıkmıştı dükkândan. Yine bekleriz efendim, dedi arkasından çocuk. Benim bekleyecek vaktim yoktu. Sabırsızlanıyordum. Kim bu Leyla, diye sordum. Onu nereden tanıyorsunuz? Nerede bulabiliriz? Bekâr mıdır, evli midir?

Bekâr, dedi, eski oturduğum mahalleden tanıyorum onu. Dükkâna ilk girdiğimde olduğu kadar rahat değildi konuşması. Az önce çıkan kadın dükkâna gelince tavırları da değişmiş, sanki biraz yumuşar gibi olmuştu. Aslında çocuğu görür görmez sadece kadınların alışveriş yaptığı bir mağazada genç bir erkek tezgâhtarın çalışıyor olması tuhafıma gitmişti, ama tavırlarını görünce bunun yadırganacak bir durum olmadığını anlamıştım.

Neyse, ortamı biraz yumuşatmak için elimi uzattım ben Suphi, dedim. Kötü bir niyetim yok. Siz diye hitap etmeyi bırakıp, sana her şeyi anlattım dedim. Fotoğrafını çektiğim bu kadını gerçekten çok merak ediyorum, onunla tanışmak istiyorum, dedim.

Benim adım da Feridun dedi çocuk. Arkadaşlarım kısaca Feri derler.

Gülmemek için zor tuttum kendimi. Hemen aklıma Feri Cansel gelmişti. Lisedeyken, okulu kırıp gittiğimiz hıncahınç dolu karanlık sinemalarda, geceleri toplama kamplarını kulelerden aydınlatan projektörler gibi yoğun bir el feneri tacizi altında seyrettiğimiz, araları pornografik parçalarla kesilen erotik Feri Cansel filmlerini hatırlamıştım. *Kasımpaşalı Emmanuel, Kendin Pişir Kendin Ye, Leyla, Necla, Mücella.*

Leyla'yı sana bulurum, dedi Feridun. Romantik birine benziyorsun. Yoksa herkese yapmam böyle kıyaklar, dedi sonra.

Onu uzun zamandır görmemişti. Benimle görüşmek isteyip istemeyeceğinden de emin değildi. O kadını... Artık adını da biliyordum, Leyla'yı Mecnun gibi aramaktan vazgeçip onunla bir an evvel tanışmalıydım. Hemen kaybolmasından korktuğum bir cesaret gelmişti üzerime. Hazır bu kıvama gelmişken vakit kaybetmemeliydim. Onu bulmak için de gerekirse herkesi kullanmalıydım. Baktım Feridun saf iyi bir çocuk. Bana da yardımcı olacak gibi. Şans dedim bu defa güldü yüzüme galiba. Şans deyince, piyango biletine ne mi çıktı? Alırken düşündüğüm gibi amorti bile yoktu.

8
Hatırlamıyorum

Dayım, Feridun'la tanıştıktan birkaç gün sonra yine dedektörü sakladığı yerden çıkarmıştı. Meğer bir süre korsanlığa ara vermiş. Bizi izleyenler varsa vazgeçsinler diye yapmış bunu. Durum böyle olunca çaresiz yine yollara düşmüştük. Bu defa Tekfur Sarayı'nda arama yapıyorduk. Her gece evden çıkarken annem arkamdan dualar ediyor, ah oğlum dayına çok söyledim ama dinletemedim. Bari sen ona mukayyet ol da bir delilik yapmasın, diyordu. Deli çocuk, diyordu annem. Bulsa gâvurun altınlarını, papaz paralarını ne işimize yarayacak, hayır etmez ki bize, diyordu. Ama kendi söyleyip, kendi dinliyordu.

Annemi sakinleştirip çıkıyordum evden. Sen meraklanma anne, otur televizyon seyret; bak, televizyonda Türk filmi var, onu seyret sonra namazını kıl yat, ben dayımın delice bir şey yapmasına izin vermem, merak etme sen, diyordum. Diyordum demesine de bundan kendim de çok emin olamıyordum, annemi sakinleştiriyordum, ama ben rahat değildim.

Dayım bu işte yalnız bana güveniyordu. Yeğenlerim arkadaşlarıyla gezip tozuyorlardı, eve girmiyorlardı ama bizim babalarıyla geceleri İstanbul'un karanlık, tekinsiz semtlerinde define aradığımızı bilmiyorlardı.

O haftanın üçüncü gecesi evden çıkarken biraz daha tedirgindim. Yine annemi sakinleştirdikten sonra bahçe duvarının üzerine oturup dayımın gelmesini beklemiştim. İşte o an aniden bir huzursuzluk, bir ürperme girmişti içime. Sanki kötü şeyler olacak gibi bir duygu...

Aslında o gece bana göre felaket, dayım içinse tam bir zafer gecesiydi. Dayım dedektörle dolaşırken yine sinyal almıştı. Daha önce pek çok kez toprağın altında çürümüş bir demir boruyu, paslı bir teneke parçasını tespit eden aletimize güvenim hâlâ tam olmadığından hiç oralı olmamıştım. Yıkıntıların arkasına sakladığımız kazma küreği getirmek bile istememiştim. Dayım bende bir hareket görmeyince kendisi toprağı kazmaya başlamış, benden de gözcülük yapmamı, gelen giden olursa kendisini uyarmamı istemişti.

O toprağı kazarken ben de kafamda sıkıntılı düşüncelerle Tekfur Sarayı'nın civarında dönüp duruyordum. Karanlık sokaklardan çıkıp bizi suçüstü yakalayacak birilerini gözlemekten çok gökyüzündeki yıldızlara bakıp, orada o an ne işim olduğunu kendime soruyordum. Niçin benim de herkesinki gibi normal bir dayım yoktu. Niçin bir kadınım yoktu. Neden yalnızdım. Neden sıcak evimde elim kadınımın omzunda, kokusu burnumda, başı göğsümde oturup huzurla televizyon seyretmek varken o çürük Bizans kalıntılarının, küflü taş duvarların arasında, karanlığına gömülü kemerli pencerelerin gerisindeki yıldızlı soğuk gökyüzünün altında etrafı gözlüyordum ensemde kıllı bir elin ürpertisiyle.

Bir ara iki akşamcı sallanarak sokağa girdiler. Onları geç de olsa fark etmiştim. Biri yıkıntıların yanına kadar yaklaşıp işemeye başlamıştı. Dayım hemen kazmayı bıraktı. Aslında adamlar bizi görse ilk önce onlar hortlak görmüş gibi korkup kaçacaklardı. Elimizde kazma kürek, o çamurlu kapkara halimizle İstanbul'un fethinden kalma kazmalı lağımcıların hayaletleri gibiydik. Sonra adamlar birbirlerine el kol şakaları yapıp, naralar atarak uzaklaşınca yine kazmaya devam etti dayım. Dedektörü aynı yere tuttu. Kazdı. Bir daha tuttu, yine kazdı ve ben başım gökyüzünde Tekfur Sarayı'nın kemerli pencerelerinin üzerindeki yıldızlara bakarken yıldızlardan daha parlak gözlerle yanıma geldi. Avucumun içine çamurlu bir taş parçası sıkıştırdı. Sonra yıkık bir duvarın dibine çöktük. Elimdeki taş parçasına çakmağını tuttu. Üzerini temizleyince taşın içinden bir Bizans sikkesi çıkmıştı.

Yandık dedim kendi kendime. Yandık hem de Marmara çırası gibi, Bizans ateşi gibi yandık. Bu sikkeden sonra dayım Tekfur Sarayı'nı kendince arkeolojik kazı alanına çevirir diye geçirmiştim içimden. Hiç tereddüt etmez altını üstüne getirir buranın. Dediğim gibi de oldu. Daha dayıma ünlü Kaşıkçı elmasının on yedinci yüzyılda Tekfur Sarayı yakınlarında bir çöplükte bulunduğundan söz etmemiştim. Tek bir sikke onu böylesine heyecanlandırdığına göre bir de bu hikâyeyi duysa dayım kim bilir neler yapar diye geçirmiştim içimden.

Sonraki günlerde dayımın ısrarlarıyla yaptığım araştırmalar sonucunda bulduğumuz sikkenin Bizans imparatoru Manuel Palaiologos döneminden kalma olduğunu tespit etmiştik. Bir yüzünde İsa Peygamber, diğer tarafında İmparator II. Manuel'in resmi vardı.

Daha sonra II. Manuel Palaiologos'un, Fetret Devri'nden hemen sonra Osmanlı'daki kardeş kavgalarından istifade, I. Mehmet'in Anadolu'dan Rumeli'ye geçmesine yardım edip, o sıralar İstanbul'u kuşatmış olan kardeşi Süleyman'ın üstüne saldırtan ve bu sayede Osmanlıları birbirine kırdırtıp, Bizans'ı kuşatmadan kurtaran imparator olduğunu öğrenmiştik. Bula bula bu mendeburun parasını bulmuşuz diye hayıflanırken beni bir kez daha şaşırtmıştı dayım.

Gündüz kendi işlerimizde çalışıyor, akşam el ayak çekilince Tekfur Sarayı'na gelip gizlice kazılar yapıyorduk. Sonra kazdığımız yerleri kapatıp üzerine yabani otlar örtüyorduk gündüz farkına varılmasın diye.

Bir hafta içinde tükenmiştim. Yorgunluktan kolumu kaldıracak halim kalmamıştı. Fakat ilk gece bulduğumuz sikkeden sonra bir ikincisini bulamamıştık. Ben kilolarım yüzünden hareket etmekte güçlük çekerken, dayım benden yaşlı olmasına rağmen daha çevikti. Daha çok kazıyordu. Dedektörün sinyal verdiği her yeri kazıyordu. Her şey çıkıyordu kazdıkça, ama sikke çıkmıyordu. Paslı tenekeler, parçalanmış yağmur olukları, çürümüş bir kova, paslı çiviler, eski bir kuş kafesi, plastik bir bebek kafası, mermer, tuğla, yanmış tahta parçaları, kiremitler, iri hayvan kemikleri buluyorduk, çini, fayans parçaları, cam kırıkları, şişe dipleri çıkıyordu. Umutlarımız tükeniyordu. Benim vazgeçmek üzere olduğumu görünce son bir gece daha, dedi dayım. Kabul ettim. Bir gece daha dayanabilirim, ama ondan sonra yeğenin bu işte yok dayı, dedim.

Son gece yine şansımız dönmüştü. Aramaya başladıktan yarım saat sonra bir Osmanlı sikkesi buldu dayım. Birkaç dakika sonra da ben umulmadık bir yıkıntının dibinden yedi kollu bronz bir Yahudi şamdanının bir parçasını bulup çıkarmıştım. Kendim bile inanamıyordum yaptığıma. Şamdan ortadan kırıktı. Diğer parçasını çok aramama rağmen bulamadım. Beni de heyecan sarmıştı. Saat sabahın üçüydü. Kazmayı bırakıp aletleri topladık. Gecenin sonunda bütün ganimet, ertesi gün aceleyle bir koleksiyoncuya götürüp değerinin yüz dolar civarında olduğunu öğrendiğimiz IV. Mustafa dönemine ait yarım bir Zer-i Mahbub ile kırık bir şamdandı. Fakat bunların dayıma verdiği mutluluk parayla ölçülemezdi.

Onu uzun zamandır bu kadar neşeli, gözleri böylesine umutla bakarken görmemiştim. Gençlik yıllarından sonra ilk defa bu kadar içten gülüyordu. Yine tam ağzını açmadan gizli saklı gülse de gülüyordu işte. Ben de gülüyordum. Bütün sıkıntılarımı unutmuş rahatlamıştım. Çamurlu elleriyle bir sigara yaktı dayım. Arabanın penceresinden karanlığa üfledi dumanını. Gökyüzü açıktı, yıldızlar parıldıyordu tepemizde. Sabah serinliği, çatlak sesli köpeklerin havlamalarını uzak sokaklardan kulaklarımıza taşıyordu. Aletleri arabanın arkasına koyup yola çıktığımızda çok da kötü değil Suphi, dedi. Bak gördün mü sana kalsa hiçbir şey bulamazdık. Belki zengin olamadık, ama en azından bir şeyler bulduk, heyecanlandık. Demek ki daha çok ararsak daha çoğunu bulacağız. Ne kadar ararsan o kadar bulursun.

Haklısın dayı, demekle yetindim. Dayımın zaferine gölge düşürmek istemedim. Bir adet sikke ve yarısı kayıp bir bronz şamdanla evin yolunu tuttuk o gece. Dayım mutluydu. Onunla bir şeyleri paylaşmaktan, ona, babama hiçbir zaman olamadığım kadar yakın olmaktan ben de mutluydum. Babamla birlikte bir resim yapamadan, onun yardımıyla tek bir problem çözemeden, aldığım takdirnameyi bile ilgisizliğini bildiğimden sevinçle götürüp, kendisine gösteremeden geçirdiğim bir çocukluktan sonra dayımla bir heyecanı paylaşabildiğim için ben de mutluydum.

Evin önüne geldiğimizde dayım elini omzuma atıp teşekkür etmişti üstelik. Sağ ol Suphi, demişti. Sen olmasan tek başıma yapamazdım, demişti. Çamurlu ellerimi kaçırmıştım çocukça. Duygulanmıştım. Ağlamadan arabadan inmek istemiştim çarçabuk. Dayımın farkına varmasını istememiştim. Sadece sen sağ ol dayı, diyebilmiştim güçlükle. Kelimeler boğazıma düğümlenmişti. Sonra arkama bakmadan eve girmiştim. Uyumadan önce yatakta babamın elini omzuma götürdüğü ya da sırtıma hafifçe dokunduğu bir günü hatırlamak için zihnimi çok zorlamış, ama bulamamıştım. O anı hayal etmeyi denemiştim, o bile olmamıştı. Sabah kalktığımda anneme, babam bana hiç teşekkür etti mi, diye sormuştum. Bir süre yüzüme bakıp sıkıntıyla hatırlayamadığını söylemişti annem. Ama etmiştir oğlum etmez mi, demişti sonra bir şeyleri kaçırıp kurtarır gibi aceleyle. Ben de, demiştim anneme, ben de hatırlamıyorum.

9
Leyla

Feridun'un izin günüydü. Ben de annemi doktora götürme bahanesiyle işten erken çıkmıştım. Kalkıp Feridun'la Tarlabaşı'na gittik. Perukçuların, birahanelerin, üçüncü sınıf otellerin önünden geçip arka sokaklardan birine sapmıştık. Feridun önde, ben arkasında bir süre yürüdükten sonra sokağın ortalarında sağ koldaki eski apartmanlardan birine girmiştik. Girişinde bir eskicinin iki tekerlekli arabası duruyordu. Arabanın içinde eski bir termosifon, kıvrılmış bükülmüş kurşun borular, demir parçalarıyla paslı bir yığın öteberi vardı. Üçüncü kata çıktık. Feridun zile bastığında güneş apartman boşluğundaki dar pencerelerin kirli camlarından süzülüp merdivenleri aydınlatıyordu. Kısa bir bekleyişin ardından kapı açıldı. Karşımızda kirli sakallı, atletli, kırk yaşlarında, mor suratlı bir adam duruyordu. Buyurun birader birini mi aradınız, der gibi bize bakıyordu.

Feridun, ağbi, dedi beni hatırlamadın mı ben Feri. Adam hatırladıysa da pek oralı olmadı. Zaten kafası dumanlıydı. Feridun fısıltıyla bir şeyler söyledi adama. Ben apartmanın penceresinden, içlerinde hiçbir hayat belirtisi olmayan karşıdaki evlerin kirli perdeli pencerelerine bakıyordum. Adam sesini özellikle duymam için yükselterek, ne yapacaksınız Leyla'yı, diye sordu.

Feridun, ağbi, dedi yine. Arkadaşım arıyor Leyla'yı.

Adam bu defa sesini daha da yükseltip, çok mu lazım ulan bu saatte Leyla? Tek kâğıtlıyı sarmış tam yakacakken bunun için mi rahatsız ettiniz beni, dedi. Ben suratımıza kapıyı kapatıp içeri girmesini beklerken, Hey birader. Şişşş... Hoop sana diyorum sana, diye seslendi bana.

Öyle camdan dışarıyı seyredeceğine yüzüme bak. Bak bakayım buraya sen. Nereden tanıyorsun sen Leyla'yı?

Kekelemeye başlamıştım. Ben... Ben, dedim Leyla'yı tanımıyorum. Adını bile bilmiyordum ben, dedim. Bir fotoğraf çektim. Fotoğraftaki kadın... O kadını arıyorum ben, dedim. O paslı dilim önce tekledi, fakat nasıl olduysa sonradan açıldı. Rahat rahat içimden geldiği gibi korkusuzca söyledim, anlattım her şeyi. O kadını arıyorum, dedim. İşte bu da fotoğrafı, dedim. Çıkarttım resmi soktum adamın burnuna. Adam beni dinlerken gülmeye başlamıştı. Ulan cigaralığı biz çektik, kafayı siz bulmuşsunuz, ne iş anlamadım dedi. Sonra resmi görünce ciddileşti. Bu mu dedi aradığın Leyla? Sahiden de benziyor o kaltağa ama... dedi sonra.

Sonra dişlerinin arasından merdivene doğru yılan gibi ince bir tükürük fışkırttı. Zehri atınca sesi daha uysal çıkmaya başlamıştı. Vallahi bilmiyorum birader. Buraya gelip gittiği yok çok zamandır, dedi. Kim bilir kimin altındadır, dedi sonra. Hangi dostuyla nerede, ne yapıyordur bilemezsin. Ya da hırtın birine çatmıştır, düzdükten sonra adam gırtlağını sıkıp atmıştır cesedini bir çöplüğe, bulamazsın, dedi.

Biz tam ümitsizce, kirli merdivenlere doğru dönmüş, o da elindeki sigarayı yaktıktan sonra içeri girmek üzereyken dönüp çektiği dumanı merdiven boşluğuna doğru üflemişti. Aşağıya inin Feri, dedi. Kahvede Recai'yi bulun. Benim gönderdiğimi söyleyin o bilir Leyla'nın yerini. Bu garibim yakmış abayı o kaltağa belli, ama karıda hayat yok. Üç beş kuruş verirseniz bununla da yatar. Bu çocuk da alsın hevesini, çükü şişer sonra, dedi gülerek.

Feridun teşekkür ederken onu dinlemedi. Hadi yeter bu kadar. Şimdi naş, dedi. Kafamı açmayın benim. Buraya hiç gelmediniz, beni görmediniz, tanımadınız, diye bağırdı sonra. Serçeparmağını tükürükleyip sigaranın kâğıdını ıslattı. Ardından kapıyı kapadı yüzümüze.

Feridun'la bakıştıktan sonra doğru aşağıya indik. Sokak serindi, güneş girmiyordu. Kahveye gidip Recai'yi sorduk. Karanlık sokaktaki kahvenin en loş köşesine tek başına oturmuş kara kara düşünen bir adamdı Recai. Dayımın gölge arkadaşlarından birine ne kadar çok benziyor diye geçirmiştim içimden. Rahmetli pederin tabiriyle aynı çeşmenin suyunu içmiş gibiydiler sanki. Saçları dumanlı, bir elinde çay tabağı, diğerinde bardak. Tespihi bileğine geçirmiş, iskemleye yan oturmuş, yan yan etrafa bakıyordu. Adamın her şeyi yandı zaten. Elindeki çay tabağını yamuk tutuyordu bir kere. Tabağın içi aşağıya bakıyordu. Çay bardağı, o bardağı tutan parmaklarının arasına sıkıştırdığı sigara, kalın, taşlı yüzüğü, her şeyi...

Kahveye girerken Feridun'u kolundan çektim. Feridun, dedim buralarda başımız belaya girecekse uzatmayalım gidelim. Bir taraftan da hayallerim bir bir yıkılıyordu. Görünüşe bakılırsa fotoğrafını çektiğim kadın hiç de benim umduğum gibi biri değildi. Acaba vazgeçsem mi bu sevdadan diye soruyordum; Feridun'un sesi getiriyordu beni kendime.

Suphi ben sana yardım etmeye çalışıyorum, diyordu Feridun. Tanıyorum o kadını dedim, bak bulduk. Resmini çektiğin kadın o. Bundan eminim, ama sen vazgeçeceksen beni boşuna uğraştırma.

Hemen geri adım atmak zorunda kalmıştım. Bu kadar yaklaşmışken kaçmak olmazdı. Feridun, dedim. Bana Feri de, dedi.

Herkes bana Feri der buralarda. Sen Feridun deyince tuhafıma gidiyor. Kendi adım kulağıma kaba geliyor, dedi.

Ben de Feri, dedim bu defa. Şu fotoğraftaki kadının kılığına, kıyafetine baksana. Ne kadar kibar. Ne arar o kadın bu semtlerde dedim. Ya benzetiyorsan, ya o değilse?

Sen öyle zannet, dedi Feridun. Sen, dedi tanımazsın bunları. Bunlar Süpermen gibi kapı arkasında iki saniyede kılık değiştirirler, ruhun duymaz. Gündüz peri, gece cadı olur, cin olur adam çarpar bunlar, dedi. Sen bunları bilmezsin. Allah'ın şanslı kulusun ki bana rastladın. Ben bu âlemleri, bu karıları, bu herifleri iyi tanırım. Bensiz bulsan bu kadın seni donuna kadar soyar bırakırdı. Sen elinde resim, öyle kibar âşık rollerinde. Of anam of. O karı yer bitirirdi seni Allah canımı alsın.

Neyimi yiyecek? Ne var ki, diye sordum.

Olsun ne varsa onu yerdi, dedi Feri. Bunlar anlayışlı misafirlerdir anam, dedi gülerek. Umduklarını değil, bulduklarını yer bunlar.

Sonra Recai'nin oturduğu kararmış köşeye gidip ona bir şeyler anlattı. Önce dumanın içinde el kol hareketleri zor seçiliyordu. Tespihli eliyle Recai başının üstündeki dumanı dağıtıyordu. Ben kahvenin kapısının önünde, hemen girişte ayakta bekliyordum. Recai eliyle işaret edip beni çağırana kadar öylece kazık gibi beklemiştim.

Neden sonra dumanlı köşesinden kafasını çıkarıp, birader öyle ayakta kalma, gel hele şöyle yakına gel deyince, ben de gidip oturmuştum yanına.

Recai resme bir de biz bakalım, dedi. Çıkarıp uzattım.

Bir süre baktıktan sonra kahveciye üç çay söyledi. Sonra tekrar elindeki resme dönüp bu defa uzunca baktı. Bu sırada sigarasından bir duman daha çekip kül tablasına bastı sigarayı.

Ağzından dumanlar çıkarken yahu birader, dedi. Adın Suphi'ydi değil mi?

Başımla onayladım. O sırada çaylar gelmişti.

Bak gözüm, dedi. Sen efendi bir adama benziyorsun. Burada resmi güzel çıkmış, ama bu karı sana göre değil bir kere onu bilesin, dedi. Şekeri kırıp, çayına attıktan sonra tespihli eliyle hızlı hızlı karıştırırken devam etti.

Tesadüfen resmini çekmişsin. Acemi balıkçının ağına takılmış iskorpit misali... Elini değersen dikenleri batar, şişirir; yesen tadı olmaz. Bu karıdan hayır gelmez sana, unut gitsin koçum, dedi. Sonra bu öyle senin gibi temiz aile çocuklarıyla falan rahat edemez. Onun sevgilisi olsan bile illa vukuatı olan hırt bir herif olacaksın. Başın derde girer sonra. Sen bu âlemleri bilmezsin. Ayağına sıksalar iyi, kafana sıkarlar. İyisi mi sen Leyla'dan da bu sevdadan da vazgeç, dedi.

Onca lafın arasında bu sevdadan vazgeç sözü tokat gibi patlamıştı suratımda. Neden vazgeçecektim? Neden sonra hep ben vazgeçecektim? O fotoğrafı ben çektim. Benim o. O resim bana ait. Hem dayım vazgeçiyor mu define avcılığından? Kim neden vazgeçiyor? Sen vazgeçiyor musun kahve köşelerinde oturup karı satmaktan. O kadın vazgeçiyor mu Feri'den seksi külotlar almaktan. Üstelik gözlerim üstündeyken. Yan gözle gördüğümle yetinip, bütün vücudunu en ince ayrıntısına kadar hayal ederken, onu gözlerimle soyup, bir tek elinde tuttuğu siyah külotla öylece çırılçıplak bırakırken. Sonra düşlerimden fışkıran upuzun parmaklarımı uzatıp vücudunu beynimle okşarken, yine aynı ellerle külotunu da çıkarıp attıktan sonra onu o cam tezgâhın üzerinde Feri'nin gözlerinin önünde becerirken o dolgun kalçalı kadın vazgeçiyor mu o seksi külotu almaktan? Ben de vazgeçmiyorum dedim içimden.

Bir an yüzüme aynasız bile görebildiğim hüzünlü bir hal çökmüştü. İstediği oyuncak alınmayınca mahzunlaşan, içe kapanık bir çocuk gibi göründüğümü hissediyordum. Recai bile acımıştı sanırım halime.

Tamam ulan, dedi. Buldururum sana Leyla'yı. Buluştururum sizi bir gece. Bakarsın keyfine bir iki saat. Burada bir otel odasında. Ama o kadar. Fazlası olmaz. Sonra sen de onu kafandan çıkarır unutursun. O seni zaten ertesi gün hatırlamaz. Bir daha da yüzünü görmezsin. Resmi de yırtıp atarsın. Olur mu koçum?

O an olur, dedim. Birden çıkıverdi ağzımdan. Recai kahvedeki dumanlı köşesinde oturmuş, Feri'ye bir şeyler anlatırken asla böyle bir şeyi kabul etmeyeceğimi kendi kendime söyleyip, kahvenin kapısında da bunu sürekli içimden tekrar ederken Recai lafını bitirdiğinde düşündüklerimin hepsini unutup, olur demiştim. Tamam, kabul ediyorum. Bir gecelik de olsa onu görmek, onunla tanışıp, konuşmak, ona yakın olmak yeter bana.

10
Zifaf

O hafta cuma gününü her zamankinden daha arzulu beklemiştim. Bu defa Peyami'yle ya da Ejder'le bir yerlerde oturup, yüzlerce kez birbirimize anlattıklarımızı tekrarlayarak içmekten ya da omzumda makineyle sokak sokak dolaşıp fotoğraf çekmekten farklı bir şey yapacağım için heyecanlıydım. İçim içime sığmıyordu.

Cumartesi akşamüstü heyecanım daha da artmıştı. Dayımla oturduk içtik. Çarşıda rakı kokan, gölgeli, loş bir meyhane... Balık yedik. Bol limonlu salata, turp... Yanında birkaç meze, beyaz peynir, pilaki... İkinci kadehten sonra iyice keyiflendim. Bir de sigara tüttürdüm yemeğin peşine. Hayatımda ilk kez. Dayımın da keyfi yerindeydi. İlk ödülünü almış, bulduğu sikkeler onu cesaretlendirmişti.

Her zamankinden çok içtiğimi görünce keyfe bak, dedi dayım manitayla buluşacaksın ya senden iyisi yok. Fazla içme oğlum, dedi sonra. Ciddileşmişti.

Heyecanlıyım, dedim dayıma. Şimdi içmeyeceğim de ne zaman içeceğim?

Adam zannediyor ki kız arkadaşımla buluşacağım. Aylardır hayalini kurduğum görüşme gerçek olacak, resimdeki kadınla el ele sokaklarda yürüyeceğim. Belki bir çiçek vereceğim ona, kırmızı bir gül... Sonra Beyoğlu'nda, orada burada gezeceğiz. Belki bir kahvede, barda oturup bir şeyler içeceğiz. Etrafımız kalabalık olacak, gülüşmeler, gürültü, sigara dumanı... Sonra yine elim sevgilimin omzunda yürüyeceğim sokaklarda. Belki sinemaya gidip orada biraz daha yakınlaşacağım ona, hepsi o kadar zannediyor adam.

Nereden bilsin benim kendisinden ayrıldıktan sonra gideceğim karanlık sokaktaki berbat bir otelin fare kafesi gibi daracık odalarından birine çıkacağımı, ardından odadaki dağınık, pis yatakta buluştuğum kadının üzerindekileri yırtarcasına çıkardıktan sonra onu ite kaka bir köşeye sıkıştıracağımı, sonra üstüne çıkıp kızışmış köpek gibi gidip geleceğimi, gelince de hayvan gibi inleyeceğimi; bir süre odanın penceresinin önünde atletle görüneceğimi, ay ışığının yüzümdeki kraterlere kirli bir ışık düşüreceğini ve o korkunç halimle hâlâ kadına bütün bu olanlardan, onu nasıl aylarca aradığımdan falan bahsedeceğimi ve onun lafı ağzıma tıkayıp, ha siktir ulan, resmini çektiğin kadının ben olduğumu da nereden çıkarıyorsun, diye bağırıp çağıracağını nereden bilecekti dayım.

Ama dayımın tahmin edemeyeceği her şey oldu. Tekme tokat çıktık odadan. Kadın elbiselerini çekiştirerek giyinmeye çalışırken, hatta merdivenlerden inerken bile hâlâ bağırıyordu. Ben o kadın değilim ulan pezevenk diye. Bunun için mi geldin diye, bağırıyordu. Gidip o kadını bulup düzseydin ya beni düzdüğün gibi. Boğazına sarılıp onu da nefessiz bıraksaydın ya. Dua et Recai bulup getirdi seni. Yoksa ben sana yapacağımı bilirdim. Sikinden astırırdım seni çamaşır iplerine, dua et sen. Recai'ye dua et, diyordu.

Karanlık ara sokaklardaki çöp kedileri gibi kuyruğumu bacaklarımın arasına kıstırıp, hayatımda ilk kez böylesine rezil olmanın derin utancı içinde koşarak tenha sokaklardan geçtim, toz oldum, küçüldüm, ufalanıp yok oldum. Bir daha Tarlabaşı'nın arka sokaklarına dönmemek üzere kaçtım, kurtuldum oradan.

Arkamda bıraktığım karanlık sokakları, küf kokulu otel odalarını, ışıklı pavyon tabelalarını, polis arabalarının ıslak sokaklara vuran farlarını, batakhane otellerin perdelerinde oynaşan karanlık gölgeleri, ağızlarına kadar dolu çöp konteynerlerini, rüzgârın sokaklarda sürüklediği gazete kâğıtlarını, çöplerden atlayıp etrafa kaçışan iri kara kedileri sildim hafızamdan.

Bir süre sonra koşmaktan yorulup yavaşladım. Telaşlı adımlarım beni Beyoğlu'na getirmişti. Galatasaray'daki şarap evlerinden birine girdim. İçeri girer girmez tuvalete gidip elimi yüzümü yıkadım önce. Aynada yüzüme baktım. Sonra dudaklarımı, dilimi sabunladım, ağzımı suyla çalkaladım, yine baktım. Yüzümdeki her şey birbirine girmişti. Sanki ağzım, burnum, gözlerim... Çarpılıp kalmıştım sanki.

Orada içtiğim iki kadeh şarap da yüzümü eski haline getirmeye, o gece başımdan geçenleri unutmama yetmemişti. Hâlâ utanıyordum. Merdivenlerde, otelin girişindeki derme çatma resepsiyonun önünde ben odanın parasını öderken durmadan bağırıyordu; otelde herkes bize bakıyordu, o bağırıyordu, herkes gülüyordu.

Şarap evinde karşımda oturanlar da gülüyordu. Belki de o an otelde beni gören birileri yanımda bir yerde şarap içip benimle alay ediyordu. Karşımda oturan adamlar yanlarındaki kadınların kulaklarına eğilip onları güldürecek bir şeyler anlatırken, kadınların sigaralarını yakıp, kadeh tokuştururken belki de benden bahsediyorlardı. Adamların iri, kemikli elleri kadınların ince, çıplak bellerindeydi. Etrafı umursamaz, şuh kahkahalarla gülüyordu kadınlar. Saçları yapılmıştı. Belli ki hepsi kuaförden çıkıp doğru oraya gelmişlerdi. Az sonra o saçlar dağılacak, o boyalar dökülecek, parlak ışıklar bütün kusurları kusacaktı. Bu defa alkol kapatacaktı kusurlarını; güzel görüneceklerdi yanlarındaki kalın kaşlı adamların kanlı gözlerine.

Hepsi olmasa da bunların bazıları mutlaka bana gülüyordu. Yoksa benden tarafa bakıp bu kadar kahkaha atarlar mıydı? O sarı kafalı resepsiyoncu da sırıtmıştı pis pis. Allahım ne büyük bir utançtı bu. Ne temizlenmez, ne arlanmaz, ne silinmez, unutulmaz, ne onulmaz bir utanç. Nasıl olup da bu kadar kendimden geçmiş, bu kadar insanlıktan çıkabilmiştim. Nasıl bu kadar iğrenç olabilmiştim. Kendime olan saygımı nasıl böyle ayaklar altına alabilmiştim. Bir dişi görünce nasıl böylesine maymunlaşabilmiştim.

Sarhoş olmam hafifletici bir sebepti belki ama yine de içimi rahatlatmaya yetmiyordu. Utanıyordum, annemle evde oturmuş film seyrederken televizyondaki filmde aniden bir sevişme sahnesi çıkmış gibi, üzeri çıplak, omuzları kıllı bir adam, yorganın altındaki kadının üzerinde kadını bağırta çağırta gidip gelirken ve bu esnada kendisi de nefes nefese inlerken ben annemin yanında kımıldamadan oturuyormuşum gibi, sokaklarda, kalabalık meydanlarda üzerimde bir tek donla geziyormuşum gibi, herkes bana bakıp gülüyormuş, üstelik beyaz donum kirliymiş gibi utanıyordum. Küçükken uykuda altıma işediğimde hep buna benzer rüyalarla telaş içinde uyanır, utanırdım.

Eve gidip karanlık odama kapattım kendimi. Bu utançla annemin yüzüne bakamazdım, ona görünmemek için kapıyı kendi anahtarımla açıp doğru karanlık odama girdim; karardım. Çektiğim fotoğraflara tekrar tekrar baktım. Sonra onları birkaç saat önce otel odasındaki dağınık yatakta çırılçıplak yatan kadının zihnimde hâlâ tazeliğini koruyan görüntüsüyle karşılaştırdım.

Aynı kişi değildi. Feridun, Recai, onlar anlamayabilirdi, ama ben nasıl olup da onunla yatana kadar aradaki farkı görememiştim. Bazı benzerlikler vardı sanki, ama kesinlikle aynı kişi değildi. Hayallerimin sonuydu bu. Ağlıyordum. Karanlık odamdaki cılız kırmızı ışığın altında kan ağlıyordum. Sonra sızıp kalmışım.

Ertesi sabah annem kapıyı vururken uyandım yanaklarımda yaş izleri, gözlerim çapaklı. Gidip elimi yüzümü yıkadım. Dudaklarıma, dilime, kan oturmuş gözlerime aynada tekrar baktım; tiksindim görüntümden. Hâlâ çarpıktı yüzüm.

Halbuki gece ne güzel başlamıştı. Akşamüstü, ara sıra giydiğim eski ama temiz kalan kahverengi ceketimin altına yeni aldığım bej rengi pantolonu giymiştim. İçimde de siyah geniş yakalı bir gömlek vardı. Sonra dayımın, saçları iyice dökülmeden önce sık kullandığı briyantinle saçlarımı tarayıp, tıraş olmuştum. Babamdan kalan alışkanlıkla tütün kolonyası sürüp çıkmıştım evden. Dayımla çarşıda buluşmuştuk. Onun arkadaşlarıyla her zaman gittiği meyhaneye gitmiştik sonra. Saçımla başımla oynadığımı görünce bende alışık olmadığı bu durum onun da hemen ilgisini çekmişti. Yemekte yakışıklısın, demişti dayım. Uzun süre kızlardan bahsetmiştik. Aslında galiba başka bir şey konuşmamıştık yemek boyunca.

Heyecanlıydım, o kadar içmeme rağmen ellerim titriyordu. Yemeğin sonunda da haydi bakalım, demişti dayım sana iyi eğlenceler. Sırtımı sıvazlayıp eski bayramlarda harçlık verdiği gibi cebime biraz para sıkıştırmıştı. Sonrada da şaplağı patlatmıştı sırtıma. Zifaf gecesi gerdek odasına ite kaka sokulan bakir bir damat gibi ayrılmıştım yanından. Ayrılırken de yalandan dayı, demiştim. Haydi ulan, demişti dayım, uzatma. Git bir an önce. Kızı bekletme, ben bir duble daha içeceğim. Dayı, demiştim bu gece yemeği ben ödesem. Ağır bir küfür etmişti bana ilk defa.

Adam oldun da sen mi ödeyeceksin. Belki bir dahaki sefere diye eklemişti ağza alınmayacak küfrün peşi sıra.

Feridun, Leyla'yla buluşacağım otelin adını söylemişti: Zümrüt Oteli... Yolda rastladığım Çingene'den kırmızı bir gül almıştım. Köşede bir adam tatlı satıyordu. Bir tane alıp ısırdığımı hayal etmiştim. Gevrek bir parça ısırmıştım. Ağzımda eriyip, glikozlu şerbeti genzimi yakmıştı; almamıştım.

Sonra gidip oteli buldum. Tarlabaşı'nda, karanlık bir sokağın hemen girişinde derme çatma bakımsız bir oteldi. Girişin hemen üzerindeki asma katın penceresinin önünde karanlık birkaç kişi ağır bir duman altında, çay içiyordu. Recai, Feri'ye resepsiyona sorsun, oradan yardımcı olurlar. Leyla'nın hangi odada bekleyeceğini söylerler, demişti.

Elimde çiçekle içeri girince otelin girişindeki eski yüzlü koltuklarda oturan adamlar karanlık gözlerini bana çevirip, beni briyantinli saçlarımdan cilalı ayakkabılarıma kadar şöyle bir süzdükten sonra bıyık altından sırıttılar. Belli ki sıkıcı gecelerine eğlence olmuştum daha gelir gelmez. Resepsiyonda duran sarı kafalı sıska adama kızı sordum; sesim kısık çıktı.

Leyla Hanım'la görüşeceğim dedim. Adam Leyla'nın adını kinayeli bir biçimde tekrar ettikten sonra "Hanım" kısmının özellikle üzerine basarak henüz gelmedi, dedi. Sonra diğerleriyle bakışıp yine gülüştüler. Siz yukarı çıkın, on sekiz numarada bekleyin, Leyla Hanım da birazdan teşrif ederler, dedi fare suratlı resepsiyoncu.

Daracık bir odaydı. Bir köşede dağınık kirli bir yatak duruyordu. Yerde plastik terlikler. Yeşil bir pelüş halı. Otelin adı Zümrüt. Acaba bunun için mi yeşil halı koymuşlar diye düşünmüştüm. Kalın perdeyi çekip pencereden karanlık sokağa bakmıştım. Cılız bir lambanın aydınlatmaya yetmediği yokuştan bağıra çağıra iki kişi yürüyordu. İçkiliydiler. Biri elindeki bira şişesini kaldırıma fırlatıp kırmıştı. Arkalarından sırtında tablasıyla midye dolması satan bir adam yürüyordu. Midyelerin yağlı kabukları cılız sokak ışığında bile parlıyordu.

O sırada kapı çaldı. Hemen koşup açtım. Gelen Leyla'ydı. Üzerinde büyük beyaz çiçekler bulunan pembe bir elbise giymişti. Ruju elbisesiyle aynı renkti. O renk tam pembe değildi. Neyse, çiçeği uzattıktan sonra merhaba ben Suphi, dedim. Verdiğim kırmızı gülü alıp yanındaki sehpanın üzerine bıraktı. Teşekkür etmedi. Aslında ona fotoğrafını nasıl çektiğimden falan bahsetmeyi düşünmüyordum önce. Ama nasıl olduysa dayanamayıp anlatmaya başladım. Dağınık yatağın üzerine oturup bacak bacak üstüne atmış bir de sigara yakmıştı. Oturunca kısa eteği yukarı sıyrılmıştı. Beyaz bacaklarının arasından külotu görünüyordu. Dükkândaki kadının elinde evirip çevirdiği külota benziyordu. Uzun, siyah saçları parlıyordu. Beynimi uyuşturan tahrik edici bir parfüm kokusu yayılmıştı odaya. Ağır bir makyaj vardı yüzünde. Yanakları al al, dudakları, gözleri boyalıydı. Sigarasının filtresi hemen aynı renge boyanmıştı. Siklamen... Evet, o renk siklamen rengiydi pembe değil, şimdi hatırladım. Şefika teyzemin en sevdiği renklerden biri. Zaten adını da ondan öğrenmiştim. Yoksa ben böyle süslü renkleri bilmem.

Belli ki acele, özensiz sürmüştü ruju, dişleri de boyanmıştı. Oda ve çiçeğim, yüzüm her şey kıpkırmızı olmuştu. Ateşim yükselmişti. Vücudumdaki kan önce çekilmiş, sonra tamamen beynime hücum etmişti. Ruh halim gibi damarlarımdaki kan da gelgite geçmişti. Yüzümde bir sıcaklık hissediyordum, yanaklarımı göremesem de kırmızı olduklarını biliyordum. "Kırmızı kırmızı bir güldür aşkım. İnce yüzünüzde. Kırmızı. Korkunç" dizeleri geçti içimden yine.

Aslında anlatmayacaktım ama diye başladım. Fakat o, fotoğrafı da, ona âşık olduğumu da biliyordu. Her şeyi anlatmışlardı. Fotoğrafı göstermedim ama kısaca ona uzaktan nasıl âşık olduğumu, çektiğim fotoğrafın hayatımı nasıl temellerinden sarsıp değiştirdiğini anlatmaya çalıştım. İçkinin tesirinden olsa gerek bunları çok rahat söyledim. Hatta kelimeler ağzımdan hayatımda hiç olmadığı kadar kolay dökülüp beni de şaşırttılar.

Fazla nefesini tüketme diye kesti sözümü. Her şeyi anlattılar bana, biliyorum dedi. Ama fazla vaktim yok. Ben aşk nedir bilmem. Bu sosyete zevklerinden de hiç hazzetmem. Ne yapacaksan yap, ama elini çabuk tut. İşim var, gideceğim dedi.

Biraz oturalım, sohbet edelim, diyecek oldum. Hatta burası havasız, sıkıcı, burada bir şey yapmayalım çıkalım biraz gezelim demeye hazırlanıyordum. Bir yerde oturur bir şeyler içeriz diye düşünüyordum. Ben daha düşündüklerimi demeye fırsat bulamadan yok, dedi, vaktim yok benim. Paramı vermişsin Recai'ye. Daha fazla paran varsa onu da benimle yemek yerine başkalarına sakla. Elini çabuk tutmazsan kalkar giderim. Vaktim dolduğu zaman beni bulamazsın, dedi. Sonra elindeki sigarayı yatağın başucunda duran plastik küllükte rujlu filtresini kırarak söndürüp yatağa uzandı.

Daha fazla üsteleyemedim. İçi sigara yanıklarıyla dolu, üzerinde Yıldırım Hafriyat yazan ve bir sürü de telefon numarası bulunan beyaz plastik küllüğün içinde boynu bükük duran rujlu izmarite takılıp kalmıştım, üzülmüştüm. Ama o ne üzgün ne de neşeliydi. Eteği iyice yukarı çıkmıştı, bembeyaz bacakları tamamen ortadaydı. Ve ben böylesine beyaz, böylesine yumuşak ve sıcak bacakları ilk defa bu kadar yakınımda görüyor, onlara dokunmadan yumuşaklıklarını uzaktan hissedebiliyordum.

Sonra ne olduğunu anlayamadım. Ne yaptığımı hatırlamıyorum. Aniden kadının üstüne saldırmışım. Onu İstanbul sokaklarında aylardır aradığımı, ona âşık olduğumu falan hepsini unutmuşum. Elbiselerini parçalamışım, yırtmışım, orasını burasını çürütmüşüm. Bir arbede olmuş, bağırmaya çalışmış, sesi çıkmamış, ağzını elimle kapatmışım. Sonra onu duvar dibine sıkıştırıp üstüne çullanmışım. Sanki sevişmemiş, cinayet işlemişim. Sonunda patlayıp da dana gibi böğürmeye başlayınca geldim kendime. O ana kadar kendimde değilmişim. İşim bitince hatırladım bütün yaptıklarımı.

Bütün bunları nasıl anlatıyorum, yaptığım bütün bu iğrençliklerden nasıl utanmadan bahsedebiliyorum? Nasıl bu kadar arsız olabiliyorum, bilmiyorum, ama hâlâ aklıma geldiğinde kendimden nefret etsem de, bir başımayken bile yüzüm kızarsa da bunları anlatmam gerekiyor biliyorum. Anlatmazsam bu zehri atamayacağım içimden; anlatmazsam arınamayacağım. Kusmazsam midem bulanacak, kanıma daha beter karışacak bu zehir biliyorum. Beni içten çürütecek, yiyip bitirecek. Anlatmazsam iyileşemeyeceğimi biliyorum. Onun için kanayan yerden kuvvetlice emip tükürmeliyim birkaç kez o zehri.

Yatak dağınıktı, kirli çarşafın bir kısmı yere sarkıyordu, yastıklardan biri düşmüştü, diğeri iki duvarın birleştiği köşeye sıkışıp kalmıştı. Çarşaflar sanki kan içindeydi; her yer her şey odanın duvarları, perdeleri, aynası sanki...

Sanki bir düzine bakire kız aynı yatakta iğfal edilmiş, üzerine de kınalı kurbanlık koyunlar kesilmişti. Ayaklarını titreterek debelenirlerken kanlar fışkırmıştı şahdamarlarından boyası dökük duvarlara, çarşafa, yorgana, perdeye, aynaya sanki.

Ben öyle görüyordum, biliyordum, ama elimde değildi görüyordum. Kan bürümüş gözlerle tuvalet masasının kırık aynasından kirli sarı lavabosuna, kalın bok rengi perdelerine, nikotin sarısı tavanlarına kadar kan sıçramış bir oda görüyordum.

Pencerenin önünde durmuş, nefes nefese vahşi bir hayvan gibi soluyordum. O hâlâ çırılçıplaktı. İnce uzun bacaklarıyla yatağın köşesine sinmiş oradan konuşuyordu. Teni bembeyazdı, göğüsleri küçüktü. Biraz irice iki yediveren limonu gibi. Alnında sivilceler vardı. Göz boyaları akmış, ruju silinmişti. Uzun siyah saçları dağılmıştı; parlak taşlı plastik saç tokası yanında, yatağın hemen ucunda duruyordu.

İşte yaptın yapacağını, diyordu. Ne fotoğrafından ne aşkından bahsediyorsun? Sonunda olacak olan bu değil miydi? Gezsek tozsak ne olurdu ki? Sokaklarda el ele, kol kola, yanak yanağa gezinsek, sinemalara girsek çıksak, bir yerlerde oturup yemek yesek, içkiler içsek, restoranın barın en lüksüne, en salaşına gitsek, ne olur? Sen benim elimi tutsan, ben etrafa gülücükler saçsam, mutluyuz ey millet desem. Akşama eve gidince bu adama vereceğim der gibi baksam; gülsem etrafa, kadehimi doldursan sen, sigaramı yaksan garsonlar yetişmeden, ben bu kadını düzüyorum ey ahali, o kalçaları ben elliyorum her akşam, o göğüsleri ben avuçluyorum, onun o güzel dudaklı ağzına ben veriyorum der gibi yaksan sigaramı; dansa kaldırsan beni, güller döksen ayaklarıma, her yanım çiçek olsa; gül koksam gül... Ne fark eder? diye bağırdı.

Ama hızını alamadı, bir sigara yakıp çakmağı dağınık yatağın üzerine fırlattıktan sonra, devam etti. Bütün televizyonlar, gazeteler bizden ve aşkımızdan bahsetse, paparazzilerle köşe kapmaca oynasak, herkes seni konuşsa, vay be aşka bak dese, adam fotoğraftan âşık olduğu kadınla beraber ne romantik deseler ne olur, ha ne olur? Dönüp önünde sonunda yapacağımız iş bu değil mi?

Hâlâ hızını alamamıştı. Sigarasından uzun bir nefes çekip dumanı ağzından çıkarırken ojeli tırnaklarıyla önümü işaret ederek, İşte o, dedi, aşk. Aşk önünde sallanan o birkaç santimlik et parçası. Ve bir de bu, dedi sonra, eliyle sert bir tokat atarak cinsellik organına. İşte aşk, bu ikisi... Beni köşeye kıstırıp düzerken ağzından akan salyalar, dedi, aşk. Üstümde hastalığa tutulmuş it gibi solurken ciğerlerinden çıkan hırıltı, dedi. Anladın mı aşk neymiş? İşin bitti. Şimdi siktir ol git.

11
Viyadüklerin Dükü

İşim erken bitmişti. Bir hafta önce olanlar hâlâ gözlerimin önünden gitmiyor, otel odasının kirli duvarları, dağınık ter kokulu yatak zihnimde sürekli başa dönen bir film gibi geri sarıp yeniden başlarken, Leyla'nın çığlıkları kulaklarımı tırmalıyordu. Dayanamayıp Feridun'un çalıştığı dükkâna gittim. Feridun vitrindeki külotlar, sutyenler, kombinezonlar ve rengârenk külotlu çorapların arasından kendisine baktığımı görünce dışarı çıktı. Çıkarken patronu içerden sesleniyordu. Söyle o herife seni daha fazla oyalamasın, işinden gücünden etmesin, diyordu.

Feridun'a her şeyi anlatmaya, onun üzerinden günah çıkarmaya gelmiştim ama buna gerek kalmamıştı. O her şeyi biliyordu. Zaten ben hariç bu dünyada herkes her şeyi biliyordu. Tek yol yordam bilmeyen, raconsuz, kılavuzsuz böyle başka dünyalarda, karanlığın içinde, böyle ışıksız gölgelerle bir başına fersiz yaşayan bir tek bendim.

Yok dedi Feridun, kendine haksızlık etme. Leyla senin haline öyle üzülmüş. Ona daha fazla tutulup, daha derin aşk acıları yaşamayasın diye seni kendisinden uzaklaştırmak için sana küfürler etmiş, bağırmış çağırmış. Her şeyi bilerek yapmış.

Sen külahıma anlat bunları, dedim önce. Yok, dedi gerçek

söylüyorum. Recai'ye anlatmış. Sana yalan borcum mu var? Sen gittikten sonra Recai'nin omzuna yatıp iki gözü iki çeşme ağlamış, içini dökmüş. Ağlamaktan gözleri şişmiş. O da kahretmiş, sövüp saymış kadere. Ama ne çare, dedi Feridun.

Sesi içten geliyordu, inandırıcıydı. Ama Recai'nin Leyla'nın pezevenkliğini yaptığını, Leyla'da da kimseye âşık olacak göz olmadığını biliyordum. Belki Feri bile bu oyunun bir parçasıydı, Recai'ye müşteri götürüp o da payını alıyordu. Bu şehirde her gün böyle binlerce oyun tezgâhlanıyordu. Benim gibi salaklara da kurbanlık koyun olmak kalıyordu. Artık Feri'nin günahı boynuna. Bunu ona sormadım, sormak da istemedim zaten. Sen içeri gir işinden gücünden olma, görüşürüz dedim. Yaptıkları için ona kuru bir teşekkür ettim. Hava serinlemeye başlamıştı, rüzgâr boş bir meşrubat kutusunu sürükleyip götürdü önümden. Teneke sesler çıkararak yuvarlanıp gitti. Ben de peşine takılıp, gri kaldırımlardan başımı kaldırmadan şehrin kalabalığına karıştım. Bir daha da Feridun'u hiç görmedim.

Dükkânın ışıklı vitrininden tekrar şehrin boş sokaklarına döndüğümde o geldi gözlerimin önüne. Cebimden fotoğrafı çıkarıp bir daha baktım. Saf, temiz, masum, kirlenmemiş bir halde orada duruyordu. On santime on üç santimlik kartın üzerinden siyah beyaz bana bakıyordu. Şehrin kalabalık meydanlarında, işlek caddelerinde, ışıklı vitrinlerin önlerinde dalgalanarak yürüyen kalabalıkların içinde bir yüzdü aradığım. Belki Galata Köprüsü'nde balık tutmak bahanesiyle elimde olta beklesem görebileceğim, Taksim Meydanı'nda çiçek satan Çingene'nin yerine geçsem mutlaka gelip benden çiçek alırken göz göze gelebileceğim, Nişantaşı'ndaki işlek caddeler boyunca uzanan dükkânların vitrinlerinden birine girip mankenlerin arasına karışsam, onlar gibi öylece kaskatı sokağa baksam bir süre sonra kendiliğinden önümden geçecek bir yüzdü o. Ve belki de ben onun izini ararken birileri de beni izliyordu.

Arkama dönüp baktım, bir sürü insan vardı, ama benimle ilgili değilmiş gibiydiler. Sanki etrafa, havaya, rüzgârın salladığı ağaçlara, yerden havalanıp uçan gazete sayfalarına bakıyorlardı, yanlarındakilerle konuşuyorlardı. Otobüs, minibüs bekliyorlardı, ağızlarında sigara dumanı, rüzgârın uçurduğu saçlarını tarıyorlardı. Biri beni izlese de zaten böyle yapmayacak mıydı? Yalandan etrafa bakınıp, benimle ilgilenmiyormuş gibi davranmayacak mıydı?

Bazen odamda oturup, bilgisayarımın açık ekranına baktığımda orada, o ışıklı ekranın içersinde bambaşka kıvıl kıvıl bir âlemin olduğunu, farklı kuralları olan başka bir hayatın tıpkı bizler gibi yaşandığını düşünürüm. Orada renkler, çizgiler, yüzler hareket eder, yukarı aşağı oynaşırlar, kafa sallarlar, göz kırparlar, filmler oynar, reklamlar çıkar kaybolur. Orada insanlar birbirleriyle yazışarak anlaşır, yazıyla gülerler, yazıyla somurturlar, yazıyla konuşurlar, yazıyla susarlar.

Bu defa sesler değil, yazıların görüntüleri yükselir semaya; harfler parça parça dağılır uzayın her köşesine. Sanki o başka âlemin canlıları da ekrandan bize bakarlar. Ne tarafın hayal ne tarafın gerçek olduğunu karıştırabileceğimiz endişesine kapılırım bazen. Bazen kendimi bilgisayarın içinde yaşayan biri olarak hayal ederim. İçim sıkılır milyarlarca ekrandan herkesin beni izlediğini düşününce.

Bir an için işte böyle bir hisse kapılmıştım. Sanki yüzlerce gözün beni izlediğini düşünmeye başlamıştım. Telaşla yürüdüm, daha sık, daha titrek adımlarla... Karanlık çökmek üzereydi. Yağmur başlamıştı. Yol kenarına park etmiş bir arabanın içinde bir adamla bir kadın oturuyordu. Arabanın camlarında yağmur balonları vardı. Buna rağmen kadını seçebiliyordum. Adama bir şeyler anlatıyordu. Rujlu kalın dudaklarını titretiyordu. Sonra usulca adama doğru eğilip onu dudaklarından öptü. Kıskandım. Adam kadını öpse kıskanmazdım. Ama kadın öpmüştü adamı. Yavaşça sokulup uzun saçlarını sallayarak öpmüştü. Sonra hızla her şey birbirine girdi. Nasıl olduğunu hiç anlayamadan görüntüler eğildi, büküldü. Sokaklardan, anacaddelerden, üstgeçitlerden geçtim. Yürüyordum, ıslak yollarda tek başıma. Kendimde değildim, kaybolmuştum avucumun içi gibi bildiğim şehirde.

Neden sonra kendime geldiğimde hava tamamen kararmış, yağmur durmuştu. Her şey sanki dağılan bir sabah sisinin içinden yavaşça görünmeye başlamıştı. Şehir yeniden geri geliyordu. Bir bankta oturuyordum. Önümde deniz, karşıda soluk ışıklı evler, arkamda koyu karanlık tepeler... Sonra bunlar önümde Haliç, karşımda Sütlüce civarındaki evlerin ışıklı pencereleri, arkamda Eyüp sırtları ve o karanlık sırtlardan eğilip bana bakan yatık mezar taşları oldular. Eyüp yakınlarında bir yerde Haliç'in kenarında bir parkta oturuyordum, başımın üzeride bir sokak lambasıyla. Karşımda iki adam şarap içiyordu. Üzerimizden işlek bir otoyol geçiyordu. Siz de kimsiniz, diye sordum adamlara. Islak çimenlerin üzerine uzanmışlardı. Bana bakıyorlardı. Kel kafalı olanı kalkıp yanıma geldi, elini uzattı, sıktım. Nasırlıydı eli.

Ben viyadüklerin dükü, dedi. Arşidük Veysel... Gündüz viyadüklerin üzerinde, trafik sıkıştığında su satıyordu. Ya da muz, simit, kâğıt helva, plastik oyuncaklar, tornavida, matkap ne bulursa onu satıyordu. Akşam olunca soğuktan, yağmurdan korunmak için altına iniyordu viyadüklerin. Bunu anlatıyordu bana ben başka şeyler düşünürken. O gün işler kesattı. Her zamanki trafik keşmekeşi yerine yollar erkenden açılmıştı. Satış yapamamıştı. Üzerimizden hızla arabalar geçiyordu, gürültüleri viyadükün altına düşüyordu. Zaten ışıklı ikaz tabelaları yolların akıcı olduğunu yazıyordu. Yoğun yazısı dükün umuduydu. Ya da maddi hasarlı bir zincirleme kaza mesela. Ölümlü kazalar yüzünden bazen yol saatlerce kapalı kalıyordu, ama o günlerde satış yapmaktan rahatsız oluyordu. Otoyolda kanlar içinde yatan cesetlerin üzerinden kazandığı parayı harcarken vicdanen rahat olamıyordu.

Para istedi, cebimdeki bozukları verdim. Diğeri yattığı yerden açtı kırık dişli ağzını. Ben de pelesenk pezevenk Necati, dedi. Bize yok mu? Nereden buldum bunları diye geçirdim içimden. Dışımdan memnun oldum, dedim ama rahatsızdım. Sanki arkamdaki tepelerin bütün yükü omuzlarıma çökmüş gibiydi. Düşünceli bir halde gelip banka oturmuşum. Görmemişim adamları. Sonra da gözlerim Haliç'in karanlık sularına dalıp gitmiş.

Kalkıp toparlandım. Size afiyet olsun, dedim. Gel sen de çek bir fırt, dediler. Anzarot sıkıntıyı hemen alır. Doktor reçetesinde bulamazsın böyle ilaçlar.

Teşekkür edip evin yolunu tuttum. Artık izlenmiyordum, rahatlamıştım, kurtulmuştum o histen. Zihnimi kısa süreliğine küçük bir köy bakkalının deterjan kokulu serin gölgeliğinde asılı beyaz bir çamaşır gibi dinlendirdikten sonra, onu ipten alıp yeniden şehrin gölgesiz taş sokaklarında ter kokulu, kirli, solmuş bir gömlek gibi üzerimde gezdirmeye başlamıştım. Yeniden özgürdüm, ama mutsuz...

12
Eşkıya Belgesi

Peş peşe üç gece gittiğimiz yedinci tepedeki Çukurbostan'da da bir şey bulamayınca dayım define sevdasından vazgeçer diye düşünmüştüm, ama yanılmışım. Aradan bir hafta geçmemişti ki yine bir akşam çıkıp bize geldi. Annem çağırdığında karanlık odamdaydım. Elimdeki işi bırakıp yanına gittim. Dayımın, hayattayken babamdan başka kimsenin oturamadığı kahverengi siyah ekoseli koltuğa kurulmuş, sinirli bir şekilde sağ bacağını titreterek pencerenin dışındaki karanlık ağaçlara boş gözlerle baktığını görünce tedirgin olmuştum.

Geldiğimi görür görmez, sen nasıl şu kızı arama sevdasından vazgeçmiyorsan ben de defineciliği bırakmıyorum, dedi. Biraz konuşunca yine niyeti bozduğunu anladım. Yeniden rotayı Anadolu'ya çevirmişti. Dayıma borcunu ödeyemeyen bir arkadaşı getirip bir eşkıya belgesi vermiş. Yırtık pırtık kararmış bir kâğıt parçası. Üzerine siyah kalemle bir şeyler karalanmış. Sürekli katlanıp açılmaktan sayfa oldukça yıpranmış. Kâğıttaki bir paragraflık yazıyı görünce dayı, dedim, bunlar seni kandırmışlar. Eskitmeye çalışmışlarsa da bu yazı yeni. Baksana tükenmezkalemle yazılmış, dedim.

Onu ben de biliyorum, dedi dayım hiddetle. Sen de dayını kör cahil yaptın şimdi, dedi sonra.

Estağfurullah dayı diyemedim.

Ben de öyle yaş tahtaya basacak göz var mı, diye ekledi dayım. Baksana sen benim yüzüme, dedi.

Gösterdiği kâğıdın aslından kopya edilmiş bir eşkıya belgesinin yalnızca bir bölümü olduğunu söyledi.

Tamam diyelim ki öyle, dedim dayıma. Bu adam aptal mı, gidip kendisi bakmıştır. Sözü edilen yerde hazine falan olmadığını görünce de bu kâğıt parçasını sana verip borcunu kapatmıştır.

Dayım öfkelenmeye başlamıştı. İçeride namaz kılan annemi rahatsız etmemek için salonun çift kanatlı kapısını kapatıp, bak dedi bana. Ben ne yaptığımı biliyorum. Şayet benimle gelmeyeceksen kendim de giderim.

Sonra deri ceketinin cebinden bir sigara çıkarıp yaktı. Sigara tutan eliyle kelini örten bir tutam ince saçı geriye tarayıp devam etti. Belgeyi veren kişinin kendisi de defineciymiş. Bu belgeyi de yakın bir tarihte yaşlı bir Ermeni'den almış, ama eşkıya belgesinde adı geçen defineyi aramaya fırsat bulamamış. Ermeni belgeyi vermekle kalmamış ayrıca anlaşılabilmesi için de bir anahtar vermiş yanında. Zaten elinde bu olmadan belgede adı geçen yeri bulmak imkânsızmış. Dayım bunları anlattıktan sonra eşkıya belgesini okumam için bana uzatmıştı.

Belgede, Karadeniz'de Kılavuz Dağı da denilen Papaz Dağı adında yüksek rakımlı ulu bir dağ olduğundan, bu dağın doğusundan Şeytan Deresi'nin geçtiğinden bahsediliyordu. Derenin hemen yakınında Suluca köyü vardı. Bu köyden başlayarak dere aktığı yönde takip edildiğinde yıkık bir değirmene geliniyordu. Değirmenin yakınındaki bir tepede etrafı kestane ağaçlarıyla kaplı eski bir kilisesi vardı. Buraya geldikten sonra kiliseye çıkıp, ayakta kalan en yüksek duvarının tuğlalarına bir bir bakılması gerekiyordu. Buradaki kırmızı tuğlalardan birinin üzerinde küçük bir üçgen bulunmaktaydı. Bu tuğlayı yerinden oynatıp çıkardığınızda arkasındaki oyukta gümüş bir kutu bulunuyordu. İşte bu kutunun da içinde bir harita vardı. Eşkıyaların bu haritada, Anadolu'da yirmi sekiz sene yaptıkları soygunlarda kazandıkları ganimetlerden birinin yerini işaretledikleri yazılıydı. İnanmadan okuduğumu görünce dayım kâğıdı kapmıştı elimden.

Aç atlası bak bakalım bulabilecek misin burada yazan dağı, diye sordu.

Kütüphanedeki Türkiye atlasına doğru hamle yaptığımı görünce gülmeye başlamıştı.

Dayın cahil, sen okumuşsun değil mi? İstediğin kadar ara. O atlas değil piyasada ne kadar harita, ansiklopedi varsa bak. Papazı bulursun, ama dağını bulamazsın deyip gevrek gevrek güldü bir de üstelik.

Kızmaya başladığımı görünce benimle alay etmeyi bırakıp anlatmaya başladı. Şimdi, dedi Ermeni'nin verdiği tüyo şu. Bir defa adı Papaz Dağı olan birçok dağ varsa da bunlardan hiçbirinin diğer adı Kılavuz Dağı değil. Aslında her şeyi birbirinin içine sokmuşlar, dedi.

Anlattıkları ilginçti. Kılavuz aslında dağın adı değil, dağın yakınındaki bir köyün adıydı. Kılavuz köyünün yakınlarından da Papaz Deresi geçiyordu. Şeytan da derenin değil dağın adıydı. Fakat insanların hoşuna gitmediği için bu uğursuz isimle anılmıyor, onun yerine halk buraya Zanar Dağı diyordu. Gideceğimiz yer Zanar Dağı'nın eteklerindeki Kılavuz köyü ve buradan geçen Papaz Deresi yakınlarındaki yıkık bir Bizans kilisesiydi.

Çare yoktu gidecektik. Bir hafta sonra türlü bahanelerle patronumu senelik iznimi kullanmaya ikna etmiştim. Dayım da dükkânı Veli'ye, çocukları da Kâmuran yengeme emanet ettikten sonra arabasına binip sabah ezanıyla beni almaya gelmişti.

Yanımıza birer küçük çanta almıştık o kadar. Aklım hâlâ adını bile bilmediğim kadındaydı. Ondan hızla uzaklaşıyordum. Sabah serinliğinde hiç olmadığı kadar sakin ve farklı görünen boş sokaklara arabanın camından uykulu gözlerle bakarken yol kenarındaki karanlık apartmanların çok azında ışık yanan pencerelerinin gerisinde onun olabileceğini hayal ediyordum. Gökyüzünde gri yağmur bulutlarıyla İstanbul kapkaranlık bir sabaha uyanırken, biz güneşli bir güne doğru hızla yol alıyorduk. Hava ve yol durumu böyle diyordu radyoda. O eğitimli, detone olmayan ses her şeyi biliyordu. Gideceğimiz yere kadar hava açık ve az bulutlu olacaktı.

Yola öyle apar topar çıkmıştık ki kimseye haber vermeye fırsat bulamamıştım. Annem sabah ayazında arkamdan titrek bir su dökmüştü düşünceli. Ejder'e de Peyami'ye de söyleyememiştim dayımla yolculuğa çıkacağımı. Aslında söylemeye fırsatım olsa da gerçeği söyleyemezdim. Dayımın bir işini halletmek için birlikte Ankara'ya gidiyoruz falan derdim herhalde. Yoksa yakın arkadaşlarım olsalar bile onlara şehir talanını bitirdik Anadolu'ya define avcılığına gidiyoruz, elimizde de doğru olup olmadığını bile bilmediğimiz bir define haritası var diyemezdim.

Yolda çok sıkışmadıkça ya da dayımın çay saati gelmedikçe durmayacaktık. Planımız buydu fakat evdeki hesap yola çıktıktan birkaç saat sonra bozulmuştu. Düzce yakınlarında araba arıza yaptı. Volan kayışı, dediler. Ben araba kullanmayı bilmem, motordan da anlamam ama hep duyarım bu parçanın adını. En çok bu arıza çıkarır sanki.

Neyse ki yakında tamircilerin bulunabileceği bir yerde kalmıştık. Bütün öğleden sonrayı tamircilerde geçirdik. Volan kayışı bulunup takılmıştı fakat bu defa başka arızalar çıkmıştı. Dayım başta sabırla arabayı yeniden yürür hale getirebilmek için çırpınıp dururken bir süre sonra burnundan solumaya başlamıştı. Aksi başladık inşallah sonu iyi gelir diyordu bana yarım ağızla. Ona moral vermeye çalışıyordum.

Akşama doğru açlıktan takatimizin kesildiği bir sırada rastladığımız bir yol kenarı dinlenme tesisinde yarım saat kadar durup, kuru fasulye pilav, birer kâse de cacığı hızla mideye indirdikten sonra ikişer bardak da demli çay içip yolumuza devam ettik. Dayıma kalsa sabaha kadar araba kullanacaktı fakat yorulmaya başladığını anlamıştım. O da fazla inat etmedi. Geceyi Osmancık'ta küçük bir otelde geçirmeye razı oldu.

Aslında yol boyunca dayımın anlattıklarını tek kulağımla dinlerken, gözlerim farların cılız ışıklarının yarı aydınlığından uzayıp giden karanlık yoldaki beyaz kesik çizgilere bakıyordu, ama aklım orada değildi. Sürekli o kadını düşünüyordum. Onu aramak yerine dayımın peşine takılıp şehirlerarası yollara düşmüştüm. İçim hiç rahat değildi. Bu sorumsuzluğu telafi edecek, İstanbul'a döndüğümde vicdanen kendimi rahatlatacak bir şeyler arıyordum, bulamıyordun. Arabanın penceresinin dışında kayıp giden koyu karanlığın içinde hep onun yüzünü görüyordum. Kâh gülümseyen, kâh hüzünlü gözlerle bana bakan beyaz yüzü vardı hep gözlerimin önünde.

Osmancık'a geldiğimizde serin, tertemiz bir hava karşıladı bizi. Niğde'de geçen çocukluk günlerimi hatırladım. Hava zifiri karanlıktı. Gökyüzündeki yıldızlar sanki ellerimizle dokunacağımız kadar alçaktaydılar. Yakınlarda bir yerden Kızılırmak'ın gürültüsü geliyordu. Tepemizde tuhaf dik kayalıklar vardı.

Akşam erkenden yatıp, sabah yine erkenden daha önce hiç duymadığım kuş sesleriyle uyandık. Kasabanın en işlek caddesinde açık bulduğumuz bir lokantada çorbalarımızı içip yola çıktık.

Akşama doğru eşkıya belgesinde sözü edilen köye yaklaşmıştık, fakat hava kararmak üzereydi. Yakındaki bir ilçede bir otel bulup geceyi orada geçirmeye karar verdik. Fazla konuşmadık, yorgunduk. Yemekten hemen sonra uyuyup kalmışım.

Ertesi sabah yine erkenden yola düştük. Hava aydınlanırken yol tabelaları bizi aradığımız köye getirmişti.

Dayım, dikkatli ol dedi. Burada korkacağın tek şey köy köpekleridir. Bazıları bodur olurlar, sürekli havlarlar. Sakın boylarına aldanıp yiğitlik yapmaya kalkma, havlayan köpek ısırmaz lafına da kulak asma, dedi sonra.

Dayım öğüt vermeyi sever ama ben yine de temkini elden bırakmayıp elime kalın bir sopa almıştım. Eşkıya belgesinde adı Şeytan Deresi olarak geçen, fakat aslında Papaz Deresi olduğunu düşündüğümüz derenin kıyısından yürümeye başlamıştık. Dayım arabayı köye yakın bir yerde bırakmak zorunda kalmıştı. Yanımıza sadece bir sırt çantasıyla biraz su ve yiyecek almıştık.

Belgeye göre dere kıyısında bir süre yürüyünce bir değirmene rastlamamız gerekiyordu, fakat saatlerce hiç durmadan yürümemize rağmen değirmene gelememiştik. Öğleüzeri boşalan matarayı dereden doldururken bir köylüye rastladık. Adam eşeğiyle köyüne doğru gidiyordu. Önce tereddüt ettiysek de dayım adama değirmenin yerini sordu. Köylü bir saatlik yolumuz kaldığını söyleyince Şahbender dayım homurdanmaya başlamıştı.

Yürümeye devam ettik ve köylü ile karşılaştıktan iki saat kadar sonra değirmeni bulduk. Belgede yazdığı gibi harap durumdaydı. Şahbender dayımın yüzü gülüyordu. Yorgun yüz çizgileri aniden yok olmuştu. Gömleğini çıkarıp suda yıkadıktan sonra yanındaki ceviz ağacının dalına asıp, değirmenin yanındaki irice bir kayanın üzerine oturdu. Bir de keyif sigarası yakmıştı. Sakalını eliyle kaşırken etrafı inceliyordu. Benim sıkıntılı halimi hemen fark etmiş olacak ki dur bakalım, dedi. Hemen ümitsizliğe kapılma. Sigaranın dumanı burun deliklerinden çıkıyordu. Bak yol boyunca dönelim, buradan sonra değirmen falan olmaz dedin durdun, ama sonunda değirmeni bulduk.

Fakat kendisine, belgeye göre yakında üzeri kestane ağaçlarıyla kaplı bir tepe olması gerektiğini hatırlatınca telaşla etrafına bakınmış, ağaçlar bir yana, kel bir tepe dahi göremeyince sigarasını dereye attıktan sonra kalkıp eliyle pantolonunu temizleyerek uzaklaşmıştı.

Yaklaşık on beş dakika sonra geri döndüğünde ben, aklım fotoğraftaki kadında, ümitsizce yapraklardan yaptığım kayıkları derede yüzdürmeye çalışıyordum. Bu taraftan, dedi dayım. Galiba buldum. Bir süre yürüdükten sonra gerçekten de uzakta bir tepe belirmişti. Sık ağaçların arasından bir kısmını görebiliyorduk.

İşte, dedi dayım. İstanbul'un tepelerinde aradığımızı bulamadık, ama esas define şu karşıda gördüğün tepede. Adımlarımızı hızlandırınca yarım saatte tepeye ulaşmıştık. Sonra hızımız kesildi. Nefes nefese neredeyse sürünerek zirveye tırmandık. Sanırım bu da bir yarım saat kadar sürmüştü. Neyse ki tepede esen kekik kokulu rüzgârla biraz ferahlamıştık. Daha o anda dönüş yolu gözümde büyümeye başlamıştı. Bu işin bir de akşam olmadan dönüşü var diye geçirmiştim içimden. Fakat bu, dayımın umurunda bile değildi. Gerçekten de tepede büyük kestane ağaçları vardı. Aralarına girince kilise harabesini de bulmuştuk. Gözlerime inanamıyordum. Oraya kadar eski değirmenin, çıktığımız tepenin ve içlerinde gezindiğimiz kestane ağaçlarının belgede anlatılan yerler olduğuna hiç inanmadığım gibi bu ıssız tepede bir kilise kalıntısı ile karşılaşabileceğime de asla ihtimal vermemiştim.

Ağaçlardan birinin dibine oturup bir süre nefesimin düzene girmesini beklemiştim. Tepeye çıkarken ağır vücudumu taşıyan ayaklarımda derman kalmamıştı. Tepeye benden daha kolay çıkan dayım dinlendiğimi gördükten sonra kilisenin ayakta kalmış duvarlarından birine çıkmamı istemişti. O aşağıda heyecanla beklerken ben yıkık duvarların etrafında bir tur atıp yıkıntının en yüksek noktasına kolay ulaşabileceğim bir yer aramıştım. Kilisenin arka tarafında rahatça çıkabileceğim bir yükselti bulunca buradan kendimi duvarın üzerine çekip dayımın olduğu tarafa gelmiştim. Dayım, aşağıdan heyecanla beni izliyordu. Güneş karşıdaki uzak tepeleri altın rengine boyamıştı. Gökyüzü bulutsuzdu. Hafif bir rüzgâr, bulunduğumuz tepenin arkasında otlayan keçilerin çıngırak seslerini taşıyordu. Yakınlarda bir köy olmalıydı. Dayım sabırsızlıkla aşağıdan haydi, bul şu tuğlayı, diye sesleniyordu. Bense aynı yolu hava kararmadan nasıl geri yürüyeceğimizi düşünüyordum o sırada.

Dayımın daha fazla sabırsızlanmasına izin vermeden yıkık duvarın en üst kısmındaki kırmızı tuğlaları tek tek kontrol etmeye başlamıştım. Kırk kadar tuğlaya baktıktan sonra, bulamadım dedim dayıma. Hiçbir işaret yok.

Aşağıdan o kadar kararlı bakıyordu ki, o daha ağzını açmadan yine aramaya başlamıştım. En ufak bir hayal kırıklığı görememiştim gözlerinde. Yaktığı sigaranın dumanını rüzgâra üflerken olur mu canım, doğru düzgün bak, işaretli tuğla oralarda bir yerde mutlaka, diyordu. O sırada kırmızı tuğlalardan birinde gerçekten de küçük bir üçgen işaretine rastlayınca heyecana kapıldım. İşte o an her şeyi unuttum. Geri dönmek umurumda değildi. Çocukluğumda okuduğum korsan hikâyelerinden birinin içinde bulmuştum kendimi. Buldum, dayı diye bağırdım. Yavaş, diye seslendi dayım aşağıdan. Şimdi bizi de bulacaklar, dedi sonra.

Biliyordu, işaretli tuğlanın orada olduğundan emindi. Zorladım, fakat tuğla yerinden oynamadı. Sonra itince bir kenarı içeri girdi, diğer tarafı çıktı. Buradan çekip çıkardım tuğlayı. Dayım sigarasını bitirmeden yere atıp ayağıyla söndürmüştü. Tuğlanın çıktığı oyuğa elimi uzattım. O küçük karanlık tuğla oyuğu sanki uzun bir mağara gibi gelmişti parmaklarıma.

Dayım bu defa sükûnetini kaybetmiş sinirle bekliyordu. İşte, diye bağırdı. İşte bu her şeye değer. Tuğlanın çıktığı yerde küçük bir kutu bulmuştum. Onu aldığım gibi aşağıya dayıma atıp, bu zevki sana bırakıyorum, kutuyu sen aç, dedim. Gözleri parlıyordu. Kutuyu açarken beni yine bir karamsarlık sarmıştı. Biri bize bir oyun oynayabilirdi pekâlâ. Bir an için bunun bir gizli kamera şakası olmasından korktum. Aşağıdaki kestane ağaçlarının arasından ince uzun, sevimsiz bir adamın çıkıp sahte gülücüklerle bize hiç tahmin edemeyeceğimiz ters bir noktayı işaret ederek, bu bir kamera şakasıydı. Bakın oradan, kestane ağaçlarının içinden bizi seyredenlere el sallayın dediğini düşündüm. Orada ağaçların arasında sırtında kamerasıyla şişman bir kameraman durduğunu nasıl daha önce göremediğimize şaşırdığımı düşündüm.

Şaşırdın değil mi, diye sordu dayım. İnanmıyordun, ama işte bu gerçek, dedi kafamın içindeki hayali şaka perdesini dağıtan bir sesle. Kutunun içinden asıl eşkıya belgesi çıkmıştı. Arkasında da bir harita vardı.

13
Kırlangıç Saatleri

İstanbul'a döndüğümüzde sanki Karun hazinesini bulmuş gibi sevinçliydi dayım. Yıllar sonra bile hâlâ işe yaradığını herkese ispat ettiği için bu kadar sevindiğini düşünüyordum. Gençliğinden kalan meziyetlerini çocuklarına gösterdiğine, Kâmuran yengeme yeniden gizliden gizliye bak gördün mü kocan daha bitmedi mesajı verebildiğine seviniyor sanıyordum. Fakat bir yandan da benim kendisi kadar sevinmediğimi, hatta içten içe hüzünlendiğimi, kendi sıkıntılarımla fazlasıyla meşgul olan kafamı o kısa, ama keyifli gezide bile bir türlü dağıtamadığımı görüp üzülüyordu. Bunu bakışlarından anlayabiliyordum, ama üzüntüsünü içinde iyice büyüteceği, hatta işini gücünü bırakıp yıllardır görüşmediği Şinasi amcamın evine kadar gideceği aklıma asla gelmezdi.

Dayım yıllar sonra sırf benim için kalkmış amcama gitmişti. Üstelik hayalindeki hazineye bu kadar çok yaklaşmışken, defineyi arayacağı yerde benim için yapmıştı bunu.

Amcamın evinin devetabanlı, karanlık tavanlı salonunda oturmuşlar. Şinasi Bey, demiş dayım. Amcama hep böyle resmi hitap eder. Benim yapabileceklerim bir yere kadar, demiş. Bizim oğlanın durumunu iyi görmüyorum. Bir kadına abayı yakmış, varsa yoksa o kadın, demiş. Üstelik kadın hayali, sadece bir fotoğraftan ibaret, demiş. Gözü başka birini görmüyor, iyice içine kapandı, hayata küstü. Sana bir kız bulayım evlendireyim seni diyorum, onu da kabul etmiyor. Ne yaparsam yapayım onu bu sevdadan vazgeçiremiyorum. Sen de bir konuşsan, belki sen farklı konuşursun, seni dinler, demiş.

Şinasi amcam muhtemelen kemik gözlüklerinin üzerinden dayıma dikkatle bakarken Şahbenderciğim bir çaresine bakarız elbet. Ben de konuşurum keratayla, demiş. Üzülmeyin bu kadar, demiş davudi sesiyle yumuşak siyah kafalı bir mikrofona konuşur gibi. Bunlar hassas konular, çok dikkatli olmak lazım, kaş yaparken göz çıkarmayalım, deyip benimle mutlaka görüşeceğine söz vermiş. Bir akşam birlikte çıkar, şöyle bir bara falan gideriz. Belki zamparalık yaparız. Unutur o fotoğraftaki kadını, ama önce öğrenelim bakalım kimdir yeğenimizi bu hale koyan hatun böyle, demiş. Ya da buna benzer bir şeyler söylemiş işte.

Dayım bana böyle anlatmadı tabii. Aslında ben ısrar edene kadar hiçbir şey anlatmadı. Şinasi amcam durduk yerde beni arayınca dayımı sıkıştırdım. Amcama gittiğini öğrenince de kızdım, ama onu kırmak istemediğimden bir şey söyleyemedim. Aslında iş sadece Şinasi amcamın abartılı ilgisiyle bitse yine iyiydi. Onunla birkaç hafta üst üste barlara gidip geç saatlere kadar dertleşmemin ve olmadık nasihatler dinlememin yanında bütün aile seferber olmuştu. Dayım fotoğraftaki kadını arattırmaya başlamıştı. Güvendiği ne kadar eşi dostu varsa hepsi elinde fotoğrafla İstanbul'un farklı semtlerinde geziniyorlardı. Sürekli aynı fotoğrafı tabetmekten ben bile sıkılmaya başlamıştım.

Annem durumu bilmiyor gibi görünse de bana olan tavırları değişmişti. Akşamları en sevdiğim yemekler yapılıyor, evde içki içmeme asla izin vermezken dayımla bir iki duble içmemize ses çıkarmıyor, yıllardır evlerine gitmediğim Şefika teyzem bile bizi bir gece akşam yemeğine davet ediyor, enişteyle seneler sonra ilk defa bu vesileyle bir araya gelmekten duyduğum sıkıntıyı saklamaya çalıştığım uzun yemek sonunda bakılan fallarımda çikolata gibi kızlar çıkıyor, kuzinim Mükerrem'in dul öğretmeninden uzun uzun bahsediliyor, istersem kendisiyle tanıştırılabileceğim konusu yemeğin sonunda tatlı niyetine getirilip önüme konuluyordu.

Uzak aşkım bana mutluluk getirmediyse de aileme huzur getirmişe benziyordu. Bu sayede uzun süre sonra en azından aileyi bir araya toplayabilmiştim. Fakat nihayetinde yenilen yemekler, içilen içkiler ve sonrasındaki lokumlu, likörlü kahve fasılları hep onları eğlendirmek içindi. Bense aralarında eğlenmek bir yana eskisinden daha fazla sıkılıyordum. Kaçıp kurtulmak, kendi karanlık, kapalı, sakin yaşantıma ve yalnızlığıma geri dönmek istiyordum.

Bu toplantıların sonunda gidip karanlık odama kapanıyordum. Aynı fotoğrafı yeniden defalarca tabedip iplere asıyordum. Kuruyunca karanlık odanın duvarlarını doldurana kadar her tarafı henüz sesini bile duymadığım sevgilimin fotoğraflarıyla kaplıyordum. Sonra çıkıp sokaklarda yürüyordum, onu arıyordum. Şehrin işlek caddelerinde, ışıklı alışveriş merkezlerinde, kış gelince terk edilen yalnız lunaparklarda, yağlıboya kokulu sanat galerilerinde, müzayede salonlarında, müzelerde, musiki cemiyetlerinde... Buralarda bulamayınca bu defa şehrin dışına, varoşlara kadar gidiyordum.

Onun izini ararken hep aynı tuhaf duyguya kapılıyordum, ürperiyordum. Sık sık arkama dönüp bakma ihtiyacı hissediyordum. Sanki onu ararken ben de birileri tarafından gözetleniyordum, sanki her attığım adım, her döndüğüm köşe birilerinin belleğinde iz bırakıyordu. Sırf bu histen kaçıp kurtulmak için çoğu zaman şehrin dışındaki sakin semtlere, sokaklarından akan çamurlu sularda yalnız bir çocuğun kâğıt kayıklarını yüzdürüşünü, yolunu kaybetmiş bir plastikçinin arabasına yüklediği leğenler, kovalar, çamaşır ipleri ve mandallarla rengârenk geçişini izlediğim, evlerin, dükkânların, kahvelerin bütün kapılarının kapalı olduğu uzak mahallelere gidiyordum. Yağmurun altında durup bekliyordum. Karşımda duran tepelerde üst üste binmiş, pastel renkli evlerin damlarından tüten dumanlara, o evlerin içlerindeki yok oluşlara bakıyordum. O evlerdeki yaşantılarla tezat sonbahar manzaralarına dalıp, kalakalıyordum. Hardal rengi, tarçın rengi, zerdeçal, kızılcık, vişneçürüğü, kuru kayısı yapraklarıyla etrafımı saran peyzajın ıslak ağaçlarına bakıyordum. Evlerin nikotin kokan tül perdelerinin gerisinden dışarıyı seyreden kızları düşünüyordum. Yağmur sessizce asfalt yolun altındaki patikalara yağarken tül perdeli pencerelerden uzak ufuklara, geleceğe, süslü hayallere ve kanaviçeli, dantelli, oyalı düşlere dalıp giden kızları görüyordum. Onlar, pencereden etrafta olan biteni değil de, tıpkı her hafta aynı saatte heyecanla televizyonun karşısına geçip gözlerini bir saniye olsun kırpmadan takip ettikleri dizi filmleri izler gibi kendi hayali kurgularını seyrediyorlar, onlar baksalar da dışarıdaki sonbaharı asla göremiyorlardı, çünkü onlar pencereden sokaklara bakarlarken dikiş dikiyorlar, örgü örüyorlar, onlar pencereden sokaklara bakarlarken çile açıyorlar, dantel, nakış, kanaviçe, oya işliyorlar, ama dışarıyı görmüyorlardı. Yüksüklü parmakları, kilise duvarlarındaki tasvirlerde İsa'nın kaskatı tuttuğu iki parmağı gibi havada titremeden dururken pencereden boş gözlerle dışarıyı seyrediyorlar, ama hiçbir şey görmüyorlardı. Gizli gizli sigara içiyorlar, gülüşüyorlardı. Çekirdek yiyip kabuklarını pencerelerden dışarı atıyorlardı. Sokaktan gelip geçen olmasa da bakıyorlardı. Onlar hep bakıyorlardı. Gökyüzünde yalnız gezen yıldızlara bakıyorlardı, fal bakıyorlardı, kahve fincanlarındaki telvelerde geleceklerini arıyorlardı, bulamıyorlardı; fincanın içindeki çamurlu yollarda kayboluyorlardı. Onlar hasta bakıyorlardı. Yatalak annelerine, elektrik idaresinden emekli babalarına bakıyorlardı. Kardeşlerine bakıyorlardı. Gazetelerdeki bir sütuna üç santimlik çerçevesiz iş ilanlarına bakıyorlardı. Kollarına sıra sıra bilezikler takıyorlardı. Sonunda gidip bitirimin birine abayı yakıyorlardı. Yağmurlu sokaklardan, bir sonbahar günü boynunda fotoğraf makinesiyle geçen tuhaf adama bakıyorlardı.

İşte onu bazen böyle kaçtığım uzak yaşantılarda, bazen de şehrin tam da kalbinde arıyordum. Hayatımda hiçbir işi, fotoğrafçılığı bile bu kadar tutkuyla, ihtirasla, hırsla ve sabırla yapmamıştım. Tabii böyle olunca da bu şehrin daha önce hiç bilmediğim hallerini öğrenmeye başlamıştım.

Şehrin bayat çay kokulu kahvelerini, kirli karanlık sokaklarını, sidik kokan yer altı geçitlerini, loş pasajlarının neredeyse tamamını zaten biliyordum. Ama gezdikçe başka hallerini görüp şaşırıyordum. Artık yaşadığım şehrin cilveli bir kadın edasıyla kırıttığını, naz yaptığını, çapkınca göz kırpıp insanı baştan çıkarttığını biliyordum.

Onu çırılçıplak görüyordum. Sabah mahmurluğunu, gözlerini ilk açışını, yataktan kalktığı makyajsız halini biliyordum. Başında kavak yelleri esen saatlerini, kafasının dumanlı olduğu, çakırkeyif hallerini biliyordum. Körkütük sarhoş olup yerlerde süründüğünü, salya sümük ağlayışını, alkol kokan dar sokaklarında hafif meşrep dolanışını, eteklerini çeke çeke gidip gelişini biliyordum. Hovardalıklarını, sabahlara kadar eğlenip, sonra da sabahın ilk ışıklarıyla kalın bir sis perdesi altında sızıp kalışını, utangaç hallerini biliyordum. Kapalı, karanlık, bulutlu karamsar hallerini biliyordum. Muayyen günlerinde sokağa çıkmamam gerektiğini biliyordum. Sularının bir aşüfte edasıyla kıpırdandığını, ben bu şehrin nazlandığını biliyordum artık.

Siz bilmezsiniz belki, ama bu şehir bazen çapkın oluyor. Çingene oluyor bazen, bakla falı bakıyor. Hamarat oluyor, yufka açıyor, börek yapıyor. Bazen asi, bazen hırçın, uysal oluyor, bazen baştan çıkarıyor. Evlilikleri bitiriyor, yuvaları yıkıyor. Gerdan kırıyor, göz kırpıyor bu şehir adama bazen.

Evet, artık her halini biliyordum, ama en çok da kırlangıç saatlerini seviyordum bu şehrin. Kırlangıç saatlerinde onun fotoğrafını çekişimi seviyordum. Fotoğrafına her baktığımda ona biraz daha âşık oluyor, biraz daha bağlanıyordum. Her bakışta biraz daha güzelleşiyordu sanki. Şehrin kararmış surlarında gördüğüm karıncalı hayallerimin erguvani prensesi, Haliç'in dalgın sularından başını çıkarıp gülümseyen deniz kızı, derin kuyuların kör karanlığında ay ışığıyla titreşen masum, serin, gizemli bir güzel oluyordu. Issız, soğuk gecelerin sıcacık ayak sesleri, düşlerimde gördüğüm küçük cam fanusların içlerinde saklı umut oluyordu.

Resmine tekrar bakıyordum. Beni neyin bu kadar çok etkilediğini keşfetmeye çalışıyordum kendimce. Memleketimin köşeli, sert yüzlü, al yanaklı, kızgın bakışlı kadınlarına benzediği için ondan bu kadar çok etkilendiğimi düşünüyordum. Elim eline değmese de günün birinde olursa bu, yumuşak elini avuçlarımın arasında hissetmenin hayalini düşüncelerimden söküp atamadığım için, biraz da âcizliğimden utandığım için ona böylesine marazi bir şekilde vurulduğumu düşünüyordum.

Şayet yetenekli bir ressam olsaydım mutlaka oturur fotoğrafa bakarak onun yağlıboya bir portresini yapardım tuvale diye düşünüyordum. O fotoğraftan bir *Mona Lisa* yaratırdım. Şayet yaratıcılığımı biraz daha zorlasam tüm vücudunun detaylarını hayal eder, onu bir *Milo Venüsü*'ne, *Jartiyerini Düzelten Kadın*'a ya da *Ağlayan Kadın*'a dönüştürür sonra da tuvalin karşısına geçer, fırçamı dişlerimin arasına sıkıştırıp arsızca bakardım yarattığım güzelliğe. Başım hafif sağa eğik olurdu, çenem parmaklarımın arasında. Penceremin önüne sabahın aydınlığı düşerdi. Omuz omuza vermiş süslü apartmanların arasından geçen dar sokaklara atlı arabalar girerdi. Çatı katlarındaki şirin pencerelerin önünde çiçekler olurdu. Çocuklar okula giderdi, güvercinler uçardı en mavisinde göklerin. Karşı apartmanın pencerelerinin birinden beline kadar sarkmış, saçları örgülü kız, sevgilisini yolcu ederdi. Aşağıya el sallar, öpücükler yollardı. Kimseye görünmediğinden emin olmak için etrafı kolaçan eder, içeri öyle girerdi. Ben de tedirgin, kıskanç bakışlarımı portreme çevirir, onunla gurur duyardım diyordum kendi kendime. Sonra da sinirlenirdim belki diye geçiriyordum içimden. Benim ne yapacağım belli olmaz çünkü. Bazen durup dururken kızarım pek çok şeye ama kızgınlığım bile içimi yakar, içime akar kızgın bir yağ gibi... Tepem iyice atar. Şöyle derim çıksam, vapurlarda özenle seçilmiş kelimeleri kısık sesleriyle tekrarlayarak satış yapan usta seyyar satıcılar gibi ben de kendimi atsam ortaya. Şu gördüğünüz desem, Baylar Bayanlar. Dağların ardından, küçük adamların ülkesinden gelen kâfuru değil, jilet değil, çakmak değil, tarak değil, kalem değil, bu sizin üçe beşe satın aldığınız plastik ıvır zıvırdan hiçbiri değil desem. Hiç utanmadan, yüzüm kızarmadan vapurda ortaya çıkıp, öylece söylesem bunları. Her gün bu vapurlarda bir kıtadan ötekine geçer durursunuz. Dışarıda lodos olur, poyraz olur, martı olur, kuş olur. Bir gün, ama tek bir gün şu vapurun pencerelerinden dışarı baktığınızda kendilerini kuleleriyle, saraylarıyla, camileriyle, çarşılarıyla, minareleriyle ve kubbeleriyle her gün gözünüzün içine sokmaya çalışan bunca tarihi eserin niçin oralarda dikilip durduğunu merak edip öğrenmezsiniz diye söylensem. Sonra cinnetimi burada kesmeyip, arkalardan bir yerlerden bir yaşlının yanındakine, çocuk doğru söylüyor azizim hakikaten çok vurdumduymaz bir millet olduk demesinden de güç alarak devam etsem sorularıma. Siz hiç Dr. Nicoleas Tulp kimdir diye merak ettiniz mi diye sorsam bu defa. Kendim biliyorum ya herkesin bilmesi lazım bunları. Bilmeseler dünya yıkılır sanki, ama kompleks işte. Başkalarına göre boşuna gözlerimi yorarak öğrendiğim onca lüzumsuz bilgiyi birilerine satacağım, gözlerimin boş yere bozulmamış olduğuna önce ikna olup, sonra da bununla avunacağım. Aksi halde kafamın içinin niçin bu kadar karmakarışık olduğunu nasıl izah edebilirim? Kendim benden hesap sormaya başlarsa bir gün ne derim? Beynim yeter derse, yeter daha fazla okuma. Bir sürü öteberiyi doldurup sonra da yüzüne bakmıyorsun. Koleksiyonculuk seninki, sadece toplama merakı, üstelik atmaya da kıyamıyorsun sonra, çöp evlere dönüyorum, bana da yazık dese beynim. Ona ne cevap vereceğim? Gözlerim de isyan etse; okumaktan ferimiz kaçtı, her sene biraz daha kalınlaşan gözlük camlarının gerisinden deforme bir dünyaya bakmaktan bıktık usandık deseler onlara ne diyeceğim? İşte böyle kendimi kandıracağım. Dr. Nicoleas Tulp'u bilemeyenler çıkınca gizli bir haz duyacağım. Bilmezsiniz, çünkü merak etmezsiniz diyeceğim onlara. Sonra bir de onları paylayacağım haksız yere.

Tabii ki bunları söyleyemeyeceğim, çekineceğim, kendi içimde saklayacağım bütün bu tuhaf düşünceleri, çünkü herkes normal görmeli beni, bilmemeliler bu tuhaf hallerimi.

Evet, resim fırçası dişlerimin arasında, başım yana eğik ve üzerime sinmiş o arsız, itici sanatçı kibriyle Rembrandt'ın *Dr. Nicoleas Tulp'un Anatomi Dersi* tablosundaki tıp öğrencileri gibi alakasız, tuhaf yerlere bakacağım resmin tam ortasındaki kadavraya bakmak yerine. Kırlangıç saatlerinde çektiğim fotoğraftaki kadına bakacağım Rembrandt aydınlatmasıyla aydınlanacağım. Çoğum karanlıkta, önemli bir bölümüm ışıklı, kalakalacağım iri grenli siyah beyaz mat bir fotoğrafta.

14
Fotoğraftaki Kadın

Karanlık odamın her yanında onun fotoğrafları vardı. İplere asılı kuruyanlar, duvarlara yapışık duranlar, masanın üzerinde, agrandizörün altında, hatta raflarda her ebatta... Bazen içlerinden birini önüme alıp sabaha kadar konuşuyordum onunla.

Umutsuzluğa kapılıyordum. Onu şehirde aramadığım yer kalmamıştı, bulamamıştım. Ne olurdu sanki şu İstanbul'da bir yerlerde tesadüfen de olsa karşıma çıksaydı diyordum, ama çıkmıyordu. Ne olurdu tesadüf bir kere olsun yolunu şaşırıp benim kapımı çalsaydı, ama çalmıyordu. Ne tesadüf ne de medet umabileceğim herhangi bir başka güç onu hiç beklemediğim bir anda, hiç ummadığım bir sokakta karşıma çıkarmıyordu. Gitmediğim semt, girmediğim sokak kalmıyor, şehrin üzerine geceleri çöken sisi soluyarak bazen bütün gün onu arıyordum. Gece olunca sokak lambalarının üzerine buğulu bir hüzün gibi çöken dumanı, gecenin o isli kokusunu bile çok seviyordum, çünkü onu hatırlatıyorlardı bana. Önümde duran siyahı tam olmamış fotoğraftaki puslu yüzü anımsatıyorlardı aslında. Ama o yoktu...

Beyoğlu'ndaki sinema salonlarında, pastanelerde, Tünel'de bir kitapçı dükkânında ya da Galata Mevlevihanesi'nden Karaköy'e inen dik yokuştaki müzik aletleri satan dükkânlardan birinin vitrinindeki gitarlara bakarken, Şehzadebaşı'nda, su kemerinin hemen altında durmuş, Reşat Nuri Tiyatrosu'nda bilet kuyruğunda bekleyenleri seyrederken, Taksim'de AKM'nin önündeki kalabalığın arasında, Aşiyan'da, Emirgân'da serin, yeşil gölgelerde gezenleri, Rumeli Kavağı'nda, Anadolu Hisarı'nda balık yiyenleri, Eyüp'te teleferiğe binenleri izlerken, Kadıköy'deki barlardan birinin hemen önünde, tam içeri girecekken, Fenerbahçe'de, Moda'da bir çay bahçesinde üzeri dumanlı, bir bardak demli çayı ağzıma götürürken, Mısır Çarşısı'nda baharat kokularının arasında yüzüm bir esansçının küçük cam şişelerle, nargilelerle süslediği vitrininden yansırken, Tahtakale'deki zücaciyecilerden yayılan metal parlaklığıyla başım dönerken, Şişhane'de avizecilerin vitrinlerinin önünden mahşeri ışık cümbüşünde gözlerim kamaşarak geçerken, Yedikule'de bir meyhanede pilakinin yanında bir duble de rakı içerken, saçlarımda kuru bir rüzgârla rıhtımda gezerken aklımda hep o oluyordu. Ama o yoktu.

Bazen onu hiç bulamayacağımı düşünüp endişeleniyordum. Fakat hemen ardından tuhaf bir teselli hissi kaplıyordu her yanımı. Onu hiç bulamasam da sanki seneler sonra bile ruhum bu şehrin boş sokaklarında gezecekmiş gibi, şehrin her noktasında sanki soluğum ve kokum kalacak, birileri beni tanıyacak bilecek gibi bir rahatlık, bir güven duygusu doluyordu içime. Sanki adım yazılacaktı altın harflerle şehrin en müstesna yerlerine. Belki sakin bir parkta üzeri kuş pislikleriyle kaplı bir heykelim duracaktı. Yaşlılar oturacaktı etrafındaki banklarda, çocuklar oynayacaklardı etrafımda. Ben kaidemin üzerinden, yani tepeden bakacaktım olan bitene kafamda karga pislikleriyle.

Babaanne bu kim, diye soracaktı bir velet. Elindeki parlak elmaşekeriyle gösterecekti beni bankta soluklanan yaşlı ninesine. Evladım, diyecekti nine, bu Suphi'dir. Vaktiyle fotoğrafını çektiği bir kadına âşık olmuş. İstanbul'un dört bir yanında günlerce, aylarca onu aramış. Ama izine rastlayamamış kızın. İstanbul kazan o kepçe, her yanı dolaşmış, ama bu karanlık dipli koca kazan saklamış, göstermemiş sevdiğini bu garibe.

Karlı bir gün yine o kadını arayıp bulamayınca akşama doğru gelip bu parkta dinlenmek istemiş. Bir süre sonra sıcacık mutlu bir uyku sarıp sarmalamış her yanını, ardından gözünün önünde sevdiği kadının hayaliyle uyuyup kalmış yattığı bankın üzerinde. Bir daha da kalkamamış. Yıllar sonra bu hikâyeyi öğrenen "Gönül Yaralıları Derneği" üyeleri aralarında para toplayıp bu heykeli yaptırmışlar diye anlatacaktı torununa benim hikâyemi.

İşte böyle, sokaklarda aradığımı bulamayınca yorgun eve dönüyordum. Şayet karanlık odama kapanmamışsam oturup pencereden dışarıyı seyrediyordum. Annem içerdeki odada fısıltılı dudaklarıyla dualar ederken, odamın duvarındaki saatlerin iç içe giren sarkaç seslerine takılıyor, şehrin karanlık köşelerinden aydınlık hayallere dalan kan oturmuş gözlerimle her şeyi görüyor, etrafımdaki bini bir paraya giden boş lakırdıların, teyzemin elindeki küçük kâğıtlara, muskalara karanlık harflerle yazılmış onca tılsımın, duanın hepsinin tekrar tekrar okunduğunu duyuyordum. Benden başka kimsenin duymadığı yüksek bir ses duyuyordum içimde. Korkuyordum, endişeliydim, mutsuzdum. Duymak istemediğim şeyleri duyuyordum. Kulaklarımı tıkasam da duyuyordum. Hidrofilli pamukları çıkarıp atıyordum. Aklıma sürekli kötü kötü şeyler girip gündüzümü, gecemi zehir ediyorlardı bana. Geceden de koyu karanlıklara dalıyordum. Onu henüz tanımadığım halde, kimin nesidir, evli midir, birinin sevgilisi midir, dostu mudur bilmeden onu kıskanıyordum. Bu marazi duygular içimi kemiriyordu. İlk kez ihtirasın, hırsın, saplantının esiri oluyordum.

Daha önce bana hiç olmayan şeyler oluyordu. Hiç aklıma getiremeyeceğim hallere düşüyordum. Şaşırıyordum kendimdeki değişikliğe. Hislerimin de Anadolu'nun beton gibi soğuk kışlarında, kuru ayazlarında, kömür kokan karlı sonbaharlarında çocukluğumla beraber donup kaskatı kesildiğini düşünürken âşık olmuştum. Sevgilim bir fotoğraf da olsa aşktı hissettiğim. Aslında bu duygunun bana fazla olduğunu düşünüyordum. Hem de öyle bir gömlek, iki gömlek falan değil, üzerine giydiğinde seni küçük kafalı bir kuklaya çevirecek, içine de iki iri el girecek bir gömlek kadar fazla. Böyle hiç alışık olmadığım bir hale düşünce de herkesten daha çok acı çekiyordum belki de. Herkesten daha ihtiraslı oluyordum; tutkuyla, saplantılı bir takibin içinde buluyordum kendimi. Şaşırıp onu hiç bulamayacağım yerlerde bile aramaya başlıyordum sonra. Sanki o da özellikle benim dolaştığım muhitlere uğramıyordu. Sanki benden özellikle gizleniyordu; akşam saatlerinde şehrin üstüne karanlık çökerken kukalı saklambaç oynuyordu benimle koca şehirde. Onu her bulamadığım günün sonunda da gelip kukaları yıkıyordu. Yine yeniliyordum, kaybediyordum, küçülüyordum, kaçıyordum karanlık inime, avını elinden kaçırmış vahşi bir hayvan gibi aç, soluk soluğa...

Sonra fotoğrafını alıp başlıyordum onunla sessizce konuşmaya. Nefesim düzene giriyordu bu sırada. O susuyordu beni dinliyordu. Sesini hayal etmeyi deniyordum, olmuyordu.

Akşam yine yağmur yağıyordu, diye başlıyordum mesela. İçleri sigara dumanı dolu ıslak camlı arabalar park etmişti deniz kenarında. Birinin içindeki temiz ense tıraşlı esmer adam yanındaki kadına bir şeyler anlatıyordu. Kadın da konuşuyordu ojeli tırnaklarıyla. Dudakları oynuyordu. Ne söylediği anlaşılmıyordu, kadın gülüyordu, diyordum. İçimden, keşke sen de öyle karşımda oturup konuşsaydın, sessiz dudakların oynasaydı. Bana bağırıp çağırsaydın, benimle kavga etseydin mesela, itip kaksaydın beni, tartışsaydık iki sevgili gibi. Ben buna bile razı olurdum, diyordum ona. O susuyordu, cevap vermiyordu bana.

Elimdeki fotoğrafta kapının önünden geçiyordu. Hafif bir rüzgâr esmiş olmalı, saçları dalgalı. Dudaklarında bir sıkıntı var sanki. Sabah, evden çıkmadan bir şeye üzülmüş gibi, biraz telaşlı, ürkek yürüyordu. Ya bir yere yetişmeye çalışıyordu ya da birilerinden kaçıyordu sanki. Çalıştığı işyerinden, bir dershaneden, arkadaşından, sürekli alışveriş yaptığı bir mağazadan çıkmıştı. Peşinde biri vardı, onu takip ediyordu sanki.

Belki de orası çocukluğunun geçtiği semtti. Annesi orada oturuyordu. Bakkal, kasap, manav hepsi onu iyi tanıyordu. El kadardı, şurada duvarın üstünde kel kafalı bebeğiyle oynardı, diyorlardı. Ama adını söylemiyorlardı.

Fotoğraftaki buğulu yüze daha yakından bakıyordum. Adını tahmin etmek için hafızamdaki bütün kadın isimlerini tarıyordum, ama ona yakışacak bir isim bulamıyordum.

Sonra fotoğrafını kendime biraz daha yaklaştırıp, bu yüzden hâlâ adın fotoğraftaki kadın, diyordum ona. Her nereden çıkmış ve her nereye gidiyorsan telaşlısın. Akşam kalabalık semtlerin sokaklarına dolan ve oralardaki karanlık yüzlü binaların aralarında uçan kırlangıçlar gibisin, ürkeksin. Sirkeci'den kalkan Ada vapurunun dumanı gibisin. Yağmur birikintilerinde rüzgârın titreştirdiği pardösülü, şapkalı, şemsiyeli gölgeler sanki sensin. Islak çimenler üzerinde gezinen sabah güneşisin. Belki de tıpkı o güneş gibi benim için çok güzel olduğun kadar bir başkasının kâbuslarla uyanmasının nedenisin. Ama her ne olursan ol, her nereden gelirsen gel, sıkıca kucaklasan, sarılsan bana, paramparça vücudumu bir araya toplasan, yapıştırsan. Kollarımı, bacaklarımı, gövdemi, başımı, kalbimi... Bu tuhaf ruh haliyle seni ararken gölgem yürüyor sokaklarda, ama oralarda ben olmuyorum diyordum ona. Ben başka yerlerde oluyorum. Başka birinin gölgesi oluyorum. Başka yollara vuruyorum. Taşlı soğuk sokaklara... Bir kere böyle başka olmaya alışınca da içimden başka başka Suphiler çıkıyor. Rengârenk boyalı, sırıtan, somurtan... Tıpkı benim gibi iri göbekli matruşkalar çıkıyor içimden. Hepsi bana benzeyen, küçüldükçe küçülen... Daha küçük, daha küçük, sonunda küçücük kalan... Hepsi başka başka konuşan, başka başka gülen, ağlayan Suphiler...

Başka şeyler de oluyor; rüyalarda seni görüyorum mesela, diyordum. Anlatıyordum elimdeki siyah beyaz fotoğrafa... Sürekli tekrarlanan rüyalarımı anlatıyordum. Bazen de rüyalarıma giriyorsun diyordum. Çoğu boş, dipsiz, zamansız rüyalarıma girip oradan gülümsüyorsun bana. Seninle aynı dağınık, sıcak yatakta yattığımızı görüyorum, diyordum. Uyandığımda beyaz tavana dalgın dalgın bakarken de göğsüme yasladığı başının ağırlığını hâlâ hissettiğimi anlatıyordum ona.

Sıcaklığın, kokun sanki rüyalarda kalmıyor, başka zamanların rüzgârları sanki onları karanlık uykulardan uyandığım odamın güneşli camlarından içeri sokup bana getiriyor. Yatağımda saçlarının kokusu, tenimde ellerinin sıcaklığı kalıyor. Çıplak, yumuşak bacakların bacaklarıma değiyor, huylanıyorum. Gördüğüm rüyanın devamını getirmek için boş yere gözlerimi kapatıp yeniden uykunun karanlık dünyasına dönmeyi bekliyorum. İşte o an her şey yok oluyor, sanki yatakta, çarşafın kıvrımında senin dağınıklığın gibi duran kırışıklıktan tenimdeki sıcak ellerine, göğsümdeki başına, saçlarının yumuşaklığına kadar her şey kokunla birlikte yok oluyor, diyordum ona.

Sonra başka rüyalar anlatıyordum. Cam umut fanuslarını mesela. Bilinçaltımı kazıp çıkardığım ne varsa anlatıyordum işte.

Çocukken kapatıldığım yatırlara mumlar dikerdi insanlar ve gecenin nefesiyle titreşirdi o mumlar. Yan yatarlardı ama küf kokulu zamanlara inat sönmezlerdi. O mumlar, onları diken insanların umutlarıydı. Benim de umutlarımdı. Herkes bir dilek dilerdi. Mum hep umudu temsil ederdi. Bir gün akşam vakti İstanbul'a baktım. Milyonlarca insanın umutlarını gördüğümü hayal ettim. Her evde, her terasta, çatıda, bacada, vapur güvertelerinde, camilerin minarelerinde, şerefelerinde, tramvayların, buğulu camlarıyla geçen havasız otobüslerin içinde milyonlarca mum düşledim. İstanbul'un nüfusu kadar mumum aynı anda yandığını düşündüm. Sanki yıldızlar yere inmişti, mahşer günüydü sanki. Sert rüzgârlar esiyordu. Bazı mumlar sönüyordu umutlarla beraber. İşte, umut fanusları onları koruyordu, fanusu olan şanslıydı bir bakıma, diyordum ona. O susuyordu.

15
Yeniden Anadolu

Dayımla ikinci kez define aramaya çıkacağımız günlerin öncesinde Şinasi amcamla daha sık görüşmeye başlamıştık. Beni sürekli arıyor, soruyor, gittiği her yere götürüyordu. Renk renk fularlar bağlayıp, şık ekose ceketler giyiyor, seyrek saçlarını briyantinle geriye tarayıp gösterişli bir edayla yanımda yürüyordu. Beyoğlu'ndaki pastanelere, Nişantaşı'ndaki kafelere götürüyordu beni. Akşam kendisi gibi tiyatro emekçilerinin takıldığı karanlık barlara gidiyorduk bazen de. Ama bütün bu gece faaliyetlerinin beni sıktığının o da farkındaydı. Bu mekânlarda değil birileriyle tanışmak, insan amcasıyla bile iki kelime edemiyor, gürültüden sesler duyulmuyor, sigara dumanından kimse birbirini göremiyordu.

Amcam çektiğim fotoğraftaki kadına âşık olmamı çok romantik buluyordu. Böyle bir aşk ancak Batı romanlarında olur, diyordu. Kesinlikle Şark işi bir sevda değil bu. Bir ecnebi aşk romanı kadar dramatik, diyordu. Sürekli aynı sözcüklerle bu olayın kendisini nasıl etkilediğini anlatıyordu. Hatta içkinin de tesiriyle coşup yengemden önceki aşk maceralarından bahsediyordu. Herkesi peşinden koşturan mahallenin en güzel kızı Şermin'den başlayıp, Zeliha, Feride, Perihan derken evinin merdivenlerine güller döktüğü Handan'la bitiriyordu.

Kısacası, benim saplanıp kaldığım uzak aşk acım, bu haliyle ancak amcamın anılarından beslenen teatral zenginlik içinde yer bulabiliyordu. Yoksa benim çektiğim sıkıntının asla farkında değildi.

Zaten bu yüzden birkaç hafta sonra birlikte gezmemeye başladık. Türlü bahanelerle amcamın tekliflerini geri çeviriyordum. Bir süre sonra o da sıkıldı beni aramaktan. Fakat amcamdan kurtulduktan hemen sonra yine dayım peşimi bırakmaz olmuştu. Oysa ben rahat kalmak istiyordum. Özgürce fotoğraftaki sevgilimi aramak istiyordum. Bulabildiğim tüm zamanları onun için harcamak istiyordum. Diğer yaptıklarımın hepsi vakit kaybından öte işler değildi, böyle düşünüyordum. Ama dayım artık yeniden yola çıkıp haritadaki defineyi bulmak için sabırsızlanıyordu.

Bulduğumuz belgenin arkasında bir de harita vardı. Dayım benim yüzümden haritada gösterilen yere gidememişti. Yalnız gitmek istemediğini biliyordum. Onunla iyi bir ikili olmuştuk. Bunu bozmak istemiyordu, bana güveniyordu. Ama artık sabrı kalmamıştı. Bir an önce haritadaki defineyi bulmak istiyordu. Ancak ben patronumdan daha yeni izin almıştım. İstesem de bu kadar kısa sürede ikinci kez bir yere gitmem mümkün değildi. Ama Şahbender dayımın lügatinde imkânsızın yeri olmadığını biliyordum. İşlerimin yoğunluğuna aldırış etmeden gelip patronumla konuşmuş, bana yeniden bir haftalık izin koparmayı başarmıştı. Ancak bir şartı vardı patronun. İşler bitene kadar bir hafta süresince her akşam ücretsiz fazla mesai yapacaktım. İş hanını sabahları neredeyse çaycıyla beraber açıp, gece yarısı Sultanhamam'ın çöp dolu sokaklarını en geç ben terk edecektim. Karanlık sokaklardan tedirgin kedilerle birlikte yorgun eve dönecektim.

Kabul ettim çaresiz. Bir hafta boyunca yaptığım fazla mesailerle işlerimi bitirdim. Şahbender dayım da bu bir hafta boyunca arabanın bagajını kazıda kullanılacak alet edevat ve yanından hiç eksik etmediği bazı gereksiz öteberiyle tıka basa doldurmuştu.

Hafta sonunu beklemeden cuma gecesi yola çıktık. Uykusuzdum, gözlerim kapanıyordu. Kapandıklarında da gözlerimin önündeki karanlığın içinde gri sayılar dans ediyordu. Yola çıkmadan önce bir gün dinlenebilmek için yalvarmıştım dayıma, ama kabul etmemişti. Arabayı nasıl olsa ben kullanıyorum, geçer arkaya yatarsın, demişti. Geceyarısına doğru da beni almaya gelmişti. Bu defa anneme fazla bilgi de vermemişti. Kadıncağız tedirgin gözlerle arkamızdan bir tas suyu kaldırıma döküp içeri girmişti. Yağmur yağıyordu. Daha fazlasını hatırlamıyorum; uyumuşum. Uyandığımda araba duruyordu. Hava aydınlanmıştı. Dayım arabayı bir sabahçı kahvesinin önüne park etmiş, içerde çay içiyordu. Durduğumuz kasabanın üzerinde karanlık bulutlar geziyordu. Ben de içeri girip bir çay istedim, çaycı bir de tost getirdi. Az kaldı, dedi dayım. Yaklaştık. Öğlen olmadan oraya varırız. Kahveci merakla bizi dinliyordu. Yolculuk ne tarafa, diye sordu. Yozgat'a, dedi dayım hedef şaşırtmak için. Yanlış yoldan gelmişsiniz, dedi kahveci. Yolu uzatmışsınız. Neyse artık, dedi dayım. Geldik bir kere.

Kahveci yolu tarif etmeye başladığında ben dışarı çıkmıştım. İçerdeki ağır sigara dumanı genzime dolmuştu. Şiddetli bir öksürüğe tutulmuştum. Biraz yürüyüp temiz hava alınca kendime geldim. Sonra dayım da geldi. Yeniden yollara düştük.

Yol üzerinde bir yer bulamayınca buraya girdim, dedi dayım. Daha kasabadan çıkar çıkmaz, bak dayı, dedim ona. Gideceğimiz yere geç varırsak gidip ucuz bir otelde kalalım. Geçen sefer gün yetmemişti hatırlarsan. Karanlıkta nehre düşüp sulara kapılmadan, etrafta hırlayan çoban köpeklerine yem olmadan arabayı bıraktığımız yere geri dönene kadar canımız çıkmıştı.

Bu defa yolumuz kısa, dedi dayım. Gerçekten de dediği gibi olmuştu. Sabah çay içtiğimiz kahveden çıktıktan iki saat kadar sonra haritada bahsi geçen dağın eteklerine varmıştık. Yine haritada işaretlenmiş köy de hemen yakındaydı. Uzaktan görebiliyorduk. Sağanak yağmurun altında damları parlayan ıslak bir köy duruyordu karşımızda. Üzerinden henüz sabah sisi kalkmamıştı.

Kilisede bulduğumuz haritada her şey çok açık işaretlenmişti. Hünkâr Dağı, hemen eteklerindeki Sepetçi köyü görülebiliyordu. Dağın arkasına döndüğümüzde toprak bir yol olması gerekiyordu. Orayı da kolayca bulduk. Sağanak yağış yolu ağırlaştırmıştı, çamura bata çıka bir süre gittikten sonra kayalık bir alanda arabadan indik. Bundan sonrasını ancak yürüyerek gidebilecektik. Dayım yanında getirdiği çantayı bagajdan almış, dedektörü de bana vermişti. Arabayı kilitleyip kimsenin bizi izlemediğinden emin olduktan sonra yürümeye başladık. Oldukça yüksek bir yerdeydik. Kayalıkların bitimine geldiğimizde bir süre durup dinlendik. Aşağıda uzanan ovanın üzerine duman çökmüştü. Kuşlar uçuyordu, çığlıkları kayalarda yankılanıyordu.

Aşağıda uzanan dik kanyonu, kıvrılarak akan çamurlu bir dere bölüyordu. Geverek Deresi, dedi dayım. Yine haritaya bakılırsa iki yanında yükselen dik duvarlı kayalık kanyon da Manastır Kanyonu olmalıydı. Heyecanla aşağıya inmeye başladık. Islak yabani otlar ayağımızın altında kayıyordu. Kanyona indikten sonra kıbleye doğru yürümemiz gerekiyordu. Yıllardır at yarışı dışında hiçbir şeyle böylesine yakından ilgilendiğini görmediğim dayımın bütün ayrıntıları titizlikle değerlendirip, fazlasıyla hazırlıklı geldiğinin o an farkına vardım. Şahbender dayım deri ceketinin cebinden çıkardığı küçük bir pusulayla gideceğimiz yönü belirlemişti. Askerde öğrendiği bilgileri yıllar sonra kullanabildiği için keyifliydi.

Dere kenarında yarım saat kadar yürüdükten sonra öğlene doğru mağaralardan ilkini bulduk. Dik kayalıkların üzerinde, tam tepemizde güneş parlıyordu. Mağara haritadaki gibi derenin karşı yakasındaydı. Ardından bizim yürüdüğümüz tarafta ikinci bir mağaraya rastladık. Yüksekçe bir kayalıktaydı. Buradan sonra bir süre daha yürüdük. Dayım dikkatle yanımızdaki kayalara bakıyordu. Derenin gürültüsüyle temiz hava beni sersemletmişti. Yalpalayarak yürüyordum. Buldum, diye bağırdı dayım. Hemen yanına koştum. Eliyle gösterdiği kayanın üzerinde belli belirsiz çizilmiş bir balık resmi vardı. Balığın başı dere boyunca giden dik kayalıklar yerine kayaların arasından içeri giren dar bir yolu işaret ediyordu. Buradan da geçip, yosunlu kayaların üzerinden atlayarak bir saat kadar daha yürüdük. Yine nefes nefese kalmıştım, kalbim sıkışıyor, ayaklarım vücudumu taşıyamıyordu. Dayımdan önce ben görmüştüm tepemizdeki mağarayı. Girişi daha önce rastladıklarımızdan dardı. Fakat korktuğumuz kadar dik bir kaya da değildi. İp kullanmaya gerek kalmadan tırmanabilmiştik.

İçeri önce sen gir, dedi dayım. Elimde dedektörle mağaranın ağzından içeri attım kendimi. Mağaranın içinde kötü bir koku vardı. Bir köşede hayvan pislikleri duruyordu. Duvarları duman karasıydı. Ateş yakmıştı birileri içinde.

Arkamdan dayım da girdi elinde fenerle. Hemen dedektörle mağaranın zeminini taramaya başlamıştık. Dar bir yerdi. İçeri doğru da sadece birkaç metre giriyordu. Birkaç adım atmadan mağaranın dip kısmında dedektör sinyal vermişti.

Galiba bulduk dayı, diye bağırdım. Dayım sinyali duyunca hemen yanıma gelip kazmaya başlamıştı. Kazarken dudaklarında ince bir gülümseme gizlediğini görebiliyordum, ama o kadar.

Bir metre kadar kazdıktan sonra kürek bir cisme takılmıştı. Roller değişmişti sanki. Dayım sakinleştikçe bu defa ben yerimde duramıyordum. Bulduk dayı, dedim yine heyecanla. Sevinçten bağırıp çağırmaya başlamıştım. Her şeyi unutmuştum. Dayım toprağı kazıyordu. Yıllardır biriktirdiğim sıkıntılarım, içimdeki çirkin gölgeler karanlık yarasalar gibi uçup gidiyor, bir kısmı mağaranın duvarlarına asılıp kalıyorlardı. Beni terk ediyorlardı. Şahbender dayım siyah deri ceketini çıkarmış öyle kazıyordu. Elinin tersiyle alnını silip küreği yumuşak toprağa saplıyordu. Elinden almak istediğimde bana vermiyordu küreğini. Kendisi kazmaya devam ediyordu. O da sevinçliydi, ağzı kulaklarındaydı, ama ben daha sevinçliydim. Fakat toprağın içinden eski bir bakraç çıktığını görünce yüzüm aniden solmuştu. Dayım bakracı topraktan tek eliyle çekip çıkardığında hafifliğinden hemen anlamıştım içinin boş olduğunu. Kulaklarım altınların şıkırtısını duymayı beyhude beklemişti. Hiç ses vermemişti delik bakraç topraktan çıkarken.

Dayım elini içine soktu. Parmaklarını geri çektiğinde elinde kirli bir çaput tutuyordu. Hemen heyecanla mağaranın ağzına geldik. Çaputu açtığımızda içinden bir kâğıt çıktı. Kâğıdı gün ışığına tutup baktım. Yeni bir eşkıya belgesine benziyordu. Dayım da yanıma geldi.

Aynısı, dedim dayıma. Karadeniz'deki kilisede bulduğumuz eşkıya belgesinin yerini gösteriyor bu da. O belge burayı, bu belge de orayı işaret ediyor, dedim. Dayım üzgündü, ama tahmin ettiğim kadar değil. Biri bizi fena halde kandırmıştı. Biri bize iyi bir oyun oynamıştı.

Aşağıda akan derenin gürültüsü duyuluyordu. Dere boyunca geriye dönüp kanyondan çıktığımızda akşam olmak üzereydi. Dönüş yolunu daha yavaş yürümüştük. Taşıdığımız birkaç parça eşya da sanki adımlarımızla birlikte ağırlaşmıştı. Kanyona indiğimiz yere geldiğimizde derenin karşı yakasındaki ağaçların üzerine toplanmış kargalar gördük. Bağırıyorlardı. Belki de bizim halimize gülüyorlardı, ama biz anlayamıyorduk.

16
Çingene Çivisi

Sıkılıyordum. Günlerce uğraştıktan sonra defineyi bulamayışımızla ilgisi yoktu sıkıntımın. Aslında dayımın, çoktan bu sevdadan vazgeçmişken sırf beni oyalamak için bir arkadaşıyla tezgâhladığı oyundan rahatsız olmuştum. Şüphelenip dayımı sıkıştırınca itiraf etmek zorunda kalmıştı. Meğer kafamı dağıtmak, son dönemde içine düştüğüm ruh halinden beni biraz olsun uzaklaştırmak için hazırladığı bir oyunmuş Anadolu'da define arama işi.

O sıralar, eski zaman divaneleri gibi elimde fotoğrafla sokaklarda henüz adını bile bilmediğim bir kadını ararken aklımı yitireceğimi, bu genç yaşta tımarhanelere düşüp oralarda rutubet yüzlü duvarlara bakarak çürüyeceğimi düşünmeye başlayan akrabalarımın hepsi seferber olmuştu. Teyzem ile annem ben istemeden peş peşe en sevdiğim yemekleri yaparlarken, amcam beni renkli, ışıklı barlarda bir bayram çocuğu gibi gezdirirken dayımın aklına hepsinden daha parlak bir fikir gelmiş. İstanbul'un tepelerinde define bulamayacağımızı anlayınca dayım hemen bu sevdadan vazgeçmiş aslında. Dedektörünü sarıp sarmalayıp kaldırmaya hazırlanıyormuş. Fakat benim fotoğraftaki kadına gün geçtikçe daha çok tutulduğumu, gece gündüz demeden her fırsat bulduğumda koca şehirde avareler gibi dolanıp durduğumu, dışarıda olmadığım zamanlarda da karanlık odama kapanıp sürekli onu düşündüğümü ve iri gövdemden pek fark edilmese de yemeden içmeden kesilmeye başladığımı görünce vazgeçmiş bu kararından.

Yok, Kâmuran, demiş, bu böyle olmayacak. Bu çocuğu bu sevdadan vazgeçirmenin, kafasını dağıtmanın bir yolunu bulmam lazım. Onun kimin nesi olduğunu bile bilmediğimiz bir kadını bulacağım diye kendini yiyip bitirmesine engel olmam lazım, demiş yengeme.

Sonra nasıl olduysa, artık o karanlık arkadaşlarından biri mi aklına sokmuş yoksa kendisi mi düşünmüş bilemiyorum. Dayım, Anadolu'da define arama bahanesiyle beni bir süreliğine de olsa İstanbul'dan uzaklaştırmaya karar vermiş. Derken, benim kalkıp İstanbul'dan öyle kolay kolay Anadolu'ya define armaya gitmeyeceğimi bildiğinden biraz da inandırıcı olsun diye eşkıya belgeleri hikâyesini uydurmuş.

İstanbul'a dönüşümüzde bu gerçeği öğrenince iyice çileden çıkmıştım. Hem define ararken vakit kaybettiğime üzülüyordum hem de fotoğraftaki sevgilimi hâlâ bulamamanın verdiği endişe beni hızla büyük, kara ağızlı bir karamsarlığa sürüklüyordu. Hemen işime geri dönmüştüm. Belki işte oyalanır, her şeyi unuturum diye düşünmüştüm. Ama yanılmışım, daha ilk gün ağır bir sıkıntı çökmüştü üzerime. Yorulan gözlerimi dinlendirmek için bir süreliğine pencereden dışarı baktığımda Sultanhamam'ın gölgeli sokaklarındaki insan kalabalığının, aniden ışık yanınca banyonun içinde, her zaman sindikleri rutubetli, karanlık kuytulara telaşla kaçışan hamamböcekleri gibi hiç bitmeyen manasız bir koşuşturma içinde sürekli etrafa dağılmakta olduklarını görünce içim sıkışmış, hayat bir an bütün anlamını yitirmişti. Yaptığım iş, ay sonu aldığım maaş, evim, annem, dayım, tüm tanıdıklarım, hatta karanlık odam, fotoğraf makinem, o bile...

Aslında birileri bizi süpürüyordu. Biz ne kadar tırnaklarımızı geçirip bir yerlere tutunmak istesek de hayatın sert fırçalarıyla süpürüyorlardı bizi. Berberin pudraya batırdığı kalın fırçasıyla geniş, kirli bir enseden süpürdüğü kıllar gibi dökülüyorduk. Sonra yere düşen, düşünce de berber çırağının uzun saplı fırçasıyla faraşa, oradan da çöpe giden kıllar gibi süpürüyordu bu hayat bizi. Zemin ıslaksa yapışıp kalıyorduk fayanslara. Ayak diriyorduk biraz yani. Kolay teslim olmuyorduk kahpe tuzaklara. Ama kuru zeminde süpürülüp giriyorduk kolayca, iz bırakmadan kara plastik poşetlere. Yok oluyorduk. Her eylemi, sonunda yok olmak için yapıyorduk. Süpürüldüğümüzü bile bile, sonunda bir çöp olup pis plastik poşetlere gireceğimizi bile bile yaşıyorduk.

İşte maalesef böyleyim ben. Bazen durup dururken pencerenin önüne oturup dışarıyı seyrederken belki de çok az kişinin göreceği, beni kolayca karamsarlığa sürükleyen karanlık tablolar görebiliyorum. Böyle anlarda ayakta kalan çürük duvarlarım da yıkılıyor içimde depremsiz. Hepten payandasız kalıyorum, hepten sütunsuz, desteksiz... Harabe oluyorum; yıkık, çökük bir enkaz oluyorum. Yosun tutuyorum, kırılıp, dökülüyorum, çatlıyorum, patlıyorum, etrafa saçılıyorum. Alafranga hayallerle cinnet geçiren alaturka bir hayat mahkûmu oluyorum. Böyle olunca da uzaktan çektiğim kendi fotoğrafıma bakıp şaşıyorum. Sepya rengi hayaller kurduğuma kızıyorum, tespit banyosunda fazla kaldığıma, yandığıma sinirleniyorum.

Bazen de bir yaşama sevinci, bir mutluluk sormayın gitsin. İçim içime sığmıyor. Altmış vatlık çıplak ampullerin aydınlattığı çay bahçelerinde onunla oturup çay içtiğimi hayal ediyorum. Kır koksa yakınlardan diyorum, kokuyor. Kaşığımın tersinde onun yüzü olsa diyorum, oluyor. Onunla hayata dair üç beş laf etsek. Sonra masumca el ele ayrılsak oradan diyorum. İnce bir yağmur yağsa üzerimize, aniden bir rüzgâr esse serin. Üşüse sokulsa bana. Ceketimi versem ona. Sarıp sarmalasam onu sımsıkı. Yağmur olsam ben de dokunsam ona. Saçlarını okşasam, o ben olsa, ben de o olsam, kaybolsak diyorum, oluyor. Birlikte kayboluyoruz. Sesler duyuyoruz, ıslak boş sokaklarda yanık bir klarnet, köşe başında ağlayan ıslak bir kedi, rüzgârın sırtımı ürperten ılık nefesi... Sonra zifiri gecelerin koyu karanlık mürekkebinde boğuluyoruz.

Fakat hep böyle güzel olmuyor her şey. Çoğunlukla beni içten kemiren sorunlarla uğraşıyorum kendimce. Çingene çivileri gibi ağır soru işaretleri dolaşıyor kafamın içinde. Dolaşsalar iyi; bir de beynime saplanıyorlar, vidalı uçlarıyla. Oyup duruyorlar beynimi çelik burgularla. Ne kadar uğraşsam da hemen söküp atamıyorum onları. Çünkü hiçbir zaman kerpeteni bende olmuyor bu soruların.

17
Kaçıyorum

Sebebi ne olursa olsun dayımın beni bir çocuk gibi avutmaya çalışması ve sırf bu yüzden Anadolu'nun haritalardan kaçmış köylerinde, bayırlarında, çamurlu nehir yataklarında gezdirmesi canımı sıkmıştı. Ona olan güvenim iyice sarsılmıştı. Kandırılmıştım, bir çocuk gibi aldatılmıştım. Komik bir emzikle ağlamam kesilmeye çalışılmıştı. Üstelik buna sevgili anneciğim de alet olmuştu. Aman Şahbender sen en iyisini bilirsin, şu çocuk aklını yitirecek diye endişeleniyorum. Aman ona mukayyet ol. Bizim Saime'ye söyledim etrafa haber saldı. En kısa zamanda helal süt emmiş, iyi huylu, becerikli bir kızla baş göz edeceğim oğlumu. Evlenirse unutur, sokaklardaki kızlardan hayır gelmez, baş edemez onlarla benim evladım, diyerek alet olmuştu hem de.

Ben de baktım ki ne akrabalarımdan ne de dostlarımdan fayda var, fotoğraftaki sevgilimi de zaten koca İstanbul'da aramayla bulamayacağım; bir süreliğine uzaklaşayım istedim bu şehirden. Uzaklara gideyim, beni kimselerin bulamayacağı bir yerlerde bir süre hedefsiz dolaşayım istedim. Gözlerim kimseyi aramasın, her gördüğüm kadını o sanmasın beynim. Sadece hava almak, vakit geçirmek için yürümek istedim ilk kez gittiğim bir şehrin tanımadığım, bilmediğim boş sokaklarında.

Hayat boyu hep bir şeyleri kovalayanın ben olmasından usanmıştım. Birileri de çıkıp beni arasın, benim peşinden koşsun istiyordum. Neden hep ben kaçıyordum, kapatıyordum kendimi kuytularına hayatın. İzbelerine, karanlık dehlizlerine neden hep ben giriyordum lanetli bir eşkıya zulası gibi?

Bir mucize olsaydı da böyle kaçmak istediğim anlarda benim yerime etrafımdaki her şey çekilip kaybolsaydı, beni yalnız bıraksalardı olmaz mıydı? Düşünmesem mesela zihnimde hiçbir şeyi var etmesem, her şey, herkes, hatta o bile yok olmaz mıydı? Olmuyordu. Bu yüzden bana yine kaçmaktan başka çare kalmıyordu.

Bir sabah kimseye haber vermeden Haydarpaşa Garı'na gidip bilet aldım. Hayatımda ilk kez plansız, programsız, tıpkı hayatın kendisi gibi, nerede ineceğimi bilmediğim bir yolculuğa çıkmıştım. Hayat gibi bir yolculuğa... Vagonlar ağır ağır uzaklaşmıştı gardan. Zaman yavaştı çocukluğumda olduğu gibi. Sonra gittikçe hızlandı pencerelerin dışında. Hızla ileri giderken sanki geri gidiyormuş gibi görünen tekerlekti, yani bir tür illüzyondu zaman. Hızlandıkça geri kayıyordu. Aslında yanılgıydı zaman. Bunu çok önceleri öğrenmiştim, biliyordum. Ama bilerek yanılıyordum rüyalarımda olduğu gibi. Sihirbazın hile yaptığını bildiğim halde sırf eğlenmek için numaralarına göz yumduğum gibi. Evet, hepsini biliyordum, kaçıyordum. Etrafımdaki her şeyden, cansız onca öteberiden, sevdiklerimden, dostlarımdan, yaşadığım bu şehirden arkama bakmadan kaçıyordum. Paslı dikenli telleri aşarak, müteahhitlerin demirden çalarak yaptıkları çürük duvarları hafif şiddetli bir deprem gibi patlatıp yıkarak kaçıyordum. Biliyordum... Aslında kendime yeniliyordum. Sivri taraflarım vardı. Gelgitlerim, gelgeç hallerim... Bir vahşi hayvan oluyor, bir kuş gibi hafifliyordum narin, nazik. Aslında belki de tüm insanlarda vardı bu aşırı uçlar ama birçoğu bunu dengelemeyi biliyordu. Kiminin eline hassas bir kuyumcu terazisi, kimisine de benimki gibi zinciri paslı, demir kefeli bir bakırcı kantarı veriliyordu belki de.

Belki de terazinin kefelerine eşit ağırlıklar koyup terazinin gagalarını ucu ucuna getiremediğimiz, dikkatle tartamadığımız için oluyordu bütün bunlar.

Trenin pencerelerinden dışarıyı seyrederken hızla geçen görüntülerin üzerinden akıp giden zamanın çirkin yüzüne bakarak ağlıyordum. İnşaatlar geçiyordu dışarıda. Paslı sivri demirler, yüksek vinçler, minareler, yapraksız ağaçlar ve kirli bir gökyüzü geçiyordu. Evlerin küskün yüzleri gözlerimin önünden kayıp gidiyor, yüksek gerilim hatları, trafolar, elektrik direkleri, teller, bacaları dumanlı fabrikalar, demir, metan oksit, zaman geçiyordu pencerenin dışından, yaşlanıyordum. Belki pek çok şey için geç oluyordu. Farkına varıyordum, biliyordum, üzülüyordum, ağlıyordum gözlerimde yaşlarla çocuklar gibi...

Ellerimle yüzümü kapatmış ağlıyordum. Pencerenin dışında akıp giden zamanın çirkin yüzüne bakıp bakıp ağlıyordum. Kaçıyordum, arkamdan topuk seslerim kovalıyordu. Boş sokaklarda, serin garlarda, tozlu peronlarda adımlarım yankılar yapıyordu. Kulaklarımda yine aynı sesler uğulduyordu. Birilerinden ya da herhangi bir şeyden değil, ben aslında kendimden kaçıyordum. Başarısızlığımdan, zayıflıklarımdan, yenilgilerimden, çirkinliğimden, şişmanlığımdan, beceriksizliğimden, iri parmaklı kıllı ellerimden, babamın çatık kaşlarından, güzel kızlardan kaçıyordum. Ben, ben olmaktan utanıyordum, utancımdan kaçıyordum.

Kaçtıkça daha ufak oluyordum. Kaçtıkça arkamda bıraktığım şehrin gözünde küçülüyordum, iki paralık oluyordum, yerin dibine giriyordum. Annemin, dayımın, Şefika teyzemin, hatta sevimsiz kuzinim Mükerrem'in gözünde bile daha küçük oluyordum. Daha uzak, daha yitik, daha bitik, daha yenik oluyordum.

Aslında biliyordum. Kaçtıkça daha başarısız oluyordum. Kaçtıkça daha çok kaybediyordum, daha siliniyordum. Yeniliyordum oynamadığım oyunlarda. Hükmen mağlup oluyordum çıkmadığım maçlarda. Çamurlu sahalara çıkmıyordum, kaçıyordum belki ama ben, ben olmaktan çıkıyordum. Hepten hırlayan, nefesi pas kokan iğrenç bir yaratık gibi gölgelere siniyordum, karanlıklara sığınıyordum, isleniyordum, kirleniyordum. Daha pespaye, daha sünepe yaşantıları kabulleniyordum. İşin en kötüsü de bütün bunları bile bile kaçıyordum.

Trenin penceresinden dışarıda hızla akıyordu zaman. Aslında her zaman akmazdı biliyordum. Bazen küçük bir sahil kasabasında, Memurlar ve Emekliler Lokali'nde havada asılı kalan duman kadar ağır olurdu. Yine aynı kasabanın girişinde yüksekçe bir duvara yapıştırılmış yazdan kalma bir güneş yağı reklam afişi, mahpushanenin demir parmaklıklarının gerisinde çekilen tespih tanelerinin içli sesi olurdu. Anadolu asfaltlarından büyük şehirlere yük taşıyan yorgun kamyonların kasalarındaki rengârenk resimlerde donan şekiller olurdu. Mesela kartalın yılanı kaptığı an olurdu zaman.

Ama o gün akıyordu trenin kirli camlarının gerisinde. Bazen aralarından güneş ışıklarının süzüldüğü uzun süpürge saplarını andıran sık dikilmiş kavak ağaçları kılığında, bazen düz çatılı köy evleri, toprak yollarda traktör izleri, nadasa bırakılmış tarlalarmış gibi... Bazen korkuluk taklidi yapıyordu. Zaman sanki bunların bütünüymüş gibiydi, pencerenin dışında akıp giden görüntüleri taklit ediyordu, onlar gibi yapıyordu, kayıp gidiyordu. Sanki bildik görüntülerin kılığına girip bizi aldatıyordu.

Kuru dallı kavak ağaçları zamanın içinde kayarken ben ağlıyordum. Pencerenin dışında akıp giden hayallerime, mahrem düşlerime, kırılgan umutlarıma bakıp ağlıyordum. Kuru dalların hüzünlü hallerine ağlıyordum.

Evet, zaman takıntım var biliyorum. Çünkü onu her şeyin suçlusu olarak görüyorum. Zamanlama yüzünden oluyor her şey. Şans denilen şeyin asıl sebebi de bu zamanlama çünkü. Doğru zamanda, doğru yerde, doğru kişilerle. İşte şans, işte zamanlama. İşte bu yüzden zamanın yüzüne bakıp çemkirmek istiyorum. Bağırıp, haykırmak istiyorum. Zamanın o hastalıklı yüzüne tükürmek istiyorum. Ama zamanın o çirkin ve pişkin yüzüne bakınca sadece ağlamak geliyor elimden. Ağlıyorum ellerimle yüzümü kapatıp. Utanmadan...

Küçücük bir çocukken musluğu açık bir çeşmenin suyu gibi boşa akardı zaman. Boldu, doldurmazdık, biriktirmezdik kaplara, küvetlere, depolara. Oysa şimdi damla damla geliyor zaman. Her geçen gün tazyiki biraz daha azalarak geliyor, debisi biraz daha düşerek akıyor. Her geçen gün biraz daha zaman doldurmak istiyoruz kaplara, biraz daha biriktirmek istiyoruz. Çünkü biliyoruz er ya da geç musluktan kulağımıza o kuru tıslamanın mutlak bir sessizlik olarak geleceğini... Biliyoruz.

Zaman takıntım işte bu yüzdendir. Hatta evde bir duvar saati koleksiyonum bile var. Bundan hiç bahsetmedim size. Odamın duvarlarında çeşit çeşit saatler asılıdır. Pirinç kadranlı ahşap Osmanlı saatleri, Alman, Çek, Rus yapımı kurmalı mekanik saatler, saat başlarında açılan kapılarından kafalarını çıkaran her cinsten kuşlarıyla çeşitli guguklu saatler... Duvar saatlerinin her türlüsü... Kilise çanlarını andıran sesiyle saat başları çaldığında annemin tövbe tövbe diye söylendiği bir duvar saatim bile var. Hepsini ilk maaşlarımla almıştım. Duvara bakınca ne kadar çok iş değiştirdiğim anlaşılır.

Evet, zaman çok önemlidir benim için. Siz belki fark etmemiş olabilirsiniz, ama zamanın yüzüne doğarız biz. O bizimle beslenir. O bizimle yaşar, semirir. Taze bedenlerimizi ağzına attığı gibi etlerimizi lime lime edip yuttuktan sonra kemiklerimizi tükürür iğrenç ağzından. Oburdur, doymak nedir bilmez o ceberut zaman. Etlerimizi yiyen, vampir gibi kanımızı içen bir canavardır zaman.

İşte o pencerenin dışından dev bir yılan gibi akıp giderken aman bana dokunmadan kendi kendine geçip gidiyor diyemezsiniz. Çünkü yılan belki dokunmaz, ama zaman size dokunmadan edemez. Öyle sessizce, masum akıyormuş gibi görünüp aldatır ki sizi hiç anlayamazsınız.

Hepimizin tek tek yüzlerine, beşikteki körpe bebekten evde oturan kızların güneş görmeyen sivilceli beyaz bedenlerine, yaşlıların buruşuk kuru derilerine kadar her şeyden beslenen bir canavardır o.

İşte ben bütün bunları bilmeme rağmen onun yüzüne tüküreceğim yerde onun beni, avını yutan iri bir yılan gibi yavaşça mideye indirmesine ve sonra da kemiklerimi dışarı tükürmesine izin vermek zorunda kalmanın, buna engel olamamanın derin üzüntüsü içinde seyrediyordum evleri, ağaçları, eğik güneş ışınlarının süründüğü tarlaları, tepeleri, uzak dağları.

Şimdi belki biraz daha anlatabilmişimdir zaman takıntımın nereden geldiğini. Zamana niçin bu kadar kinlendiğimi, ona hiç güvenmediğimi belki. Şans denen şeyi o yönettiği için, onu doyurmak için doğan, ona adak gibi sunulan kurbanlıklardan biri olarak dünyaya geldiğimin farkına vardığım için ondan nefret ettiğimi belki...

Aslında her şey ne kadar basit. Biz zorlaştırıyoruz. Kimi gerçekleri unutuyoruz bazen. Aslında sadece doğar ve ölürüz biz.

Arada geçen kısa süreyi de kendimizi önemsemekle geçiririz. Oysa sadece karanlıkta bir çığlıktır hayatımız. Hiç kimselerin duymadığı, kapalı bir çıkmaz sokağın içinde boğulup kalan tiz bir sestir. Sessiz işlenen bir cinayettir. Namus saikiyle, hataen falan değil, nefsi müdafaa da değil, taammüden ve kasten adam öldürmedir üstelik.

Zaman böyle oburca akıp giderken, önüne ne çıkarsa yıkıp geçerken ben bir istasyon arıyordum. Hiç görmediğim, adını bile bilmediğim ama görünce inmek isteyeceğim bir istasyondu aradığım. Beni kimsenin tanıyamayacağı, içinde çatık kaşlarıyla babamın hayaletinin gezindiği bir istasyon arıyordum. Uyumuşum.

Tren, güneşli mavi göllerden, çamurlu nehir kenarlarından, karlı dağlardan, demir köprülerden, karanlık ağızlı dar tünellerden geçti muhtemelen. Sonra yağmur yağdı, dışarıda gri bulutlar vardı muhtemelen. Birden dağıldılar, güneş parıldadı. Etraf bembeyaz kardı muhtemelen. Tarlalar, ağaçlar, ağaçlarda saksağanlar vardı. Tekrar uyudum, uyandım, gölgeler vardı camlarda, uykulu gölgeler... Yeniden uykuya daldım, kayboldular. Zaman yutmuştu hepsini. Yunmuştu hepsi güneşli serin sularda. Yummuştu kompartımandaki kel çocuk güneş dolan gözlerini...

Sonunda soğuk bir istasyonda uyku sersemi indim trenden. Ağzımda duman, bacaklarım karıncalanmış. Belimde bir ağrı. Şişmanlıktan biliyorum. İstasyonun adını kimseye sormadan inmiştim trenden. Buğulu pencereler adını saklamıştı benden tren istasyona girerken. Üşüyordum, üzerimdeki kalın paltoya rağmen titriyordum. Bekleme salonuna girdiğimde gözlerime inanamadım. Küçülmüştüm, boyum kısa, vücudum zayıf, çelimsiz, saçlarım üç numara, yüzüm kara, ellerim küçük, parmaklarım perdesiz pencerelerin buğusuna resimler çizmeye hazır, düşlerim lekesiz...

Trenin penceresinden yol boyunca soğuk tarlalara bakarken yüzüm de gençleşmişti sanki. Puslu kış ışığı bulutların ardından yüzüme utangaç bir ışık indirirken gençleşiyordum, kirli sakallarım yok oluyordu, alnımdaki çizgiler siliniyordu, kar boyuyordu çiçekbozuğu yüzümü. Gözlerim uzakları görüyordu, gözlüğüm uçup gidiyordu. Saçlarım gürleşiyordu, daha kısa, ama daha sık. Yüzüm inceliyordu, yılların kararttığı isli sur duvarları gibi eskiyen yüzüm beyazlaşıyordu. Göz altlarımdaki torbalar yok oluyordu. Akça pakça çocuklara benziyordum. Annemin çamaşır sularında şişen elleri gibi oluyordu ellerim, deterjan kokuyordu.

Avuçlarımı nefesimle ısıttım. Çocukluk anılarımın pek çoğu hızla gözümün önüne geldikçe daha da beyazlaşıyordum. Babamın, peronda önce sesini duydum. Birilerine sesleniyordu, sonra kendisini gördüm başında kasketiyle.

Niğde'de inmiştim trenden. Çocukluğuma inmiştim bir yabancı gibi. Her şey ne kadar değişmişti. İstasyon küçülmüştü, binalar kısalmış, yollar daralmıştı. Çocukluğumun geçtiği çamurlu sokaklar bambaşkaydı sanki. Ben büyüyünce her şey çekmiş, küçülmüştü. Sanki aynı yerler değildi. Aynı tepe, aynı kale, yanık elma kokulu dar sokaklar, içlerinde tanıdık yüzler oturan ışıklı evler, çocukluğumu sarıp sarmalayan bu şehir değildi sanki. Sanki ben bir rüyada geçirmiştim çocukluğumu ve büyüyünce her şey gerçek olmuştu, uyanmıştım uzun uykumdan sanki.

Önce Alaattin Tepesi'ne çıkıp şehre şöyle bir uzaktan bir baktım. İçine girince yabancılık çektiğim sokaklar, yatırlı evler, çeşmeler... Tepeden uzak bir masal şehrine bakar gibi izleyince daha inandırıcı olmuştu her şey. Karanlık bulutların altında uzanan ıslak sokaklara, Ak Medrese'nin yosunlu taş duvarlarına baktım uzun uzun. Avluda aynı donuk gün ışığı ve büyük bir testi. Testi çocukluğumda da vardı sanki.

Sonra kalacak bir otel aradım kendime. Aslında kalmak değildi niyetim, ama yorgundum, üşüyordum. Biraz kırıklık da vardı üzerimde. Trende üşütmüş olmalıydım. Sürekli soruyordum kendi kendime ne işim var benim bu şehirde diye. Yapmam gereken onca iş varken. İstanbul'da kalıp onu aramak varken ne diye bir trene binip kaçmıştım? Kaçmakla ne geçmişti elime? Çocukluğumun kalın yorganlarını başıma çekip, serin karanlıklara dalmak ne kazandırmıştı bana? Ne çektiysem bu kaçışlardan, bu yalnız kalışlardan, bu ebedi halvetlikten gelmemiş miydi başıma? Karanlık odaya çevirdiğim bu dar dünyaya saplanıp kalmamış mıydım? Kararmamış mıydım bir başıma? Neden hâlâ kaçıyordum? Üstelik kaçıyorum sanırken neden çamura saplanıyordum tahta bir tekerlek gibi? Neden çocukluğuma yakalanıyordum şaşkın bir av gibi? Neden hep geçmişte bıraktığım ağlara takılıyordum? Neden yakasını bırakmaz insanın istemediği şeyler? Mesela çocukluğu niçin gelir insanın peşi sıra sadık bir köpek gibi bir kez okşadın diye başını. Niçin evine kadar takip eder seni yıllar öncen? Niçin rüyalarına girer? Niçin gözlerim kısık, alnım kırışık, yüzüm çatlak baktığımda rüyalarımın ufkundan hep çocukluğum çıkar gelir; yavaş yavaş yürür uzun bir mendireğin üzerinde. Sıska vücudu güneşte kararmış, denizden yeni çıkmış saçları ıslak... Aslında rüya devam etse çocuk yanıma gelene kadar saçları kuruyacak, kilo alacak, büyüyecek, adam olacak ama olmaz çünkü rüya orada kalır. Tersine çocuk yaklaştıkça küçülür, yakına geldikçe silikleşir, solar kaybolur. İç içe geçmiş rüyalar yolculuğudur bu. Bir rüyadan ötekine geçersin. Uyanamazsın. Örtüler ayırır rüyaları. Aralarında beyaz çarşaflar gerilidir. Biz, rüzgârlı geniş çayırlarda, uzun sırıkların aralarına gerilmiş iplere asılı beyaz çarşafların arasında yürüyen gölgeler gibi bir rüyadan ötekine geçeriz. Her defasında başka bir çarşafın ardındadır gölgemiz.

Yarı canlı, yarı ölü... Sonunda uyanırız derin uykulardan. Simsiyah geceyi terleriz. Yatağımız kurudur. Pencereyi açıp gökyüzüne baktığımızda uzak kent masallarıdır gördüklerimiz, sıcak iklim teridir alnımızdaki.

İşlek caddelerden birinde bir otel buldum. Ucuz ama temizdi. Ben çocukken yoktu, sonradan yapmışlar. Otelin karşısındaki lokantada bir çorba içip hemen odama çıktım. Erkenden yatacaktım, yorgundum, hastaydım, kaçaktım, arayanım yoktu. Keşke birileri arasaydı, polis, bekçi, jandarma yakalayıp tutuklasaydı beni, hapse atsaydı. Dört duvar arasında elim kıçımda gezseydim, iri taneli kehribar bir tespih çekseydim, kitaplar okusaydım gündüz gece, nutuklar atsaydım boş duvarlara, sesim bir çığlık olup uzasaydı rutubetli koğuşlar boyunca. Aşk şiirleri yazsaydım kalın, kıllı parmaklarımla, ranzada mırıldansaydım o şiirleri geceler boyu, kalın bir ses bölseydi dörtlüğü orta yerinden. Nedir ulan bu çektiğimiz deseydi; her gece şiir. Mecbur muyuz seni dinlemeye her gece, diye bağırsaydı karanlıktan. Kader misin ulan sen ve kafiyesiz güften deseydi aynı kalın sesle irikıyım bir herif.

Sussaydım ben de, sessizce okusaydım badanası dökük kirli duvarlarda gözlerimle yazdığım şiirleri. İçin için yansaydım üzerine sigara düşmüş sünger yataklar gibi. Sızdığım yataklarda alevler içinde kalsaydım, alaz değmeseydi sarhoş tenime, dumandan boğulsaydım. Yağmur altında unutulmuş bir kömür yığını gibi bulsalardı beni camdan giren itfaiyeciler. Ya da cinnet geçirseydim, boynuma ilmeği takıp assaydım kendimi, son anda yetişip kurtarsalardı iri bedenimi, hücre cezası verselerdi, tek başıma karanlık bir hücreye kapasalardı beni. Güvenli, kapalı, başıma çektiğim yorganlar kadar karanlık, serin... Kararsaydım, tek başıma kalsaydım günlerce daracık, rutubetli bir odada. Hiç değilse bir işe yarasaydı kendimi kapatmışlığım, içe kapanmışlığım. Hiç değilse başkalarının kapalı kalma korkusundan hastaneyi boylayacakları bir yerde benim çıt çıkarmadan haftalarca kalabilme hünerimle herkesi hayretler içinde bıraksaydı bugüne kadar kaçmışlığım. Ödüllendirselerdi başarımı otoriteler. *Guiness Rekorlar Kitabı*'na yazılsaydı adım, posterlerim olsaydı duvarlarda, altın bir madalya takılsaydı boynuma kırmızı beyaz kurdeleli, podyuma çıksaydım, şilt verselerdi, onur beratı, bröve, bir de kupa. Kulplarında kurdele... Kırmızı, mavi, beyaz...

Hücre cezası bitseydi, bu kez tünel kazsaydım köstebek gibi, kanalizasyona çıksaydı tünel. İri bir lağım faresi gibi pis sular boyunca yüzüp şehrin tekinsiz bir mahallesinde dışarı çıksaydım paslı bir mazgaldan. Tam özgürüm, kurtuldum derken kendimi yine hapsetseydim...

Otelin penceresinden arabaların soğuk farlarının vurduğu ıslak sokaklara bakıyordum. Biliyordum dışarıda sert rüzgârlar estiğini. Yakındaki bir taş avluda serin bir su küpünün kapağının açıldığını ve maşrapanın suyun karanlık yüzüne değdiğini... Aysız gecede o suyun bir kara delik gibi her şeyi yuttuğunu, boş karanlık yüzeyinin maşrapayı da yansıtmadığını, titreşen, mahrem yüzeyini kimselere göstermediğini biliyordum. Ama maşrapanın sesini saklayamıyordu su. Duyuyordum o sesi. Neyler çalıyordu kulaklarımda. Karanlık kapı altlarından, aralıklardan dar çizgiler halinde sızıyordu ışık. Gıcırdayarak açılıyordu paslı kilitler, kapıların menteşeleri gevrek sesler çıkarıyordu. Rüzgâr uzak dualar taşıyordu kulaklarıma, sanki gizli saklı edilen, fısır fısır dualar... Yanık elma kokuyordu hava. Burnuma geliyordu kokusu. Savruk rüzgâr, ihtiyar büyücünün başındaki uzun, beyaz kukuletayı uçurur gibi dağıtıyordu viran evin bacasından tüten dumanları. Pencereden bile görebiliyordum, duyabiliyordum bunları. Karşıdaki türbenin içinde mumlar yanıyordu. Eğik, küf kokulu mumlar...

Hava aniden açmıştı, bulutlar dağılmıştı. Ramazan kandilleri gibi yıldızlar gökyüzünde. Gece parlak, ay parlak, kubbe yuvarlak. Türbenin kubbesinden kalkan bir kuş oldum aniden. Gidip sipsivri bir servinin tepesine kondum, kayboldum.

Baykuşlar öttü karanlıklarında ormanın. Sık ağaçlıydı orman. Ve ağaçların aralarında hantal bir adam geziyordu. Onu tanıyordum. Çocukken zangoç diye seslenirdik arkasından. Zangoç falan olduğundan değil, öylesine bir yerlerden duymuşuz. Uzak, ürkütücü, anlaşılmaz biri ya belki de ondan. Aslında o da bizler gibiydi. İğde yerdi söğütlerin gölgesinde, korkardı köpekler havlayınca arkasından ve muzırlık yaptığımızda gizlice gülerdi bıyık altından. Yine de bize tuhaf gelirdi bazı halleri.

Gel, diye fısıldadı bir ses. Pencereyi açıp gökyüzüne baktım. Öyle maviydi ki gece, üşüdüm. Tuz buz oldum, kırıldım. Yine aynı ses geldi. Çıktım yalınayak sokaklara. Titriyordum ayazda ağzımda duman. Gerçekten de yanık elma kokuyordu hava. Yine aynı sesi duyuyordum karanlıkların içinde. Gidiyordum hiç tereddüt etmeden sesin geldiği yöne. Büyük bir ateş perdeliyordu karanlığı aniden. Ateşin etrafında çılgınca dans ediyordu kızlar. Çıplak ayaklı, ince belli, beyaz tenli, uzun siyah saçlı kızlar... Ellerinde tef, etrafta bir ney, yine aynı ses. Üflüyor bu defa neyi çılgınca bir nefes. Vuruyor tefler, çalıyor ziller. Vur patlasın, çal oynasın. Rüzgârla uçuşuyor rengârenk elbiseler. Alevler kıpkırmızı vuruyor kızların çıplak baldırlarına. Ayak bileklerinde halhal, ellerinde ziller, körpe vücutlarını titretiyorlar. Ben de dans ediyorum onlarla çılgınca. Hayatımda ilk kez dans ediyorum. Ne kadar da hünerli ayaklarım, ellerim, kollarım ne kadar ince dalgalanıyor, müzikle nasıl bir ahenk içinde raks ediyorum. Bacaklarımı kütük gibi atmıyorum, kollarımı balta gibi savurmuyorum. Ağır, hantal, sakar, savruk değilim ilk defa...

Sabah gözlerimi açtığımda pencerenin önündeki kirli aydınlıkta kayboluyordu geceden kalan her şey. Caddeden geçen arabaların sesini duyuyordum. Yağmur çiseliyordu gri kaldırımlara. Kasvetli, karanlık bir sabahtı. Otelden, kahvaltımı bile etmeden çıkıp doğru otogara gittim ve kalkan ilk Ankara arabasına bindim hangi seyahat şirketi olduğuna bakmadan. Cam kenarına oturdum. Yol boyunca dışarıda kaskatı bozkır, kimi zaman korkuluksuz kuru tarlalar ve ağaçlarda kuşlar vardı korkusuz. Artık sadece rüyalarımda kalmıştı tarlalar boyunca gördüğüm çarmıha gerilmiş yüzlerce korkuluk. Trene tahammül edemezdim, en hızlı yoldan yeknesak yaşantıma geri dönmeliydim.

Değişiklik hep rahatsız eder, korkutur beni. Hayatımda sonunu bilemeyeceğim bir şey olmamalı, hep bildiğim şeyleri tekrar etmeliyim ben. Fotoğraflar çekmeliyim siyah beyaz, annemin yemeklerini yemeliyim. Dayımla rakı, amcamla şarap içmeliyim. Teyzem kahve falı bakmalı bana, Çingeneler değil. Fotoğraftaki sevgilimi ararken heyecanlanmalıyım yine. İşe gitmeliyim, hep bildiğim işleri yapmalıyım. Alacakları yakından takip etmeliyim. Kanun, tüzük, yönetmelik ve tebliğleri iyi bilmeliyim. Mali tablo ve raporları zamanında hazır etmeliyim. Ödemeleri mümkün olan en ileri tarihe ötelemeliyim. Yevmiye defterleri, defter-i kebir, envanter ve aylık mizan raporlarından mürekkep bir yığın ciltli defterin, kalamoza föylerinin, icmallerin arasında kala kala kararmalıyım.

İşte bu yüzden elimi çabuk tutuyordum. Çarçabuk Ankara'ya gidip oradan bilet bulabildiğim ilk uçağa bindim. Bir saat sonra İstanbul'daydım. Havalimanının büyük pencerelerinden dışarıyı seyrettim. Gri yeşil düzlükte irili ufaklı uçaklar sıralanmıştı. Üzerlerine ince bir yağmur yağıyordu. Bindiğim uçağı havalimanına bağlayan körük tıpkı bir yılan gibi uzanıp kavramıştı uçağın beyaz burnunu. Arkama dönüp bir daha baktım. Koca ağzını, çenesini çıkararak açıp büyük bir yumurtayı yutmaya çalışan iri bir yılana benziyordu.

18
Bizans Otoparkı

Niğde'den döndüğümde her şeye küsmüştüm. Artık işe gitmek de gelmiyordu içimden. Zaten patrona haber bile vermeden onu yüzüstü bırakıp gitmiştim. Aslında kaçıp giderken belki bir daha İstanbul'a dönmem diye düşünmüştüm. Arkamda kalan bütün köprüleri yıkarak kaçtığımı sanmıştım, ama yanılmışım. Bu şehir güçlü bir mıknatıs gibi çekiyor insanı. Benim gibi mutsuzları, umutsuzları bile çağırıyor geriye bu şehir.

Eve döndüğümde uzun bir sorguya çekilirim sonra da aile meclisinin nöbetçi mahkemesinde yargılanıp hüküm giyerim ve mutlulukla hücreme kapatılıp orada yalnızlığımla baş başa kalırım diye düşünürken kimse tek kelime etmemişti. Ağlamaktan gözleri şişen, elinden tespihiyle yeşil ciltli dua kitaplarını düşürmeyen annem, telaştan İstanbul'un bütün karakollarına giden, dar pantolonunun içindeki sıska çelimsiz bacaklarıyla hastane koridorlarında koşturarak beni arayan dayım, üzüntüden dayımın en sevdiği gömleği ütüye yapıştırdıktan sonra odasına kapanıp akşama kadar hiç çıkmadan yağmurla birlikte ağlayan Kâmuran yengem, okul dönüşü evde bir köşeye çekilip askerdeki ağabeyinden telefon beklerken bir yandan da bana üzülen yeğenim Ender, benden haber alınana kadar kahve falı bakmayacağına yemin eden, sigarayı da yokluğumda iyice arttıran teyzem, kazık kadar kız olduktan sonra bile renkli şekerlemelerden asla vazgeçmemesine rağmen benim yokluğumda ilk kez lolipoptan kesilen kuzinim Mükerrem ve iki gün boyunca neredeyse her saat başı annemi ya da dayımı telefonla arayıp beni soran ve hâlâ benden haber alınamadığını öğrenince de telefonun diğer ucunda sigarasından efkârlı bir duman çekerken türlü korkulara dalan, benim yüzümden bir süreliğine mikrofonik sesinden de olan Şinasi amcam... Hiçbiri beni görünce habersiz ortadan kayboluşuma dair tek kelime etmedi. Hepsi içlerinde sakladıkları gizli bir sevinçle beni karşılamış sonra hiçbir şey olmamış gibi havadan sudan konulara geçmişlerdi. Aslında bu davranışları beni daha çok kırıyor, daha derinden yaralıyordu. Artık ailem değil de karşımda beni tedavi etmeye çalışan bir tıp ekibi vardı sanki. Ve maalesef bu durum, zaten hep gelgitlerde seyreden ruh halimi yine altüst etmişti. Yine kapatmıştım kendimi karanlık odama. Kararmıştım, solmuştum, ışıksızlıktan sararmıştım yine. Çilehanemde tek başıma çilemi doldurmak istiyordum. Kırk gün değil, daha fazla karanlıklarda kalmak istiyordum. Nemli bir mağaranın zifiri karanlığında baş aşağı duran yalnız bir yarasa olmak istiyordum. Karanlık odamdan mecbur kalmadıkça dışarı çıkmıyordum. Kırmızı lambanın cılız ışığında kafamı dağıtmak için bir şeyler okumaya çalışıyordum. Fakat okuduklarımın tek satırını bile anlayamıyordum. Geceleri kâbuslar görüyordum. Hırıltılı, pis bir sesin sürekli adımı tekrar ettiği karanlık girdaplı karabasanlarda fırıl fırıl dönüyordum. Terleyerek uyanıyordum. Karanlık odamda görüyordum kendimi. Kart banyosuna bir fotoğraf kartı bırakıyordum, onun fotoğrafı yavaşça belirmeye başlıyordu geriye sarılıp tekrar tekrar izlenen bir film gibi kim bilir kaçıncı kez. Ve hemen sonra bir cüzamlı gibi eriyip yok oluyordu, röntgen filmine dönüşüyordu fotoğraf kâğıdım; iskeletler tabediyordum peş peşe. Uzun, iri kafalı, elmacıkkemikleri çıkık iskeletler, dişleri dökük, kürekkemikleri kırık iskeletler... Dayımı görüyordum sonra rüyalarımda. O olduğunu biliyordum, ama yüzü başka birinin yüzüydü. Define arıyorduk birlikte ve rüyaların cömert dünyasında kolayca buluyorduk aradığımızı. Kırkının da kulpu kırık, kırk küp altın buluyorduk. Kulpları olmadığı için küpleri çıkaramıyorduk. Sonra polis görüyordu bizi; kaçıyorduk. Büyük çarşılarda, semt pazarlarında, cami avlularında, otobüs duraklarında kovalamaca sürüyordu. Sonunda Binbirdirek Sarnıcı'nda yakalanıyorduk nedense. Nefesim kesiliyordu, boğulmak üzereyken uyanıyordum uykumdan, atıyordum ağır yorganı üzerimden.

Bazı gecelerde yine o cam fanusları görüyordum düşlerimde. Bu defa birinin içinde ben oluyordum. Küçülmüş, fanusa girmiş, orada cam kabuğun içinde etli bir midye gibi kısılıp kalmış oluyordum. Belki de bir romanda okuyup bilinçaltıma yerleştirdiğim bir resimdi bu, bilmiyorum. Cam bir kabuk içinde mahpus olma ihtiyacı... Siz mutlaka bir açıklama getirisiniz bu kapalı kalma haline.

Tabii ben böyle kabuğuma kapanıp kalınca da istemeden küçük adam oluyordum, unutuyordum bütün küçük adamlar gibi. Nefesimle buğulanan fanusun camına kalın parmaklarımla resimler çiziyordum çocukken yaptığım gibi. Sözde umut resimleri oluyordu bunlar. Küçük adam unutsa da unutmamanın resmini çizebilir değil mi?

Bizimkiler benim bu halimi görüp de ellerinden bir şey gelmediğine üzülmeye başlayınca yine dayım öne atmış kendini. Bakmış ki herkeste bir hüzün, bir sıkıntı; ben o kızı bulacağım bu oğlana, demiş. Şinasi amcamın katkısı kâğıt üstünde hesaplar ve ılımlı önerilerle sınırlı kalmış yine.

Şahbenderciğim seni anlıyorum, ama bu yöntemler biraz ilkel canım kardeşim. Bu zamanda evladımızın derdine çare olmaz bütün bunlar. Sonra hem el âlemin kızını bulsan ne olacak? Diyelim buldun getirdin, bakalım kız beğenecek mi bizimkini. Bizimki kızı beğenecek mi her şeyden önce. Fotoğraf gerçeği yansıtır, ama makyajlı bir gerçekliktir bu çoğu zaman; aldatır insanı. Öyle defineyle oyalamalar, görücü usulü kız bulmalar, fallar, kurşunlar, evliyalar, dualar bir yere kadar iş görür. Bundan sonrası bilimin işi. Benim eve çok yakın bir doktor var. Mesleğinde iyidir, üstelik dostumdur. Bazı hafta sonları bir yerlerde buluşur, sohbet ederiz. O da eşinden ayrı yaşıyor benim gibi. Suphi'yi ona götürelim, bir de o görsün. Daha fazla hırpalamayalım çocuğu, demiş.

Dayım oralı bile olmamış. Kafasına koymuş bir kere. O kızı ben bulurum. Olursa olur, olmazsa da biliriz ki bu işten hayır yok, o zaman bakarız bir çaresine deyip benim uykuda olduğum bir sırada karanlık odamda sokak aralarına gerilen iplerde sallanan çamaşırlar gibi asılı duran onlarca fotoğraftan birini kaptığı gibi çıkmış evden.

Baştan beri hiç adını anmadığım Şefika teyzemin kocası, Nedim enişte bütün aileyi bir araya getiren bu olayda bile ortalarda görünmemiş. Ankara'da önemli işleri varmış. Oysa muhtemelen dostunun yanındaymış, Şefika teyzemin her şeyi görüp de kahvenin telvelerinde bir türlü göremediği o gizli evde kalıyorlarmış. Bu, yıllardır aile arasında fısıltıyla konuşulur. Neyse, daha fazlası dedikoduya gireceğinden ben yine kendimle ilgili kısımdan anlatmaya devam edeyim. Dayım elinde fotoğrafla bir zamanlar benim yaptığım gibi sokak sokak İstanbul'u dolaşmak yerine doğru benim fotoğrafı çektiğim yere en yakın ganyan bayiine gitmiş. Sahibi arkadaşıymış. Dayımın ganyan bayii Beşiktaş'tadır ama İstanbul'daki bayilerin neredeyse tamamını tanır.

Göstermiş resmi arkadaşına. Bizim çocuk, demiş bu kadının resmini çekiyor Hamdi. Senin buralarda bir yerde çekiyor, demiş. Sonra da buna abayı yakıyor anladın mı? Bu kadını arıyorum benim yeğene, demiş. Arkadaşı gülmüş önce, sonra ben bu kadını buralarda hiç görmedim. Bilirsin bizim buralara pek kadın gelmez ama, resmin çekildiği yer buraya yakın, demiş. Sonra da dayıma orayı tarif etmiş. Dayım bu kadar bilgiyi aldıktan sonra durur mu, doğru benim fotoğrafı çektiğim yere, Cibali Kapısı civarına gitmiş. Oradaki dükkânlara, kahvelere sormuş. Görüştüğü kişilerin çoğu daha önce benim de geldiğimi söylemişler. Hatta bazıları Peyami'yi tarif etmiş. Bizim gitmediğimiz yer kalmadığını anlayınca canı sıkılmış dayımın, ama vazgeçmemiş; birkaç gün üst üste aynı yerlerde dolaşmış durmuş ve bunun da mükâfatını almış. Sanırım üçüncü gelişinde, biraz soluklanmak için yüksek bir ağacın dibinde dinlenirken yolun hemen karşısındaki viranelerin arasında dar bir geçit olduğunu ve önünde de kara suratlı bir çocuğun oturduğunu fark etmiş. Yanına gidip fotoğrafı gösterince çocuk kadını hemen tanımış. Ayda en az bir kere gelir buralara. Kime geldiğini bilmiyorum ama her seferinde bu sokaktan geçer, demiş. Dayım bu kadar bilgiyle yetinmemiş, başka sorular da sormuş. Çocuk bütün sorularını sabırla cevaplamış. Sonunda çocuğun anlattıklarından kadının mutlaka bir arabası olması gerektiğine karar veren dayım, son olarak en yakın otoparkın yerini de öğrenip koşar adım uzaklaşmış oradan. Birkaç dakika sonra restorasyonu yarım kalmış eski bir ahşap ev ile yeşil boyalı bir türbenin önünden geçen uzun duvarın hemen bitimindeki dar bir aralıktan girdiğinde etrafı yıkık Bizans duvarlarıyla çevrili, otopark olarak kullanılan bir arsaya gelmiş.

İşte benim ıskaladığım yer burasıymış meğer. Bu Bizans otoparkını her zamanki aceleciliğim yüzünden kaçırmamış olsam belki ben de onun izini çok daha önce bulabilecektim, ama hayat çok tuhaf. Bazen tıpkı bir roman gibi kısa yoldan değil de uzatarak anlatıyor derdini bize. Oyalıyor bizi sanki zamanımız çokmuş gibi.

Şimdi ben de hayat gibi davranıp, daha fazla vaktinizi almak istemiyorum. Dayım geldiğinde otoparkçılar mıcırla kaplı arsanın bir köşesindeki derme çatma kulübenin önünde tavla oynuyormuş. Dayım selamlaşmanın hemen ardından resmi koymuş tavlanın içine, otoparkçı son attığı zarla iki taş birden kırarken. Ablayı tanırım, ara sıra gelir buralara. Arabasını bize bırakır, demiş.

Dayım ne zamanlar gelir, niçin gelir diye soracak olmuş. Adam hemen huylanmış. Şimdi ağbi, demiş sesini kibarlaştırarak. Sen niye arıyorsun bu hatunu anlat bakalım; biz de bilelim, yanlış olmasın falan gibi ipe sapa gelmez lakırdılar etmiş sonra.

Yok, demiş dayım, bizde yanlış olmaz. Tabii dayım da bunları benim size anlattığım gibi değil kendi üslubunca söylemiş. Böyle olunca da otoparkçıyla kolayca anlaşmışlar. Dayım hikâyeyi kısaca anlatınca adamlar başlamışlar gülmeye. Bir defa daha rezil olmuşum anlaşılan.

Ayda mutlaka bir gün geliyormuş, ama ne zaman geleceği belli olmuyormuş. Otoparka arabasını bıraktıktan sonra bir iki saatliğine gidip sonra geri dönüyormuş.

Dayım arabasının rengine, markasına, modeline kadar her şeyi öğrenmiş de bir tek plakasını öğrenememiş. Otoparkçılar fiş kullanmadıklarından ve herhangi bir kayıt da tutmadıklarından bir şey söyleyememişler. Otuz dört AZ... neydi yahu gerisi falan deyip kalmış biri. AZ olur mu ulan, o Necati'nin arabası; arabalar benziyor, ondan karıştırdın, demiş diğeri.

Plaka numarasını öğrenemese de Şahbender dayımın bu kadar kısa sürede çıkardığı iş takdire şayandı. Benim aylardır yapamadığımı bir çırpıda yapıp gururla eve döndükten sonra heyecanla karanlık odama gelmişti. Hazine bulsa bu kadar sevinmezdi herhalde. Karanlık odanın cılız ışığında bile gözlerinin içi parlıyordu. Bir şeyler bulduğunu hemen anlamıştım. Sana iyi bir haberim var, ama önce çık şu ininden, dedi.

Annem, oturma odasındaki kristal avizelerin ampullerinin çoğunu gevşetmiş olmasına rağmen yine de gözlerim kamaşmıştı. Dayım içeride namaz kılan annemin de duyabileceği yüksek bir sesle bulduklarını bana anlatırken onunla gurur duymuş, kendime bir kez daha kızmıştım. Defalarca gittiğim o semtte fazla soru sormayı sevmeyen ben, birçok noktayı ıskalayıp geçerken yıkık surların arasına saklanmış küçük otoparkı da göremeyince onun izini bulamamıştım. Dayım anlatınca her şey yerine oturmaya başlamıştı. Onun fotoğrafını çektikten sonra sersemlemiş bir halde elimde makineyle kalınca kalabalığın arasında kaybolmuş ve hemen köşeyi dönüp birkaç sokak ilerdeki duvarın bitimindeki dar geçitten otoparka girince de onu gözden kaybetmiştim. Sonra aynı gün ben oralarda boynumda kamerayla bir aşağı bir yukarı gezinip onun izini ararken muhtemelen o çoktan arabasına binip uzaklaşmıştı. Belki de yanımdan geçip gitmişti ben etrafa bakınırken.

19
Hayalet Çemberler

İşten ayrılmıştım. Çok yakında sıkıntıya düşecektik, biliyordum. Fakat annem ağzını açıp tek kelime etmemişti. Dayım da beni desteklemeye devam ediyordu. Ara sıra akşamları yanına uğruyordum. Her seferinde beni cesaretlendirecek, moralimi düzeltecek bir şeyler söylüyordu. O kadını mutlaka bulacağına inanıyorum, diyordu. Bak Suphi istersen otoparka beraber gidelim. Bütün gün yalnız başına orada beklemekten sıkılırsın, diyordu. Suratımın biraz asıldığını görünce, ciddiyetini hiç bozmadan pantolonunun arka cebinden çıkardığı buruşuk bir at yarışı bültenini elinde sallamaya başlıyor, bak yeni bir eşkıya belgesi geldi. Hazırlan, yine gidiyoruz diyordu.

Artık etrafımdaki herkesin tek düşüncesi benim mutlu olmamdı. Bunu görüyordum, altında eziliyordum, ama bir yandan da sanki bu gecikmiş ilginin artık beni iyileştiremeyeceğini herkesin gördüğünü, son bir çare olarak en azından ağrılarımı dindirmek için bu pansuman tedaviye başvurduklarını düşünüp, hâlâ sağlıklı oldukları için onlara içten bir kızgınlık da duyuyordum.

Aslında iç içe girmiş karmaşık duygulardı hissettiklerim. Öfkenin yanında üzüntü de vardı. Beni sevenleri bu kadar huzursuz ettiğim için, kendi sıkıntıları yetmiyor gibi bir de ben çıktığım için, hepsinden önemlisi bir daha asla geri gelmeyecek değerli zamanlarını çaldığım için, onların hiçbir zaman bilemeyecekleri gizli bir vicdan azabı da duyuyordum kimi zaman.

Sevgilimin fotoğrafı ilk aylarda olduğu gibi öyle arada bir elden ele dolaştırılmıyordu. Neredeyse hemen her gün herkesin elinde, cebindeydi. Annem namaz kılarken ters çevirse de fotoğraf hep tespihi ile seccadesini koyduğu sandığın üzerindeki kristal vazoya dayanmış duruyordu.

Onu bulma ihtimalimiz arttıkça sanki herkes birbirleriyle bir tür bahis oynamaya başlamıştı. Bir tek dayım kendini bu işin dışında tutuyordu. Teyzem sevgilimin resmini tuvalet masasının aynasına sıkıştırmış gece gündüz ona bakıyordu. Karakterini, huyunu suyunu yüzünden, bakışlarından okumaya çalışıyordu, fakat nedense bu işte kahve falı kadar başarılı olamıyordu. Ejder elindeki fotoğrafa bakıp mesleğini tahmin etmeyi deniyordu. Reklamcı, avukat, öğrenci, doktor, ev hanımı, dul, evli, bekâr... Bütün bunlar onun alanına giriyordu, ama yine bir sonuç yoktu. Her kafadan ayrı sesler çıkıyordu. Peyami'ninse marazi düşünceleri vardı. Sivil polis ya da gizli ajan bile olabilir bu kadın, diyordu. Çok gizemli buluyordu resimdeki bakışını.

Şinasi amcam onun giyiminden orta üst sınıftan geldiğini tahmin ettiğini söylüyordu. Burjuva duruşu var bu kadında, diyordu. Ben daha farklı görüyordum onu. Acaba ben kendimce hayaller kurup onu kendi istediğim gibi mi görüyordum, bilmiyordum, ama fotoğrafına her baktığımda değişik biri oluyordu, kılıktan kılığa giriyordu. Bir bakıyordum öğrenci oluyordu. Fotoğrafını çektiğimde yakındaki kurslardan birinden çıkmış eve gidiyordu. Elinde kitap ya da çanta olmadığını görünce bu düşüncem hemen yok olup bir diğeriyle yer değiştiriyordu. Bu defa yakındaki bir mağazada ya da bir bankada çalıştığını hayal ediyordum.

İşten çıkmış eve gidiyordu. Fotoğrafı çektiğim saati düşününce bundan da vazgeçiyordum. Cumartesi günleri çalışıyor olsa bile o saatte işten çıkmış olamaz, diyordum kendi kendime. Tam boşta kalmışken başka bir tahmin geliyordu ve hemen ardından kendi kendini yok ediyordu. Böylece onu olmasını istediğim şekillere sokuyor, kendimce giydirip kendi hayal dünyamda görmek istediğim gibi gezindiriyordum ve hata ediyordum, ama bunu o zamanlar göremiyordum.

Bankada birikmiş biraz param vardı. Dayım, ben yeniden iş bulana kadar anneme kira ödemelerinde yardımcı olacağını söyleyince biraz rahatlamıştım. Yoksa bu sorumsuzluğumun arkasından patrona gidip beni yeniden işe alması için ne kadar dil döksem de faydası olmayabilirdi.

Daralmıştım, sıkıntılarım vardı, hava değişikliği olsun diye kaçtım bu şehirden bir süreliğine desem, adam ne zaman izin istedin de vermedim, diyecekti biliyordum. Karşısında ezilip büzülecektim yine. Daha önce de benzer vukuatlarım olduğundan bana inanmayacaktı bu defa. Yine en sıkışık zamanda yüzüstü bırakıp gittin beni, diyecekti. Neyse ki yine dayım imdadıma yetişmişti. Sayesinde hem yeni bir iş hem de fotoğraftaki sevgilimi bulabilmek için yeterince zamanım olacaktı.

O günlerde sabah erkenden kalkıp işe gider gibi her gün düzenli dayımın bulduğu otoparka gidip bekledim. Tam on sekiz gün boyunca her sabah erkenden kalktım. Kahvaltıdan sonra, giyinip, fotoğrafı ceketimin iç cebine bayram harçlığı gibi özenle yerleştirip çıktım evden. Sonra yakındaki duraktan hep aynı otobüse binip o yıkık surlarla çevrili tozlu otoparka gittim. Şahbender dayım da bugünlerin çoğunda beni gizlice takip etti. Peşimden gelip beni uzaktan izledi. Fakat bunu hiç konuşmadık. Ben dayıma izlendiğimi bilmiyormuş gibi davrandım, o da on sekiz gün boyunca işlerinin çokluğundan dükkândan hiç ayrılamadığı için dert yanıp durdu.

On sekiz günün sonunda mevsim değişmişti, ama otoparkta değişen hiçbir şey olmamıştı. Otoparkın bir köşesinde, yıkık duvarların arasından inatla başını uzatmış arsız bir incir ağacının hemen dibinde eski bir plastik masayla dört sandalye vardı. Sandalyelerin ikisinde sürekli aynı adamlar oturuyordu, diğer iki sandalyenin müdavimleri değişiyordu. Genellikle bunlar da tavla oynayanları seyreden işsiz güçsüz takımından gelen gidenler oluyordu.

Gece bekçilik yapan iki iri kurt köpeğini diğer köşedeki kulübenin hemen yanına bağlayan kısa boylu adam sabah erkenden gelip açıyordu kapıyı. Adı Remzi'ydi. Sonra diğeri geliyordu. Genellikle akşamdan kalma bir dengesizlik içinde oluyordu ikincisi. Yalandan etrafı hortumla biraz ıslattıktan sonra çayları getiriyordu.

İlk birkaç gün gidemedim yanlarına. Benimle alay ederler, beni rencide edecek bir şeyler söylerler diye çekindim. Sonra nereden geldiğini anlayamadığım bir cesaretle gidip, tanıttım kendimi. Dayım onlara her şeyi anlatmıştı. Güldüler bana. Ayda bir iki sefer gelir ama uzun zamandır ortalarda yok, dediler. Eminim ben uzaklaştıktan sonra alay ettiler benimle. Sonraki günlerde, yine mümkün olduğunca görünmemeye çalıştım gözlerine, göründüğümde de hep aynı olumsuz cevabı aldım. Bekliyoruz ama hâlâ gelmedi seninki, dediler bıyık altından sırıtarak ya da sıska boyunlarını uzatıp hindi gibi başlarını salladılar sessizce.

Tam on sekiz gün boyunca izledim o otoparkı. Her gelen koyu renk aracı, markasına bakmadan, lacivert mi değil mi olmadan heyecanla takip ediyordum. O koyu renk arabaların çok azının içinden bayanlar iniyordu, ama hiçbiri ona benzemiyordu.

Bazen otoparkı kısa süreliğine terk ediyor telaşla yakınlarda onun gidebileceği bir yer arıyordum. Bir hayır kurumu, dernek, bir sanat kursu, devlet dairesi, banka şubesi, alışveriş merkezi... Düzenli gelmesini gerektirecek herhangi bir yer arıyordum. Yakınlarda aradığım yerlerin çoğunu bulamıyordum. Bulduklarımsa beni ona götürecek ipuçlarından yoksundu. Sıradan bir banka şubesi mesela. Hemen girişte kıçında bir tabanca ve kelepçeleriyle güvenlik görevlisi, sıra numarasını alıp bekleyenler, vitrinleri taksitli satışlarla, indirim yazılarıyla dolu küçük mağazalar, tüpçü, bir manav, vitrininde, boynunda atkılar, başında berelerle büyük bir kardan adamın durduğu bir yüncü, Vakfıkebir ekmeği çıkaran bir odun fırını, pastane, beyaz eşya satan bayiler, kuruyemişçi, bahçesinde yaralı bereli çocukların koşuşturduğu küçük bir ilkokul... Fazla uzaklaşmaktan da korkuyordum. Biraz uzağa gitsem telaşla otoparka geri dönüyordum. Onun lacivert arabasını göremeyince ağır bir hüzün çöküyordu üzerime.

Yine gevezelik yapmaya başladığımın farkındayım. Bu dünyada artık galiba hep ben konuşacağım. Nasıl bir susamışlık, nasıl bir susmuşluksa bu, konuştukça dilim çözülüyor, daha geveze oluyorum. Evet, hiç konuşmayan ben, çocukluğundan beri hep susan ya da susulması gerektiği gibi büyük yanılgıların içinde debelenirken sükûnetle etrafında konuşanları dinleyen ve dinledikçe daha çok susan ve sustukça daha çok sevildiğini sanan ben... Söz gümüşse sükût altındır kültürünün efendisi ben... Ben konuşacağım, siz mecburen dinleyeceksiniz galiba.

Şimdi kim bilir neler düşünüyorsunuz. Yine benim tuhaf hayaller gördüğümü sanıp üzülüyorsunuz, yine kederlendiniz belki, kahretsin diyorsunuz. Belki kendinize bir kadeh kırmızı şarap koyup şehrin ışıklarını izliyorsunuz. Sesim bilgisayarınızın hoparlöründen çıkıp kulağınıza eski bir filmin çatlak sesli dublajı gibi hışırtılı ulaşırken karşınızdaki ışıltılı binaların arasından akıp giden arabaların birinin içinde beni görüyorsunuz. Rüyalarda uyurgezer dolanmaktan bir farkı yok senin yaşadığın hayatın diyorsunuz. Rüyalarda gözler kapalı, burada açık, tek fark bu diyorsunuz.

Gece mavisi bir gökyüzünün altında şehrin karaltıları belirsizliğe gömülürken, gözlerim uzak bir noktaya dalıp giderken, hayallerimle yapayalnız gezerken kendim de bir hayal oluyorum; sizin gibi gerçek olamadığım için de bana kızıyorsunuz, işimiz var uğraşacağız bu adamla diyorsunuz belki. Ama zaten baştan dengesi bozuk yaşantımın, onun fotoğrafını çektikten sonra iyice su almaya başladığını daha nasıl anlatmalı bilmiyorum ki. O fotoğrafı çekene kadar hiç inanmadığım aşkın böyle uzaktan da olsa kolunu uzatıp kapımı tıklamasına, hatta açtığımda gırtlağıma sarılmasına alışmam kolay olmuyor ki. Bu beni öylesine ben olmaktan çıkaran ve öylesine tanınmaz bir hale sokan, utandıran bir duygu ki... Size anlatmam çok güç.

Bu yüzden de o fotoğraftan sonra yaşadıklarımın pek çoğunu anlatamadım size. Mesela, bir keresinde yine İstanbul'un sokaklarını gezdiğim bir günün sonunda ona Maçka'da rastlayıp sonra aniden gözden kaybettiğimi sandığım için Teşvikiye'deki Milli Reasürans Pasajı'ndan yeniden geçer diye günlerce o geçitte beklediğimi, oraya bir süre yağmur çamur demeden her hafta sonu gelip dikildiğimi bilmiyorsunuz. Anlatmadım size.

Neredeyse şehirdeki bütün otobüs duraklarında yapayalnız bekleyen güzel, utangaç kadınların tamamının yüzünü ezberlediğimi, ama aralarında bir tek ona rastlayamayınca neler hissettiğimi bilmiyorsunuz.

Halbuki Maçka'da o gün rastladığımı sandığım kadının o olmadığını çok sonra anladığımı, bazen aklımın beni bile kandırıp oyaladığını bilmiyorsunuz. Bir dönem İstanbul'da bütün parklarda ve deniz kenarlarında ne kadar bank varsa tamamının üzerine ona taktığım hayali ismi kazımak istediğimi bilmiyorsunuz. Aslında aynı adı belki de bir kalp içine alıp, parklardaki ağaçların kalın kabuklu dallarına da çizmek, kıyılardaki en küçük sandaldan en büyük yata kadar bütün teknelere onun adını vermek istediğimi bilmiyorsunuz.

Sahilde haftanın hemen her gecesi ellerim cebimde yürüdüğümü ve karanlık denize bakarken göz kırpan teknelerin ışıklarıyla buğulanan gözlerimde hep onun hayalinin yüzdüğünü bilmiyorsunuz.

Bazı geceler sabaha kadar penceremin önünde ağladığımı bilmiyorsunuz. Derdimi en yakınımdaki Şahbender dayıma, Peyami'ye, Ejder'e bile açamadığımı bilmiyorsunuz. Baştan beri yaptığım gibi sakladım, onlara da anlatmadım hislerimi. Utandım bundan. Zaten bu aldığımız lanet olası terbiye değil mi bizi yiyip bitiren, deli gömleği gibi üzerimize geçip elimizi kolumuzu bağlayan bu utangaçlık değil mi?

Teyzem ile annem sıkkın tünek kuşları gibi evde oturup benden bahsederken aslında onların bulacağı bir kızla benim asla yapamayacağımı onlara haykırmak yerine odamın kapısını hafifçe aralayıp, sessiz kalmayı tercih ettiğimi, söyleyecek çok laf olmasına rağmen bunlardan birinin dahi hiçbir zaman dilimin ucuna gelmediğini, sükûnetimi her ne olursa olsun muhafaza ettiğimi ve tek kelime etmeden kapı aralığından evin içinde aptal bir tavuk gibi gezinen şişman kuzinimi görünce tüylerimin nasıl diken diken olduğunu bilmiyorsunuz.

O günlerde biriktirdiklerim şimdi çektiklerim. O günlerde kesip akıtmadığım cerahatler şimdi şişip patlıyor, vücudumun her yanını ateşli sayrılıklar sarıyor. Pansumansız, ilaçsız, bir tas sıcak çorbasız kalıyorum soğuk yataklarda.

Aslında bazen beni bu hale getiren her neyse ona nasıl kinlendiğimi, öfkemi nasıl içime atıp da orada kuvvetli bir zehir gibi beklettiğimi ve bu yüzden uzun geceler boyu mide ağrıları çektiğimi, yatakta defalarca döndükten sonra sabaha karşı bitap düşüp uykuya dalarken dahi hâlâ kısık gözlerimin önündeki hayalet çemberlerin gerisinden onun silik yüzünün geçtiğini bilmiyorsunuz.

20
Sokak Lambaları Ağlasa

Evet, tam on sekiz gün sürdü bu durum. Her gün gittim o otoparka. Pardösülerin, paltoların, eteklerin, kuru yapraklarla uçuştuğu, havanın çoğunlukla serin ve kapalı olduğu günlerde sokakların tozunu yutarak bekledim orada tam on sekiz gün boyunca.

On dokuzuncu gün geldiğinde de ümidim yoktu. Yine sabah erkenden gelip her zamanki yerlerimden birinde durmuştum. Bir süre sonra ayaklarım yorulmaya başlayınca da önünde dikildiğim yıkık evin bahçe duvarına yaslanmıştım. Orada ilgi çekmediğimi düşünüyordum. Her gün aynı yerde beklediğimi görenler şüphelenmesinler diye kendimce önlemler almıştım. Her gün gardırobumdaki elbiseler yettiğince farklı giyinmeye çalışıyordum, sonra farklı yerlerde bekliyordum. Otoparka giren çıkan arabaları rahatlıkla görebileceğim, ama fazla dikkat çekmeyeceğim kör noktalarda duruyordum. Her gün geldiğimi otoparkçılar da görsün istemiyordum.

Olan biteni uzaktan takip ederken bir yandan da ellerim cebimde hayaller kuruyordum. Diyelim ki geldi diyordum kendi kendime. Onunla ne konuşurum, ne sorarım ona? Kendimde bu cesareti nasıl bulurum? O paslı dilim nasıl olur da çözülür? Ona rahatça hissettiklerimi anlatabilmek için nasıl sanki bir başıma odamın duvarlarıyla konuşuyormuş taklidi yapabilirim? O bütün güzelliği ile karşımda dikilirken bunu nasıl becerebilirim elim ayağım dolaşmadan, sesim titremeden?

Bütün bunları düşünürken ellerim üşüyordu. Burnum akıyordu, gözlerim yaşarıyordu. Cebimden mendilimi çıkardığım sırada arkamdan biri gelip koluma girmişti. Hemen sonra yanında biri daha peyda oldu. Ben daha ne olduğunu anlayamadan, adamların yüzüne bile dönüp bakacak zamanı bulamadan damarlı elleri sertleşti ve kollarımı sımsıkı kavrayıp ayaklarımı yerden keserek götürüp özel bir arabaya bindirdiler beni. Otoparkın önünden hızla geçerken otoparkçıları göremedim. Hava serindi. Kulübede oturuyorlardı. Muhtemelen yine tavla oynuyorlardı. Hızla yıkık duvarların, dar sokakların arasından uzaklaşıyorduk. Telsiz kesik kesik hırlıyordu arabanın içinde. Sivildiler. Silahlı, sert, sakin...

Anacaddeye çıkmıştık. Uzaklaşıyorduk oradan hızla. Otobüslerin içinde insanlar vardı üst üste, havasız, boğucu, terli, özgür insanlar... Sokakta yürüyorlardı, yağmur atıştırıyordu; duraklarda bekliyorlardı, rüzgâr yapraksız ağaçları sallıyordu, ağaçlarda kuş yuvaları vardı. Kırmızı ışıkta duruyorduk; insanlar karşıya geçiyorlardı. Yaya geçidinde ayakkabıları ıslanıyordu, arabaların camları zaten ıslaktı. Dışarıya bakan başım zorla arabanın içine çevriliyordu. İki yanımda tonlarca ağırlık vardı sanki. Büyük bir cenderede sıkılıyordum ağır...

Uzun süredir beni izleyen meraklı bir mahalle sakini, her gün aynı saatte gelip bütün gün otoparkın civarında dolaştığımı görünce beni ihbar etmiş. Polis de beni yakın takibe alıp ikinci gün tepeme binmişti. Bütün günüm karakolda sorguda geçti. Polise olan biteni nerdeyse bu kayıtlarda size anlattığım kadar açık seçik anlattım. Söylediklerime inandılar, hatta bıyık altından güldüler bana. Sonra serbest bıraktılar. Eminim arkamdan konuşup, alay ettiler benimle. Belki hâlâ arada sırada alay konusu oluyorumdur götürüldüğüm şubede. Ama ben mutlu olmuştum. Birilerinin bana güvenmesi gururumu okşamıştı.

Akşamüstü telaşla otoparka döndüm. Onun ben yokken gelip gitmiş olmasından endişeleniyordum. Günlerce bekledikten sonra boş yere onu kaçırmış olmak istemiyordum. Otoparkta Remzi de yanındaki adını bilmediğim arkadaşı da yoktu. Daha önce hiç görmediğim kısa boylu biri vardı. İçeri girdiğimi görünce bana doğru hareketlenmişti. Tam o sırada bir müşterisi arabayla otoparka girince ona döndü. Akşamüstü, dört civarıydı. Adam tamam ağbi, araba böyle kalsın, dediği anda beynimden vurulmuştum. Arabası parkta duruyordu. O arabanın aynısından İstanbul'da belki binlercesi vardı ama içimdeki tuhaf his parkın en köşesindeki tek arabalık yere park edilmiş lacivert arabanın onun arabası olduğunu söylüyordu.

Neyse ki hâlâ yakınlarda bir yerlerde, nasıl olsa dönüp arabasını almaya gelecek diye düşünüp sakinleşmeye çalışırken kalbim daha da hızlı atmaya başlamıştı. Orada, yıkık Bizans duvarlarıyla çevrili, mıcır kaplı otoparkın hemen girişinde yığılıp kalacak kadar kötü hissediyordum kendimi. Başım dönüyordu, gözlerim kararıyordu. Bir taraftan da kiloma göre gidebileceğim en hızlı adımlarla sağdaki küçük caminin yanından geçip köşedeki bakkala doğru yürüyordum. Soluk soluğa kalmıştım, kalbim sıkışıyor, nefesim daralıyordu. Hava serindi, ama terliyordum. Yüzüm kızarmıştı, sıcaktı hissediyordum. Durdum... Sanki benimle birlikte etraftaki her şey de durmuştu. Bir süre o şekilde kalırsam ölecektim. Böyle durup zamanı da durdurursam mekân değiştirecektim. Soluk soluğa kalmıştı, kalbi sıkışıyordu, nefesi daralıyordu, hava serindi, terliyordu, tansiyonu çıkmıştı, yüzüne kan oturmuştu, her şey durmuştu, o şekilde kalırsa ölecekti, mekân değiştirecekti sesleri düşüncelerimin peşi sıra kafamın içinde çınlıyordu. Uzun rakkaslı duvar saatlerinin hepsi birden aynı saati çalıyordu. Oydu emindim. Orada, bakkalın hemen önünden geçiyordu. Yürürken de beni, etraftaki her şeyi ve hatta zamanı bile durduruyordu.

Durmamalıyım diye bağırdım içime. Bu defa kaybetmemeliyim diye seslendim. Onu göz hapsimden bir saniye bile kaçırmamalıyım bu defa. Gücümü toplayıp daha hızlı yürüdüm.

İnanılmaz bir gündü. Şanssızlık, şans, korku, endişe, telaş sevinç... Sanki bütün duygular o günü bekleyip sıraya girmişlerdi. Birbirlerinin peşi sıra geliyorlardı. Hiçbir şey düşünemiyordum sadece kalbimin çok hızlı attığını hissediyordum. Hatta öyle şiddetli ve gürültülü atıyordu ki, etraftaki insanlar da duyuyor diye düşünüyordum.

Onu bir süre daha takip ettim. Bakkalın önünden geçip ilk sokaktan sola sonra hemen sağa dönüp bakımsız bir apartmanın içine girmişti. Heyecandan nefesim kesilecekti. Telaşla o sırada sokaktan geçen bir taksiye el ettim. Taksici durdu. Arabanın arka koltuğuna oturup, nefes nefese beklemeye başladım. Gözlerimi karanlık yüzlü, bakımsız apartmanın kirli pencerelerinden, demir kapısından ayırmıyordum. Kapının önünde top oynayan çocukların bağırışları bile bir an olsun dikkatimi dağıtamıyordu. Apartmanın adını, numarasını hemen ezberledim. Taksi şoförü birini mi bekliyoruz, diye sorduğunda irkildim. Evet, dedim, birini bekliyoruz. Adam on dakikadan sonra sabırsızlanmaya başlamıştı. Konuşacak halim yoktu. İkna edemedim. Kardeşim işim gücüm var benim, dedi. Bırak gideyim. Ben bu arada iki müşteri almıştım, dedi. Taksimetre ne yazarsa iki mislini ödeyeceğimi söyleyince sakinleşti. Yirmi dakika kadar daha bekledik.

Adam yine tam sabırsızlanmaya başlamışken apartmanın siyah demir kapısının önünde fotoğraftaki kadın belirmişti.

İlk kez bu kadar yakındım ona. Yüzünü ilk kez bu kadar yakından görüyordum. O beni göremiyordu. Ne kadar da farklıydı. Fotoğraf beni nasıl bu kadar yanıltmıştı? Kendisini görünce fotoğraftaki görüntüyü hayalimde nasıl şekilden şekle soktuğumu, nasıl kendime göre yoğurduğumu görüp hayrete düşmüştüm. Çünkü tahminlerimin, hayallerimin ve çektiğim fotoğraftaki görüntünün çok ötesinde güzeldi. Asla benim birlikte olamayacağım kadar, elimi sürmeye cesaret edemeyeceğim, karşısına geçip iki kelimeyi bir araya getiremeyeceğim kadar güzeldi. Üstelik tahmin ettiğimden de gençti.

Canım fena halde sıkılmıştı. Ne kadar farklı bir kadını düşlemiştim ben. Belki de bu kadar güzel olduğunu bilsem hiç ümide kapılmazdım, bu kadar hayal kurmazdım, belki de boşuna bu acıları çekmezdim diye düşündüm. Böyle bulmuşken kaybetmezdim diye geçirmiştim içimden.

Fotoğraf bana nasıl bir oyun oynamıştı böyle? Nasıl olup da çektiğim tek siyah beyaz fotoğraf karesiyle zihnimde bir fotoroman yapmıştım. Bir resimli fotoroman...

Oysa o, tek fotoğraflık görüntüsünden ilham alarak zihnimde var ettiğim, sonra da âşık olduğum kadından çok farklıydı. Bir defa fazla güzeldi. Sonra benim yaşadığım hayatın, içinde var olduğum çevrenin çok dışında olduğu apaçık belliydi. Giyimiyle, yürüyüşüyle, çantasını karıştırırken sol ayağını hafifçe öne atıp kalçasını kaldırarak çantasını destekleyişiyle, arabasının anahtarını tutuşuyla, pencereye el sallayışıyla, ruju, ojesi, göz boyasıyla, yürüyüşü, elindeki şık şemsiyeyi tutuşuyla, rüzgârla uçuşan kaşkolü, pardösüsü, üzerindeki bütün cansız öteberiyi taşıyışındaki zarafeti, topuklu ayakkabılarından saçına kadar her şeyiyle tahminlerimin ötesinde, düşündüğümün çok uzağında bir kadına âşık olmuştum. Benim asla ulaşamayacağım bir kadına...

Apartmanın girişindeki birkaç basamaklı merdivenden kaldırıma doğru inerken birinci katın penceresinden yaşlı bir kadın kendisine el sallıyordu. Herhalde yalnız kalmasın diye ara sıra gelip yokladığı uzak bir akraba, bir teyze veya hala diye düşünmüştüm. Belki de annesiydi, bilmiyorum. O da dönüp yaşlı kadına el salladıktan sonra kaldırımdan otoparkın olduğu yöne doğru yürümeye başlamıştı.

Taksi şoförü tamam birader, dedi şimdi durum anlaşıldı. Baştan söylesene. Bu kadar sabırsızlanmazdık o zaman, halden anlarız biz. Yengeyle aranız tatsız. O da trip yapıyor sana tabii. Sen de...

Evet, dedim, aynen düşündüğün gibi. Şimdi gidip arabasını alacak otoparktan. Peşine takılalım gittiği yere kadar da ayrılmayalım, dedim. Sonra yalana devam ettim. Bu hoşuma gitmişti. O kadar güzel bir kadının benim karım olması yani. Ondan şüphelendiğimi söyledim. Son zamanlarda aramız bozulunca beni aldatmasından endişe ettiğimi falan uydurdum. Söz konusu namus olunca taksici daha da ciddiye almıştı işini.

Sen merak etme birader, dedi. Polis kaçırır ben kaçırmam. Ama polis beni kaçırmıştı sabah. Karakola götürülüşüm, sorgulanmam, polislerin bıyık altından gülüşleri yeniden gözümün önüne gelmişti. Mıknatıs gibi yapışırız arkasına, aya gitse kaçamaz bizden, dedi taksi şoförü.

Otoparka doğru yürürken arkasından takip ettik onu. Son ra arabasına binip çıktı oradan. Hafif bir yağmur yağmaya başlamıştı. Gaz, fren peşinden ayrılmıyorduk. Stop lambalarının ışığı yüzümüzü kızartıyordu. Akşam trafiğinde dura kalka Haliç Köprüsü'nü geçip Şişli'ye oradan da Nişantaşı'na girmiştik.

Taksici alacağı iki misli paraya rağmen trafiğe girince söylenmeye başlamıştı. Karanlık sokaklardan birinin hemen girişindeki otoparkın önüne gelinceye kadar izledik onu. Orada arabasından indi. Ben de hemen parasını ödeyip taksi şoförüyle vedalaşmıştım.

Zor işler bunlar Allah yardımcın olsun, dedi arkamdan. Karısı tarafından aldatılan adam durumuna düşmüştüm, ama bunun bir önemi yoktu. Fotoğraftaki sevgilimin asla bana uygun biri olmadığını görmüş, hevesim kursağımda kalmıştı. Ama olsun sonuçta onu buldum ya bu da yeter diye kendimi teselli etmeye çalışıyordum. En azından aylardır merak ettiğim soruların cevaplarını öğrenebileceğim diyordum kendi kendime. Zaten her şey kendi kendime değil miydi? Neyse, onun kim olduğunu, nerede kaldığını, ne iş yaptığını, bir sevgilisi ya da kocası olup olmadığını, ona dair daha pek çok şeyi öğrenebilecektim.

Yağmur hızlanmıştı. Arabasını otoparktaki çocuğa bıraktıktan sonra ışıklı vitrinleriyle sokağın her iki yanına sıralanmış dükkânların önlerindeki ıslak kaldırımlarda hızla yürüyen akşam kalabalığının arasına karışmıştı. Bu defa onu kaybetmemek için hemen arkasından yürüyordum. Neredeyse nefesimle saçlarını uçuşturacak kadar yakındım ona. Islak rüzgâra karışan parfüm kokusunu duyabiliyordum. Birkaç ara sokağı geçip tekrar caddeye çıkmıştık. Önünde Çingenelerin çiçek sattığı eski bir apartmanın kapısına gelince durup, zillerden birine basmıştı. Ona o kadar yakındım ki siyah ojeli, ince uzun parmağını götürdüğü zili rahatça görebiliyordum. Kapı hemen açılmıştı. Apartmanın antika asansörüne binip gürültüyle yukarıya çıkmıştı. Ben de arkasından içeri girip merdivenlerden aynı kata çıktım. Apartman otomatının ışıkları söndürmesini bekledikten sonra da girdiği dairenin kapısının önüne gelip bir süre bekledim.

Kapının hemen yanındaki zilin üzerinde adı yazıyordu:

Psikolog Jale Korel

Evet, günün birinde tesadüfen fotoğrafını çekip, âşık olduğum ve uğruna işimi bırakıp modern bir şehir divanesi gibi bütün İstanbul'da günlerce izini aradığım, sonra bulunca da buruk bir sevinçle kapısına kadar izlediğim fotoğraftaki kadın sizdiniz. Tahminlerimin ötesinde güzeldiniz. Bütün hayallerimi yıkacak kadar, kendimi yeniden küçücük hissettirecek, beni karanlık odamın kara dört duvarı arasına hapsettirecek kadar, bu şehirden arkama bile bakmadan tekrar beni kaçırtacak, içimde kalan küçücük umudu da benden alacak kadar güzeldiniz.

Günlerce aylarca size günün birinde rastlarsam, sizinle tanışırsam diye kurduğum hayallerin sonunu getirmiş, yerle bir etmiştiniz. Çok farklıydınız. Sizi o apartmanın kapısında görür görmez fark etmiştim bunu. O fotoğraftan çok daha güzel, bana çok daha uzak, asla birlikte olamayacağımız kadar başka bir dünyaya ait olduğunuzu o an anlamıştım.

Siz böyleyken ben nasıl olup da bunu görememiştim. Nasıl böyle olamayacak bir hülyayla mantığımı takas etmiştim? Sizin benden böylesine uzaklarda olduğunuzu fark edemeden hayaller kuran ben, nasıl olup da bu işe ailemi de karıştırmıştım, onları da bu tuhaf macerama ortak etmiştim bilmeden.

Belki de onlar farkına varmışlar, ama üzülmemem için bana söylememişlerdi gerçekleri. Yıkılmasın evladımız, avutsun kendini böyle, nasıl olsa bulamaz o kadını bu koca şehirde demişlerdi içlerinden belki de. Kandırmışlardı beni yine küçük bir çocuk gibi. Ama ben annemi üzmüştüm, dayımı, amcamı, teyzemi, arkadaşlarımı meşgul etmiştim.

En çok da annemi üzdüğüme üzülmüştüm biliyor musunuz?

Bazı görüntüler hiç gözümün önünden gitmiyor. Sabit mürekkeplerle resmedilmişler, hiç solmuyorlar biliyor musunuz?

Gülsuyu kokan, tül perdeli zamanlarda pencerenin önünde dururdu annem. Seccadesi kıbleye, kıblesi Kâbe'ye, dualar dökülen kuru, çatlak dudakları gökyüzüne bakardı. Odanın dingin havasına mahrem bir fısıltı gibi karışan o duaların pek çoğunda ben olurdum, bazılarında siz... Temiz bir mendilin içine saklı küçük parlak bir bayram şekeri gibiydiniz. Annemin gülümseyen yüzü kıbleye dönükken çatlak dudaklarından dökülen bir duaydınız siz.

Annem böyle fısıltıyla dualar ederken Şefika teyzem kahvenin telvesinde arardı sizi. Bazen görür, çoğu zaman bulamazdı. Fincanın içindeki karanlık, çamurlu sokaklarda kaybolurdunuz, görünmezdiniz. Annem bir umut, boynu bükük teyzemi dinlerdi. Salonun kapısı açık olurdu hep. Ben odamdan, sararmış kapıların aralığından içeri bakardım kaçamak. Marifetli bir hırsız gibi görüntüler çalardım, konuşmalar duyardım, uzaklardan boğuk sesler dolardı kulaklarıma. Sonra sıkılır sokaklara çıkardım. Sizi arardım. Yağmur yağardı köşelerde bekleşen dilencilere, sokak çalgıcılarının üzerine düşerdi damlalar. Terk edilmiş bir binanın kilitli tahta kapısının önünde bir adam akordeon çalardı, yağmur şapkasına yağardı. Fahişelerin boyalı yüzlerine, dağınık saçlarına yine aynı yağmur damlaları vururdu, makyajları akardı. Köşede bir kadın ağlardı. Şinasi amcamın ağlayan bir kadından daha tehlikeli bir mahluk yoktur bu âlemde dediği aklıma gelirdi. Yaklaşmazdım yanına, korkup uzaklaşırdım oradan. Yağmur da benden uzaklaşırdı, dururdu uzaklarda yalnız.

İşte ben o zaman başka bir zamana girerdim. Etrafıma daha dikkatli bakardım, sürekli etrafıma... Şu kalabalık şehirde en küçük bir ayrıntıyı kaçırmamak için dikkatle bakardım her yana.

Ensende yakın bir nefes hissedersen rüzgâr deyip geçme, derdi babam. İstanbul'a ilk geldiğimiz yıllarda söylemişti bunu. Büyük şehirlerde rüzgâr esmez, derdi. Büyük şehirlere kurt inmez, kar yağmaz öyle diz boyu, gözün alabildiğine kopkoyu bir karanlık da olmaz geceleri büyük şehirlerde. Ama buraların daha tehlikeli esintileri, daha uzun dişli canavarları, daha karakışları vardır. Daha soğuk, daha beyaz... Bilmezsin oğlum, derdi babam. İyisi mi sen bu şehirdeki her şeyi farklı belle. Gördüğüne asla aldanma. Hep altında bir şeyler ara, şüphe et, inanma. Burada her şeye yeniden başla, yeniden öğren bildiklerini bile, derdi.

Hayatında bir kez nasihat vermişti, o da buydu. İşte bu yüzden şehrin herhangi bir köprüsünde, yüksek bir tepesinde, kaldırımında, yokuşunda yürürken arkamdan gelen her esintide babamın sözünü hatırlardım. Köprülerin üzerinden aşağıda akan arabalara bakardım. Birinin içinde olabileceğinizi düşünüp umutlanırdım. Arabayı hep sizin kullandığınızı ve arabanın içinde yalnız olduğunuzu hayal ederdim.

Yağmur başlardı yine. Yakındaki üst geçitten siyah bir şemsiye geçerdi. Belki o şemsiyenin altındaki kadın olurdunuz siz. Sırtı rüzgâra dönük, eteklerini tutan kahverengi pardösülü kadın belki sizdiniz. Şefika teyzemin sırf bu yüzden kahve fallarında göremediği kamuflajlı kızdınız belki siz. Belki de uzak apartmanların karanlık pencerelerinden buğulu gözlerle yağmuru seyrederdiniz. İşte böyle zamanlarda hep aynı şeyleri düşünürdüm. Sizi saklayan her renge, her eşyaya öfkelenirdim. Ne kadar siyah şemsiye var diye düşünürdüm bu şehirde. Ne kadar çok insan ıslanıyor; yağmurlar ne kadar çok siyah saçı ıslatıyor. Ve üst üste binmiş evlerin aralarındaki dar sokaklarda akan yağmur suları hızla mazgallardan kanalizasyonlara karışırken ne kadar çok insan yürüyor bu sokaklarda diye sessizce bağırırdım içime.

Bazen o hale gelirdim, o kadar ümitsizliğe kapılırdım ki artık o çektiğim fotoğrafta bir kadın olmadığına inanmaya başlardım. Bunu benim kendi kendime uydurduğumu düşünür, bu yüzden de sürekli cebimden çıkarıp aynı fotoğrafa bakardım. Sizin yüzünüzle karşılaşamayacağım korkusuyla resmi cebimden titreyen ellerimle çekip çıkarır, o güzel yüzünüzü görünce rahatlardım. Her defasında orada olurdunuz. Ceketimin kuru, karanlık, kuytu bir yerinde, iç cebinde dururdunuz. Güvenli, rahat... Sokakların kalabalığından, tehlikelerinden, gürültüsünden uzak, sizi orada korurdum.

Fakat her zaman her şey bu kadar da yolunda gitmiyordu tabii. Bazen şişiyordum. Ellerim şişiyor, yüzüm şişiyordu. Gözlerim pörtlüyor, kafam balon gibi oluyordu. Sanki insanı uyuşturan esrarlı bir nefes burun deliklerimden, kulaklarımdan üfleyip beni kurbanlık bir koyun gibi şişiriyordu. Önce balon gibi koca bir kafayla geziyordum, dengesiz. Ensemde ağır bir ağrı hissediyordum. Yavaşça başlayıp kafamı arkadan sürekli sıkan bir mengeneye dönüşüyordu bu sonra. Böyle zamanlarda uyuyordum ben de. Keşke turuncu bir uçan balon olsam diyordum. Kaçıyordum bu dünyadan uzaklara. Rüyalara sığınıyordum. Rüyaların durgun kıyılarında gezinen bir çift küçük el oluyordum. O kapalı, güvenilir dünyada huzur buluyordum. Sonra yine sizi görüyordum. Yüzünüzü görüyordum masum... Şehirlerarası karanlık bir yolda sabaha karşı yol alan bir otobüsün penceresinden dışarı bakar gibi... Sanki içinde yıllardır hep aynı sadık acıyı saklar gibi... Beyaz, hüzünlü, solgun, uykusuz, yorgun oluyordunuz.

Elimi uzatıyordum size. Elim, buğulu gözlerle pencereden dışarı bakan yüzünüze uzanıyordu. Boşluğu yoklayan âmâ ellerimle, geçmiş zamanlara kök salmış bir sarmaşık gibi tutunan kalın parmaklarımla dokunuyordum size. Güvenli küçük ellerimle rüyalardan çıkıp uzanıyordum yüzünüze. Ağlıyordunuz. Beyaz yanaklarınızda gözyaşlarıyla ağlıyordunuz. Uzun parmaklarımla sıcak yüzünüze değiyordum ıslak, telaşlı... Ve siz aniden kayboluyordunuz. Parmaklarım yüzünüze değdiği anda sabun köpüğü gibi sönüyor, yitip gidiyordunuz hiç iz bırakmadan.

Sonra yeniden uzaklarda görüyordum sizi. Bir kaybolup, hiç umulmadık bir yerde yeniden çıkan bir gökkuşağı gibi. Yine elimi uzatıyordum size. Tam dokunacakken annemin yüzü oluyordu yüzünüz. Annem gibi bakıyordu gözleriniz, siyah uzun saçlarınıza aklar düşüyordu annemin saçları gibi. Annem gibi topuz yapmıştınız onları; bacaklarınız annem gibi varisli, ayaklarınız çıplak, topuklarınız çatlak anneminkiler gibi. Dudaklarınız titrek annem gibi, ılık nefesinizde aynı ıslak dualar...

Yüzünüzü istemiyordum, soğuyordu, dokunamıyordum ona. Annem gibi sarılmak istemiyordum size, annem gibi sıcak, yumuşak...

İşte son zamanlarda böyle sıkıntılarla uyuduğumda gördüğüm rüyalarımda hep siz oluyordunuz. Peş peşe birkaç gece aynı şeyleri görüyordum; bazen farklı rüyalar... Ama içlerinde hep sizi buluyordum. Her kapı arkasından sizin yüzünüz çıkıyor, tüm pencerelerden siz bakıyordunuz. Tüm aynalardan siz yansıyordunuz. Yolda yürüyen suretsiz kafaların içinde bir tek sizin yüzünüzü seçiyordum. Bütün uzun, siyah saçlı kadınlarda sizi görüyordum, arkalarından koşup yüzlerine baktığımda hepsi size dönüşüyordu. İçimde hep bir umutla arıyordum sizi. Ama öyle ürkek, titrek bir umut ki bu, her an ürküp kaçacak bir kuş gibi, her an kanatlanıp beni terk etmeye hazır gibi.

İşte bu yüzdendi tedirginliğim. Bu yüzden geceleri sokaklarda yürürken gölgemi arıyordum. Ancak onu görünce düşte olmadığımı, sizi gerçekten aradığımı görüp rahatlıyordum, çünkü düşlerde gölgeler yoktur. Bunu biliyor muydunuz?

Bazen başka oluyordunuz, değişiyordunuz. Size hiç benzemiyordunuz ama yine de o, o sizdiniz biliyordum, hissedebiliyordum. Fakat rüyalarda bile size dokunamıyordum. Tam arkanızdan koşup size değecekken, yüzünüze dokunup sizi öpecekken uyanıyordum.

İşte böyle hoş anların, mutlu zamanların düşlerde, hayallerde bile kıyılarında dolaşıp da denizlerine girememek var ya o kahrediyordu beni. Sizi bulunca kâbuslarımın biteceğine, her şeyin daha güzel olacağına inandırmıştım hep kendimi, ama yanılmışım. Sizi bulduktan sonra acılarım dineceği yerde daha da azmıştı. Sizi kapınıza kadar takip edip, kim olduğunuzu öğrenince her şey biteceği yerde daha da derin bir hüzün çökmüştü üzerime. Acım içimde hafif bir sızıyken azmıştı. Gece uykuları bölen dayanılmaz bir diş ağrısı gibi zonklamaya, çürük gibi kemirmeye başlamıştı içimi.

Sürekli ağlıyordum odamda. O zamana kadar hiç ağlamadığım kadar. Yıllarca biriktirdiklerimi bir seferde ağlıyor gibi... Sağanak olmuştu hüzünlerim, içime içime yağıyordu. Ve sanki bu dünyada sadece ben ağlıyordum. Bu işte de yalnız kalmıştım sanki. Herkes ağlasın istiyordum. O soğuk karanlık gecelerde yalnız başıma pencerenin önüne geçip, yaşlı gözlerle yağmuru bekerken benimle birlikte etrafımdaki tüm insanlar ve cansız öteberi de ağlasın istiyordum. Keşke ılık bir yağmur yağsa, siyah sokaklara, tozlu çatılara, kaldırımlara, sokak lambalarına ılık bir sonbahar yağmuru yağsa diyordum içimden keşke... Keşke sokak lambaları bile ağlasa...

21
Hastanız

Sizi görür görmez anlamıştım bu işin olmayacağını. Fakat kendimi bu yeni düşünceye alıştırmam, beni uzun süredir oyalayan, hayatıma yeni bir renk katan hayallerin yok oluşuna alışmam çok zor oldu. Hatta bunu hâlâ becerebildiğimi söyleyemem.

Kendimi biraz topladıktan sonra oturup bu kayıtları yaptım. Üstümde ne var ne yok çıkardım. Soyundum mikrofona, kendimi çırılçıplak anlattım, döktüm içimde ne kadar kurt varsa beni kemiren. Belki de hiç olamadığım kadar samimi, içten, gizlemeden, rahat ve utanmadan, sıkılmadan, teklemeden anlattım her şeyi. Amacım ilk kaydı dinleyip beni biraz tanımanızdı.

Şimdi şu anlattıklarımı dinledikten sonra belki bana güleceksiniz. Belki müstehzi bir gülüş olacak dudaklarınızda. Benimle alay edeceksiniz sessiz. Ama olsun, artık utanmıyorum. Anlattım işte hepsini. Bana gülersiniz, benimle alay edersiniz diye vazgeçmedim. Hep bunu yaptım yıllarca ve hep alay edilmekten korktuğum için ne kadar çok şeyden vazgeçtiğimi tahmin edemezsiniz. Ama burada odamda, yıllardır sustuklarımı, hiç konuşmadıklarımı, kimselere anlatamadıklarımı kekelemeden, dudaklarım, ellerim titremeden, heyecandan sesim, nefesim kesilmeden anlatabildim size. Burada, bilgisayarımın ekranından yayılan beyaz ışığın aydınlattığı odamda beni dinleyen şu küçük başlı mikrofona anlattım hepsini. Burada rahattım çünkü. Burada kem gözlerden, kötü duygulardan, çocukluğumdan beri üzerimden atamadığım arsız, kambur hislerden uzaktım.

Odamda böyle oturup her şeyi size anlatırsam belki biraz rahatlarım dedim. Hiç değilse bu sayede sizinle tanışırım, belki karşınıza geçer titrek de olsa birkaç laf ederim, sizi yakından görebilirim diye düşündüm.

İki hafta boyunca evden çıkmadan her şeyi anlattım en başından başlayarak. Değişik tarihlerde farklı ruh halleriyle kaydettiğim bölümlerin hepsine birer isim verdim. Kayıtların hepsinin başında, daha sonra geri döndüğünüzde o bölümde nelerden bahsettiğimi size hatırlatacak başlıklar olsun istedim. Her bölümün başında o isimleri okudum önce. Umarım işinize yarar. Anlatırken yaşadıklarımı tekrar yaşadım. Aslında bunların bir kısmını önce mektup olarak yazmıştım. Kayıtlardaki bölümlerin bazıları fotoğraftaki kadının kim olduğunu bilmeden yazdığım ve günün birinde onu bulursam kendisine vermeyi düşündüğüm mektuplardır. Sonra sizin kim olduğunuzu öğrendikten ve hayallerim yıkıldıktan sonra içimi döktüğüm bölümler geldi. Bunların bir kısmı yine önce mektup olarak yazıldı, sonra mikrofona okundu; bazılarını ise doğrudan, içimden geldiği gibi kaydettim.

Önce size hepsini ayrı tarihlerde mektup olarak gönderecektim. Öyle karar vermiştim. Sonra vazgeçtim bundan. İlk defa dedim sesim çıksın. Rüyalarımdaki gibi sessiz çığlıklar atmak yerine sesim ilk defa duyulsun istedim. Bir kereliğine de olsa ben geveze olayım istedim.

Yazı sessizliktir, içine kapanmadır. Konuşmaksa bağırmak, çığlık atmaktır dedim kendi kendime. Bunun için bütün mektupları alıp mikrofona okumaya başladım. Farklı günlerde hepsini okudum size. Mektupları okurken de kendimden ilaveler yaptım üstelik. Hayat hikâyemi anlattım kısaca, ailemi tanıttım size, arkadaşlarımdan bahsettim. Fotoğraftaki kadını, yani sizi ararken başıma gelenleri, duygularımı anlattım. Benim bile tahmin edemeyeceğim kadar geveze oldum yani. Zaman zaman da utanmaz, arlanmaz, küstah oldum istemeden. En mahrem hallerimi bile anlattım. Hepsi gevezelikten.

Aslında yaptığım ilk kayıtlarda kendimle ilgili bir sürü ipe sapa gelmez şey anlatmıştım. Daha fazlasına gerek var mı diye düşünüyordum, bilmiyordum. Ama kayıtların hiçbirini silmek gelmiyordu içimden. Böylece hepsini tutmaya karar vermiştim. Sürekli başa dönerek yaptığım kayıtları dinlemek hoşuma gitmese de yapıyordum bunu. İnsan kendi sesini duymaktan sıkılıyor bir süre sonra. Kayıtta konuşan kişinin kendim olduğuna bazen inanamıyordum. Hangi cesaretle bunları söylemişim diye kendime sormadan edemiyordum. Bazı yerlerde kendimle gurur duyuyordum. Konuşmamın dizginlerinden kurtulmuş, özgür bir at gibi çayırlarda koşmasına gizlice seviniyordum. Böylesine özgüveni tam, rahat, espriler yapabilen, üstelik bütün bunları çekinmeden, yüzü kızarmadan, elleri titremeden, gözlerini boş bir duvara kaçırmadan, ahşap bir pervaza saklamadan yapabildiğime ilk kez tanık olmanın zevkiyle kendimden geçiyordum. Ama dedim ya işte, bazen de kendi sesimden, benimkine benzemeyen o lanet kısık sesten nefret ediyordum. Onu sürekli aynı kelimeleri kullanırken, sınırlı kelimelerle konuşurken duymaktan içim sıkılıyordu. Yabancılaştığım bu sesin sahibini elime geçirsem gırtlağını sıkarım gibime geliyordu böyle anlarda. Sanki kayıtta başkası konuşuyordu. Sanki eğitimli bir ses bir radyo piyesinde rol kesiyordu. Sinirlenip kapatıyordum bilgisayarı. Diski çıkarıp duvara fırlatıp kırmak geliyordu içimden, ama yapamıyordum.

Bütün bunlar gerçekten oluyordu bazen. Ama her şeye rağmen asla karşınıza geçip anlatamayacağım şeyleri bilgisayarımın mikrofonuyla kolayca size ulaştırabileceğimi düşünmek biraz olsun sakinleşmeme yetiyordu.

Çoğunlukla odamda oturup mikrofona anlatıyordum dinlediklerinizi, bazen de sürekli yanımda taşıdığım küçük kayıt cihazına döküyordum içimi. Böylelikle nereye gidersem gideyim, her yerde aklıma geldikçe unutmadan kaydedebiliyordum hissettiklerimi. Sonra tüm kayıtları evde bir araya getiriyordum.

Bazen içimden geldiği gibi konuşuyordum, tamamen doğaçlama, bazense önceden bir radyo programcısı gibi hazırlanıyordum. Elime kâğıdı kalemi alıp notlar düşüyordum. Anlatacaklarımı tasarlıyordum, süslü kelimeler bulmaya, uzun, etkileyici cümleler kurmaya çalışıyordum. Anlattıklarım beğenilsin, keyifle dinlensin, sizin hoşunuza gitsin, sizi sıkmasın istiyordum.

Bu kayıtların da bir kaçış olduğunu biliyorum, insan hiç istemese de yüzleşmesi gerektiğinde mutlaka yüzleşiyor kaçtığı şeylerle. Endişe, korku, geçiştirme, erteleme, hiçbiri kâr etmiyor biliyorum. Ama ben bir korkak olduğumu kabul ediyorum.

Neyse, daha fazla uzatmadan bitireyim. Hastanız olabilme bahanesiyle birinci kaydı yapıp, talebimi anlattığım kısa mektupla birlikte postaya verdim. Şimdi de ikinci diski kaydediyorum. Onu kendi ellerimle getireceğim size. Bütün bunları yaparken herhangi bir hastanız gibi size gelip bir saatliğine de olsa yanınızda olabilmek amacım. Hastanızı taklit edebilmek yani. Size her şeyi baştan anlatsam belki bu kayıtların tamamını dinlemezsiniz diye korkumdan sizden hep sakladım o kadının kim olduğunu. Bunu en sonunda öğrenin istedim.

Şimdi, şu kaydın sonlarına geldim ya sıkılıyorum, çok sıkılıyorum. Sırtımda tonlarca ağırlık, belim ağrıyor, midemde bir baskı, bir iç sıkıntısı... Yeni değil, ama bu sabahtan beri böyle. Zaten insanın tadı bir kaçmayagörsün, aniden her şey soluyor. Ne ağaçların yeşili benziyor yeşile, ne gökyüzü maviye... Şu karşımda duran evlerin küskün yüzlerine vuran akşam güneşi bile renksiz, eski, bayat. Belki de yarın sizinle karşılaşacağım için tedirginim. Ondan bütün bunlar. Belki de akşam gördüğüm rüyanın etkisindeyim hâlâ. Dün yine rüyamda kendimi gördüm. Kendi gözlerimden bir rüya değildi gördüğüm. Sanki başkasının gözlerinden kendimi seyrediyordum. Çocukluğumu gördüm yine. Tıpkı yıllar önce olduğu gibi yağmur altında bir korkuluktum. Gri bir tarlada dikiliyordum. Etrafımda yüzlerce başka korkuluk vardı ama aralarında Halit yoktu. Hepsi bana benziyordu korkulukların. Aynı renk elbiseler giymiştik. Aynı renk şapkalar takmıştık. Kollarım iki yana açıktı, başım yukarıda. Yağmur damlaları çarpıyordu yüzüme, karanlık bulutlar vardı üstümüzde. Çarmıha gerilmiştik hepimiz, ihanete uğramıştık.

İşte artık bütün gerçeği biliyorsunuz. Bütün bunları dinledikten sonra beni hastanız olarak da kabul edebilirsiniz, size anlattığım onca rezilliği, utanmadan nasıl anlatabildiğime benim bile hayret ettiğim kepazelikleri hatırlayıp, beni kendi halime terk de edebilirsiniz. Seçim sizin. Ben vereceğiniz karara saygılıyım. Çünkü fazla bir şey konuşamayacağım karşınızda biliyorum. Dilim tutulacak yine, kekeleyeceğim, titreyeceğim, boynum bükük... Çirkin ellerimi, gözlerimi, nefesimi kaçıracağım sizden kuytulara. Hantal hareketlerimi görmeyin diye oturduğum yerden kalkamayacağım, içime akacak yine kendime kızgınlığım, öfkem, kinim. Korkuluk gibi öylece kaskatı kalacağım yanınızda.

Sonra da atacağım kendimi sokaklara; gözlerimde yaşlar, ensemde yağmurun serinliği... Kaçacağım yine bu şehirden uzaklara. Kaçıp gideceğim belki. Bilmiyorum...

2006-2008